Martin Schäuble
Endland

Wie sähe unser Land aus, wenn es von einer rechtsnationalen Partei regiert würde?

Anton ist ein junger Soldat und bewacht die neue Grenzmauer, die Deutschland umschließt. Er ist begeistert von der Nationalen Alternative, der neuen Regierungspartei, und vom Selbstbewusstsein seines Landes. Seinem besten Freund Noah dagegen ist das alles verhasst. Er ist weder für Atomkraft, noch findet er es richtig, dass die Schulpflicht und gesetzliche Arbeitslosenhilfe abgeschafft und konservative Rollenbilder gefördert werden. Und Flüchtlingen keinerlei Schutz geboten wird. Flüchtlingen wie Fana. Sie flieht aus Äthiopien, wo der Klimawandel zu einer Hungerskatastrophe führt. Im letzten Flüchtlingslager Deutschlands treffen Anton und Fana aufeinander und freunden sich an. Als Anton einen zweifelhaften Auftrag ausführen soll, ist er gezwungen, sich zu entscheiden: für eine nationale Ideologie oder für seine Freunde und ein freies Leben.

Martin Schäuble, geboren 1978, recherchierte schon als junger Journalist in rechten Milieus. Später studierte er in Berlin, Israel und den Palästinensergebieten Politikwissenschaften und promovierte über zwei Dschihadisten. Er bereiste weltweit Armuts- und Krisenregionen und traf viele Menschen auf der Flucht. Auch in Deutschland sprach er mit zahlreichen Flüchtlingen und setzte sich mit dem Thema auseinander.

MARTIN SCHÄUBLE

ENDLAND.

ROMAN

dtv

Unterrichtsmaterialien zu
›Endland‹
zum kostenlosen Download unter
www.dtv.de

Martin Schäuble in der Reihe Hanser:
Endland
Die Geschichte der Israelis und Palästinenser

Textauszug auf Seite 61 aus: Bertolt Brecht, *Der Aufstieg des Arturo Ui*,
in: ders., Werke. Große kommentierte Berliner und Frankfurter Ausgabe,
Band 7: Stücke: 7. © Bertolt-Brecht-Erben / Suhrkamp Verlag 1991.

6. Auflage 2026

Tumblingerstraße 21, 80337 München
produktsicherheit@dtv.de
Lizenzausgabe mit freundlicher Genehmigung der
Carl Hanser Verlag GmbH & Co. KG, München

Dieses Werk wurde vermittelt durch
Aenne Glienke / Agentur für Autoren und Verlage,
www.AenneGlienkeAgentur.de
Umschlag: Stefanie Schelleis, München
© Peter-Andreas Hassiepen, München, und © iStock / aeduard
Foto Wald: © Peter-Andreas Hassiepen, München
Satz: Satz für Satz, Wangen im Allgäu
Gesetzt aus der Minion Pro
Druck und Bindung: CPI books GmbH, Leck
Printed in Germany · ISBN: 978-3-423-62698-9

Gewidmet den 71 Menschen

PROLOG

»Verschwinde!«, ruft die junge Frau. Sie humpelt über Glassplitter. Sie stützt einen Mann. Trotz der Schnittwunde an ihrem Bein. Er ist nicht viel älter als sie. Er trägt eine Uniform und einen Gummiknüppel am Gürtel. »Verschwinde endlich!« Sie meint nicht den Wachmann an ihrer Seite – der kann nicht allein weg, der braucht einen Notarzt. Sie meint den anderen Mann.

Blaulicht flackert von der Hauptstraße her. Sirenen heulen. Fünf, sechs Fahrzeuge bestimmt. Krankenwagen, hofft sie. Ein Mannschaftswagen der Polizei biegt um die Ecke. Der Mann mit dem Knüppel sackt in sich zusammen. Die junge Frau zieht ihn hoch. Hinter ihr brennen Tische, Stühle, Schränke, Bettwäsche, Kleider, Koffer und Papier, sehr viel Papier. Alles hat Feuer gefangen.

Egal. Sie sind draußen, haben es geschafft.

Ein tonnenschweres Stück Betondecke kracht auf den Boden. Die Erde bebt. Asche wirbelt durch die Luft und bleibt an ihren verschwitzten Körpern kleben.

Der andere Mann steht ein paar Meter weiter weg. Er hält ein Handy in der Hand, will fotografieren. Er zittert am ganzen Körper. Doch er macht das Foto. Schickt es an alle 532 Freunde. Dann wirft er das Telefon in die Flammen.

Minuten später sehen bereits über zwanzigtausend Menschen sein Bild. Und teilen es. Noch in derselben Nacht weiß halb Deutschland von der Katastrophe. Die Übertragungswagen der Fernsehsender rollen an. In fast allen Zeitungen ist das Foto am nächsten Tag auf der ersten Seite. 150 Verletzte, 94 Tote. Bisher.

Es ist ein Foto wie aus dem Krieg. Wenn die bewaffnete Drohne nicht die feindlichen Stellungen trifft, sondern das Krankenhaus daneben. Aus Versehen.

Nur ist es nicht dort passiert, in einem Kriegsgebiet, sondern hier.

In Deutschland.

Und da ist diese Frau in den Trümmern, den Schwerverletzten in ihren Armen. Sie gehören eigentlich nicht zusammen. Das sieht man gleich. Trotz der Asche, des Rauches und der Flammen überall.

Auf eine Wand hinter den beiden hat jemand etwas geschrieben. In menschengroßen Buchstaben.

Nicht auf dem Foto zu sehen, weil auf der anderen Seite der Mauer, im zerstörten Gebäude: ein Mann. Er kniet, beugt sich vor, drückt den Kopf und beide Hände auf den Boden. Er betet. Er bleibt. Bis ihn die Betondecke unter sich begräbt.

1

FANA

Die Direktorin starrt an die Decke. Sie schließt die Augen, atmet hörbar ein und schüttelt langsam den Kopf. So habe ich sie schon lange nicht mehr gesehen. Sie ist sauer. Und zwar richtig.

Ich kenne die Direktorin der Schule gut, ich habe an diesem Ort fast mein halbes Leben verbracht. Hier habe ich Lesen und Schreiben gelernt, Englisch und Deutsch.

Vor zwei Stunden hat sie mich in ihr Büro gebeten. Vom Krankenhaus aus, wo ich arbeite, dauert das eine Stunde. Addis Abeba, unsere Hauptstadt, ist riesig.

Meine Kollegen dort haben ziemlich geflucht. Zu Recht. Die brauchen im Krankenhaus gerade jede Hand. Wieso? Der Hunger ist wieder in Äthiopien.

Die Menschen werden durch den Hunger geschwächt, und mit der Schwäche kommen die Krankheiten. Wir wissen gar nicht mehr, wohin mit den Patienten. Ich hoffe, es ist etwas wirklich Wichtiges passiert in meiner alten Schule.

»Diese Deutschen …«, die Direktorin schnappt nach Luft, die Augen noch immer zur Betondecke gerichtet. »Die denken, nur weil sie reiche Ausländer sind, können sie sich alles erlauben.«

»Um was geht es denn?«, frage ich.

»Eine Deutsche. Sie braucht Hilfe. Will sie dir aber selber erklären.«

Sie schließt die Augen und lässt den Kopf nach vorn fallen. »Vorausgesetzt, sie kommt heute noch.«

Auf ihrem Schreibtisch steht ein Teller Popcorn. Überreste von der traditionellen Kaffeezeremonie. Wahrscheinlich war hoher Besuch da. Und es ist wie früher: Mir bietet die Direktorin nichts an. Nicht mal das kalt gewordene Popcorn oder den abgestandenen Kaffee. Obwohl ich inzwischen quasi eine Kollegin von ihr bin.

Drei Mal die Woche unterrichte ich Deutsch. Im Krankenhaus verdiene ich viel zu wenig. Ist auch nur ein Aushilfsjob dort. Ich spare für mein Studium. Besser gesagt, ich spare, um während des Studiums nicht zwölf Stunden am Tag arbeiten zu müssen. So wie es derzeit läuft, habe ich in fünfzig Jahren das Geld zusammen.

Die Direktorin nimmt sich eine Handvoll Popcorn. »Ich habe zwei Termine für diese Ärztin abgesagt, nur weil dieser Mann von der Botschaft anrief und meinte –«

Die Tür springt auf, knallt gegen den Schrank. Eine eingerahmte Urkunde fällt auf den Boden, das Glas zerspringt.

»Oh shit.«

Die weiße grauhaarige Frau, die das sagt, könnte vom Alter her meine Oma sein, Mitte sechzig, schätze ich.

»Sorry.« Sie sammelt die Scherben ein, ich helfe ihr.

»No problem.« Die Direktorin ruft die Sekretärin zum Saubermachen. Dann zeigt sie einladend auf den Stuhl neben mir.

Ich muss keine Psychologin sein, um zu wissen: Die Direktorin hasst diese Deutsche schon jetzt aus tiefstem Herzen.

»Ich spreche nur wenig Deutsch.« Die Schuldirektorin deutet mit ihrem Daumen und Zeigefinger einen Abstand von zwei Zentimetern an. »Ich bin die –«

Die Deutsche beachtet sie gar nicht. »Du musst Fana sein?«

Ich nicke.

»Danke für deine Zeit.« Sie schaut die Direktorin an. »Wo kann ich mit Fana reden?«

»Hier.« Die Schulleiterin zeigt noch einmal auf den freien Stuhl vor ihrem Schreibtisch.

»Okay.« Die Deutsche hat offenbar so langsam verstanden, wie die Sache hier läuft, und setzt sich. Sie greift in die Schale, wirft sich Popcorn in den Mund.

Oje. Ich mag die Direktorin gar nicht anschauen.

Die Deutsche kaut, überlegt, springt auf, geht zur Tür und hält sie auf. »Ein schöner Ort für eine Besprechung. Danke. Fana und ich brauchen nur zehn Minuten …«

Die Direktorin starrt die Deutsche an. Sie ist fassungslos.

Die Deutsche wiederholt alles in Kurzversion langsam auf Englisch. »Thaaaaanks. Seeeee youuu laaaaater.«

Die Direktorin schüttelt den Kopf und geht an uns vorbei. »Netsch Ayt!«

Die Deutsche verbeugt sich überschwänglich. »Ameseginalow.«

Die Schulleiterin dreht sich verwirrt um, will etwas sagen, doch da hat die Deutsche die Tür schon geschlossen.

»Sie können Amharisch?«, frage ich.

»Äthiopisch? Überhaupt nicht. Nur eben ›Danke‹. Und dann vielleicht noch zwei, drei andere Sachen.« Sie grinst. »Was hat die Frau Direktorin zu mir gesagt?«

»Wollen Sie das wirklich wissen?«

»So schlimm?«

»Sie hat ›weiße Ratte‹ zu Ihnen gesagt.«

»Klingt doch niedlich.« Die Frau nimmt den Teller und reicht ihn mir.

Ich greife in das Popcorn. Etwas viel Salz, ansonsten aber gut. Nun machen die Deutsche und ich also gemeinsame Sache.

»Also, Fana, ich bin Karla. Entschuldige die Verspätung. Ich arbeite in einem Krankenhaus in der Afar-Region, im Osten von –«

»Ich weiß, wo Afar liegt.« Für wie dumm hält sie mich eigentlich?

»Ich brauche dich dort.«

Ich schlucke. Ich will es gar nicht hören. Wenn sie mir jetzt einen Traumjob anbietet, was dann? Nie im Leben werden das meine Eltern erlauben. Die Deutsche hat wirklich keine Ahnung von Äthiopien. Ich kann nicht einfach mit ihr dorthin. Manche Orte in Afar liegen zehn Autostunden weit weg. Meine Familie lebt hier. Ich müsste dort übernachten. »So leicht ist das nicht. Hier ist es etwas komplizierter als in Deutschl–«

»Also dort ist gerade alles *verdammt* kompliziert.«

Wieso ist sie auf einmal so wütend? Ich weiß, wie die Stimmung in Deutschland ist. Ich lese deutsche Zeitungen online auf dem Handy, um Deutsch zu üben. Vor den teuren Hotels der Ausländer geht das am besten. Die haben ordentliches WLAN. Und dort steht immer einer mit seinem Handy, der das Passwort schon rausbekommen hat.

Ich weiß, wie *verdammt* kompliziert es dort ist! Die Wahlen, der Sieg der Nationalen Alternative, die Jagd auf politische Gegner, die Abschottung. Doch die Deutschen bleiben doch die Deutschen. Und in den Medien wird sowieso immer übertrieben, oder?

»In Deutschland gibt es immerhin –«

Karla lässt den Teller auf den Tisch knallen. »Vergiss Deutschland!«

Popcorn kullert auf die Tastatur der Direktorin. Ein Stückchen bleibt zwischen den Buchstaben F und G stecken. Wenn sie das sieht, bekommt sie einen Herzinfarkt.

»Sind deine Eltern das Problem?«, fragt Karla.

Offenbar kennt sie sich doch ein wenig in meinem Land aus.

»Ja.«

»Das regeln wir.«

»Wie?«

»Ich brauche dich in Afar. Sofort. Als Übersetzerin. Du wärst so etwas wie meine Assistentin dort. Lernst also auch was.«

»Wieso ich? Sie –«

»Wir sind per Du.«

»*Du* kennst mich nicht. Wieso also ich?«

»Lass mich überlegen.« Sie lehnt sich zurück, holt ein Haarband aus der Hosentasche und bindet ihre grauen Haare zu einem Zopf. »Du sprichst fließend Deutsch. Die Leute von der deutschen Gemeinde hier singen Loblieder auf dich.«

Aber auch nur, weil ich dauernd kostenlos für sie alle möglichen Dokumente übersetze.

»Du jobbst bereits in einem Krankenhaus hier in der Stadt, hast sogar schon Seminare besucht, kennst dich besser aus als manche Pflegerin und kommst mit der Belastung klar, mit dem Stress. Der Chefarzt ist begeistert von dir.« Der Zopf ist fertig. Sie macht eine Pause und breitet beide Arme aus. »Hab ich was vergessen?«

»Es gibt keinen Chefarzt. Mein Chef ist eine Frau.«

»Okay, der letzte Satz war gelogen.«

Zwei Tage später stehe ich vor der deutschen Botschaft. Karla sagte, wir würden gemeinsam mit einem Freund zu meinen Eltern fahren. Dort könnten wir dann alles besprechen. Ganz in Ruhe. So wie ich Karla erlebt habe, kann sie viel, aber sicher nicht ruhig sein.

Ich solle mir keine Sorgen machen, meinte sie.

Ich kenne meine Eltern. Und ich mache mir riesige Sorgen. Nie im Leben lassen die mich allein reisen. Und Karla, diese selbstbewusste grauhaarige Deutsche mit Zopf und Jeanshose, die hat bei meinem Vater sowieso keine Chance. Solche Frauen mag er nicht. Sie passen nicht in seine Welt. Und was würden die Nachbarn denken, wenn ich mit so einer fortgehe.

Ein älterer Mann kommt aus dem Tor der Botschaft. Er trägt einen schwarzen Anzug, weißes Hemd und rote Krawatte. Er winkt mir zu. »Fana?«

Kaum sitzen wir im Taxi, fängt er an zu lachen.

Ich schaue ihn verwirrt an.

»Karla ist verrückt«, sagt er.

»Wo ist sie?«

»An irgendeinem OP-Tisch in Afar wahrscheinlich.«

Ist das ein Test? Ich lächle den Satz erst mal weg. Aber weil der schicke Botschaftstyp nichts weiter sagt, muss ich doch nachfragen. »Sie ist gar nicht in der Stadt?«

Er beugt sich zu mir. »Ach du meine Güte, hat sie dir etwa gar nichts von ihrem Plan erzählt?«

Ich schweige ihn an.

Er lacht laut. Muss ja unheimlich lustig für ihn sein.

»Schlimm, wenn wir deinen Eltern gleich nicht die ganze Wahrheit sagen?«

»Wie bitte?« Ich meine, niemand lügt seine Eltern gern an. Und ich mache das ohnehin schon zu oft. Meine Eltern leben wie die meisten in unserem Viertel sehr traditionell. Wie im Museum fühle ich mich da. Natürlich geht's vielen in meinem Alter genauso. Aber vielleicht habe ich mit meinen Deutschkenntnissen mehr über den Tellerrand geschaut. Und mich stört es daher viel, viel mehr.

Deswegen war mir Karla auch sofort sympathisch. Also ihr Auftritt bei der Direktorin. Sie macht ihr Ding und lässt sich von keinem was sagen.

Der Mann von der Botschaft kurbelt die Fensterscheibe im Taxi runter. Er lässt sich vom Fahrer Feuer geben. »Es ist eine Notlüge.«

»Was für eine Notlüge?«

»Na ja, die besten Geschichten stehen zwischen Dichtung und Wahrheit.«

Ich verstehe kein Wort. Aber ich will den Job! Karla zahlt ein ordentliches Gehalt. Ich könnte also doch noch irgendwann Medizin studieren. Und der Gedanke, mehr Abstand zu meinen Eltern zu haben, ist verlockend.

Die Fahrt in unser Viertel ist mir unangenehm. Der Mann neben mir arbeitet in der deutschen Botschaft. Er kommt aus einem reichen Land. Er verdient wahrscheinlich so viel Geld an einem halben Tag wie mein

Vater im Monat. Und er wohnt in einem hübschen Haus mit Wachpersonal, Köchin, Putzfrau und einem Gärtner. Unsere Wohnung ist eine Hütte mit Wellblechdach. Wir teilen uns zu dritt einen Raum. Er wird drei Räume für sich allein haben. Mindestens.

Immerhin hatten wir gestern Nacht fließendes Wasser. Manchmal versiegt es tagsüber und kommt dann nur nachts. Meine Mutter bleibt in solchen Nächten wach. Sobald das Wasser in den Leitungen gluckert, füllt sie alle Behälter, die wir haben. Doch mit diesem Wasser würde sich der Deutsche von der Botschaft vermutlich nicht einmal die Zähne putzen. Auf einer deutschen Webseite über Äthiopien habe ich gelesen, dass man dafür Trinkwasser in Flaschen kaufen soll – mit Trinkwasser Zähne putzen!

Aber was ist, wenn er auf die Toilette muss? Wir haben keine eigene, es gibt nur eine Gemeinschaftstoilette für alle im Viertel.

Hauptsache, wir haben Strom und müssen keine Kerzen anzünden oder Taschenlampen einschalten.

Das Taxi hält vor unserer Hütte. Drinnen brennt grelles Licht, tatsächlich ein Stromabend.

Meiner Mutter hatte ich nur gesagt, es ginge um ein tolles Stellenangebot in Afar.

»Das können wir doch nicht machen«, hatte sie mit vorwurfsvollem Ton erwidert.

Das können *wir* nicht machen. Meine Familie lebt, wie gesagt, traditionell. Und bei uns gibt es kein *Ich*. Das Kollektiv zählt, das *Wir*. Großartig finden das alle. Fast alle. Mich ärgert es. Doch ich zähle ja nicht, weil nur das *Wir* zählt.

Immerhin konnte ich meine Eltern zu dem Treffen überreden. Ewig mag ich nicht für einen Hungerlohn jobben, weder im Krankenhaus von Addis Abeba noch in der deutschen Schule.

Meine Mutter öffnet die Tür. Der Mann von der Botschaft reicht ihr die Hand und verbeugt sich leicht. Meiner Mutter ist das unangenehm.

Aber das merke nur ich. Sie lächelt dann immer etwas schief. Der Deutsche verbeugt sich gleich noch einmal.

»My name is Doctor Schmidle.«

Aha, jetzt ist er Doktor. Ich kann mir denken, worauf die Notlüge hinausläuft.

Mir fällt auf, wie sehr es bei uns nach Weihrauch riecht. Wahrscheinlich wollte meine Mutter damit den Geruch vom Mittagessen loswerden. Die Wots, ihre selbst gemachten Soßen zum Fladenbrot, schmecken traumhaft. Nur riecht es dann immer nach Zwiebeln und Knoblauch. Aber immerhin wird bei uns noch jeden Tag gekocht. Andere in unserem Viertel können sich das längst nicht mehr leisten. Die einfachsten Sachen wie Gemüse oder Obst sind auf dem Markt mittlerweile viel zu teuer. Manche wärmen das Essen drei-, viermal auf. Tag für Tag. Bis sie wieder etwas Geld zum Einkaufen zusammenhaben. Für ein wenig Mehl, Gewürze oder ein paar Tomaten.

Oder meine Mutter hat gerade noch gebetet, und es riecht deshalb in unserer Hütte wie in einer Kirche. Dann ist sie wegen des hohen Besuches genauso aufgeregt wie ich. Sonst betet sie kaum noch.

Mein Vater sitzt am Tisch und steht zur Begrüßung kurz auf. Er hört sich an, was der Deutsche zu erzählen hat. Besser gesagt meine Übersetzung davon.

Wie der Deutsche im Krankenhaus als leitender Arzt auf mich achtgeben will. Wieso er mich unbedingt braucht. Warum dort außer ihm ausschließlich Frauen arbeiten. Wie sicher das Schwesternheim ist. Er trägt ziemlich dick auf für meinen Geschmack.

Mein Vater nickt nach jedem Satz. Immerhin. Er ist nicht der große Gefühlsmensch. Nicken bedeutet bei ihm sehr viel. Vielleicht bemerkt er auch den Schwindel. Nach außen sieht die Sache aber gut aus, und darauf kommt es an. Schließlich liebt mich mein Vater. Und er will, dass ich eine Ärztin werde mit einem guten Gehalt. Oder nicht?

Als der Deutsche sagt, was ich im Monat verdienen werde, da öffnet mein Vater sogar kurz den Mund. Er schuftet im Hotel als Nachtwächter. Sechs Tage die Woche, zehn Stunden die Nacht. Er spricht kaum Englisch, aber ein Cousin von ihm arbeitet in der Küche. Und der wiederum kennt einen von der Verwaltung. Und der hat meinem Vater den Job gegeben.

»Ich werde darüber nachdenken«, sagt mein Vater. Er schaut zu meiner Mutter, dann zu Doktor Schmidle. »Jetzt trinken wir Kaffee.«

So ist das bei uns. Zumindest, wenn Besuch da ist. Der Mann denkt nach, die Frau kocht Kaffee.

Meine Mutter breitet eine Decke auf dem Boden aus. Sie holt die nötigen Utensilien aus der Kochecke und setzt sich auf einen Holzschemel. Doktor Schmidle lehnt sich zurück. Er kennt diese Zeremonie. Er weiß, dass das seine Zeit dauert.

Meine Mutter röstet die Kaffeebohnen über glühenden Kohlen, schwenkt die kleine Pfanne mit den Bohnen darin, fächert uns den Duft zu. Der Deutsche atmet tief ein und nickt langsam mit einem wohlwollenden Lächeln, wie ich es nur von Männern in seinem Alter kenne. Er macht alles richtig.

Im Mörser stampft meine Mutter die Bohnen zu Pulver.

»Nehmen Sie Zucker?«, fragt mein Vater.

»Lieber Salz«, übersetze ich die Antwort.

Doktor Schmidle hat sich gut vorbereitet auf seine Rolle heute. Ich kenne keinen Ausländer, der seinen Kaffee mit Salz trinkt. Für meinen Vater ist das auch neu. Er nickt mit dem Kopf gleich zweimal hintereinander.

Der Deutsche trinkt den Kaffee so wie die Eltern meines Vaters. Die waren vom Land nach Addis gezogen. Bei uns macht das aber keiner mehr so.

Meine Mutter stellt einen Korb mit warmem Popcorn auf den Tisch. So wie es für eine Kaffeezeremonie typisch ist. Alle greifen zu.

In der nächsten Stunde wird nur über das Wetter gesprochen. Die Regenzeit ist zu kurz. Die Dürre davor und danach zu lang. Irgendwann übersetze ich, ohne genau zuzuhören.

Draußen donnert es. Ein Gewitter zieht auf und keine zwei Minuten später prasselt Regen auf unser Dach. Kalte Luft zieht durch den Türspalt in den Raum. Fenster müssen wir nicht schließen. Wir haben keine. So bleibt etwas Wärme im Raum. Immerhin.

Doktor Schmidle schaut zu einer Dose in der Ecke. Wasser tropft hier durch ein Loch im Wellblechdach hinein. Er blickt zu seinem Mantel, dann zu mir, und mein Vater ahnt, was gleich kommt.

Mein Vater springt auf. »Nein, nein, jetzt darf er nicht gehen! Bei diesem Regen. Unmöglich.« Er verschwindet hinter dem Vorhang, der die zwei Sofas vom Bett meiner Eltern trennt.

Ich weiß, was er vorhat. »Lass doch«, sage ich. »Doktor Schmidle will wirklich los.«

Mein Vater kommt mit einer Flasche wieder. »Er ist doch Arzt, da weiß er, was gesund ist!«

Auf der Flasche steht *Wodka*, aber es ist selbst gebrannter Schnaps von Freunden.

Mein Vater lässt sich von meiner Mutter zwei Kaffeetassen auswaschen und füllt sie bis zur Hälfte.

»Herr Doktor Schmidle, Sie müssen das nicht –«

Aber Doktor Schmidle prostet meinem Vater bereits zu und leert die Tasse in einem Zug. Mein Vater strahlt. Doktor Schmidle strahlt zurück. Nach dem zweiten Becher muss ich die Zutaten übersetzen.

»Mais, Malz, Knoblauch und ein paar Geheimnisse.«

Nach dem vierten Becher hat es aufgehört zu regnen. Gott sei Dank.

Ich begleite Herrn Schmidle noch zur Hauptstraße. Wir warten auf ein Taxi.

»Das war eine große Notlüge.« Ich klinge wütender, als ich bin. Eigentlich bin ich einfach nur erleichtert. Das Treffen ist vorbei.

»Eine große Notlüge? Ich mag wirklich Salz zum Kaffee. Damals in Irland, da habe ich immer gern Ingwer –«

»Sehr witzig. Ich meine die Show davor.«

»Es war nicht alles gelogen.« Er zündet sich eine Zigarette an.

»Was nicht?«

»Dein Gehalt zum Beispiel. Karla zahlt das aus eigener Tasche. Die hat Reserven.«

»Was stimmt noch?«

Er zieht kräftig, und bei seiner Antwort qualmt es aus seinem Mund wie aus einem Kochtopf. »Ich habe wirklich einen Doktortitel.«

»Aber niemals in Medizin. So wie Sie vorhin über die Arbeit gesprochen haben. Davon haben Sie keine Ahnung.«

»Stimmt. Ich bin kein Mediziner.«

»Was haben Sie dann studiert? In welchem Fachgebiet haben Sie einen Doktor?«

»Politikwissenschaft … Jahrzehnte ist das her …«

»Daher das Redetalent?«

»Blödsinn.« Er bläst die Asche von der Spitze der Zigarette. »Theater-AG, schon zu Schulzeiten.«

Ein Taxi hält. Ich reiche ihm die Hand. Er verbeugt sich tief.

»Auf Wiedersehen«, sage ich.

»Wohl kaum. Ich reise in zwei Wochen zurück nach Deutschland.«

»Glückwunsch! Darauf können Sie sich doch freuen.«

Doktor Schmidle schaut mich ernst an. »Ich gehöre zu denen, die von der Nationalen Alternative nichts halten.«

»Wieso gehen Sie dann zurück?«

»Weil weltweit eine Botschaft nach der anderen geschlossen wird.«

»Gehört das zur Abschottung?«

»Nein. Es ist eher so, dass wir rausgeworfen werden.«

»Und Karla bleibt?«

»Die bleibt. Keine Sorge. Die ist schließlich wegen der Situation in Deutschland hergekommen.«

»Eine Auswanderin?«

Er überlegt. »Eher ein Flüchtling.« Er lächelt gequält. Wahrscheinlich sind sie sehr gute Freunde. Oder sogar mehr. Und nun muss er zurück.

Doktor Schmidle steigt in das Taxi und wirft die Zigarette durch das offene Fenster – sie landet in einer Pfütze.

Ich stehe noch immer neben der Autotür.

»Ich bin nicht so mutig wie Karla«, sagt er. »Sonst würde ich in Äthiopien bleiben. Irgendwas anderes machen.«

»Sie sind mutiger als Karla. Gerade weil Sie zurückgehen.«

Er schaut mich noch ein letztes Mal an. »Ich verstehe immer mehr, wieso Karla unbedingt mit dir arbeiten will.«

Ich gehe zurück zur Hütte und stoße vor dem Eingang auf meinen Vater. Er hält einen Becher Schnaps in der Hand. Er schaut mich an und nickt.

Ich weiß, was das heißt, und gehe mit einem großen Grinsen zu meiner Mutter.

Ich wundere mich nicht über die Entscheidung meines Vaters. Noch nie kam jemand von irgendeiner Botschaft in unser Viertel. Und der sympathische Herr im Anzug hat uns nicht nur besucht, nein, er hat auch viel Geld versprochen.

Meine Mutter sitzt auf dem Sofa und schaut fern. Sie weint. Für sie wird der Abschied am schwersten.

Ich setze mich zu ihr und lege meinen Arm um sie. So richtig freuen kann ich mich jetzt auch nicht mehr. Sie legt ihren Kopf auf meine Schulter. Die Talentshow läuft, ihre Lieblingssendung.

Drei Tage später sind die Tränen fast vergessen. Kündigen musste ich im Krankenhaus nicht. Ich hatte nie einen Arbeitsvertrag.

Mein Vater ist nicht da, er arbeitet, meine Mutter drückt mich dafür aber für zwei. Sie zwingt sich sogar zu einem kurzen Lächeln. Afar ist ein einmaliges Angebot. Das weiß sie natürlich. So weh es tut.

Sie ringt um Worte. Tausend Ratschläge müssen ihr jetzt durch den Kopf gehen. Was ich als junge Frau alles beachten muss, welche Gefahren überall lauern. Schließlich geistern die schlimmsten Geschichten durch unser Viertel. Obwohl keiner unserer Nachbarn je über die Stadtgrenzen hinausgekommen ist.

Meine Mutter steht im Türrahmen, ihre Lippen zittern, wieder werden die Augen feucht. Aber sie bleibt stumm und winkt mir einfach nur nach.

Die Fahrt nach Afar zu Karlas Krankenhaus dauert keine zehn Stunden, sondern zwanzig. Die Straße ist überschwemmt, Autos versinken im Schlamm, Lastwagen bleiben stecken, Staus bilden sich. Das kommt in der Regenzeit vor.

Unter meinem Sitz liegt die Reisetasche. Meine Mutter wollte sie unbedingt für mich packen. Als ob ich so viele Sachen hätte. Mein Vater, der Addis Abeba noch nie verlassen hat, hat ihr Ratschläge erteilt.

Ich lese auf dem Handy immer wieder die letzten Nachrichten von Samira. Sie hat mich sofort verstanden. Beste Freundin eben. In Addis Abeba ist mehr los, klar. Aber sonst? Darum geht's ja. Um das Sonst.

Vermissen werde ich sie trotzdem. Sehr.

Samira ist keine Christin wie ich. Und ihre Eltern sind sogar noch traditioneller als meine. Die sind nicht in Addis aufgewachsen, sondern kommen vom Land.

»Du haust ab?«, war eine der ersten Reaktionen von Samira.

Erst war ich empört. Ich haue doch nicht ab! Aber je länger ich darüber nachdenke, desto mehr wird mir klar: Genau das tue ich. Ich haue ab.

Vor meinem Vater, vor unserer Hütte, vor meinem Viertel, vor Addis Abeba.

Das Krankenhaus in Afar wirkt im Vergleich zu dem riesigen Bunker in Addis wie eine Lagerhalle.

An Karlas Tür steht auf einem Zettel nur *Karla*, den hat sie vermutlich selbst dahingeklebt. Darunter hat jemand ihren Namen in äthiopischer Schrift geschrieben. Mit Doktortitel.

Ich klopfe, und die Tür geht auf – sie war nur angelehnt. Karla schaut aus dem Fenster, am Ohr ein Handy aus dem 17. Jahrhundert. Sie hört und sieht mich nicht.

»Waaaas?«, schreit sie und haut gegen einen Schrank. Ein Bild kippt um. Offenbar gehört das bei ihr dazu. Laut sein und etwas kaputt machen. Immerhin fällt das Bild nicht auf den Boden. »Ihr habt drei davon, ich will nur eins. Ein einziges!«

Ihre Gesprächspartnerin schreit inzwischen auch.

Karla lässt nicht locker. »Reiß es aus der Steckdose. Verpack das Ding einfach. Schick es dem alten Schneider, der fliegt bald wieder hierher. Fertig.«

Die Gegenseite brüllt etwas.

»Was du sagen sollst? Na, das hat euch einer geklaut. Punkt. Das war's. Mensch, merkt doch keiner. Ihr bekommt doch sofort ein neues.«

Wieder regt sich die Frau am anderen Ende auf.

»Kriminell? Geschätzte Kollegin, was du da machst, das ist kriminell. Du tötest mit deiner Entscheidung Menschen. Ja, du bist … Hallo?« Karla wirft das Handy auf den Tisch. »Mist.« Sie lässt sich in ihren Drehstuhl plumpsen, entdeckt mich und strahlt. Offenbar hat sie irgendwo einen Schalter für Stimmungslagen. Von schlechter Laune zu bester Laune in einer Sekunde.

So einen Schalter würde ich meinem Vater auch gern einbauen. Und mir selbst ehrlich gesagt auch.

Karla winkt mich zu sich und blättert in einem blauen Ordner. »Lass uns anfangen.«

Okay. Zeit ist Geld. Aber ich muss doch erst einmal richtig ankommen. In Addis war sie wesentlich freundlicher. Jetzt spricht sie fast schon mit mir wie mit der Direktorin.

Ich klatsche ein paarmal auf meine Reisetasche. Das soll heißen: *Hallo! Ich bin gerade eben angekommen und brauche vielleicht erst einmal ein Zimmer!*

Ihr Büro ist winzig. Zwei Laptops stehen auf dem Tisch zwischen aufgeschlagenen Büchern, Ordnern, roten Patientenmappen und einer Kaffeemaschine. Neben dem Tisch ein Sofa mit Bettdecke, darüber hängen an einem Wasserrohr Hosen, Hemden und Blusen.

Aha. Sie wohnt hier. Meine neue Chefin schläft neben ihrem Schreibtisch. Wenn sie überhaupt schläft.

Keine fünf Minuten nach meiner Ankunft frage ich mich, ob es die richtige Entscheidung war, nach Afar zu kommen. Und noch etwas beschäftigt mich. Genau genommen seit unserem ersten Treffen. »Darf ich dich was fragen?«

»Wir haben im Gästehaus ein Zimmer für dich.«

»Nein, nein. Ich will was anderes wissen.«

Karla steht auf, rollt ihren Stuhl zu mir, zeigt auf ihn und setzt sich auf das Sofa gegenüber. Sie sieht so müde aus, als würde sie sich am liebsten hinlegen und die nächsten zwei Wochen durchschlafen.

Ich bleibe stehen. »Wieso Äthiopien?«

Sie nimmt die Brille ab und wischt sich mit den Händen einmal über das Gesicht. Und sieht dabei noch müder aus. »Auf dem Tisch liegt dein Zimmerschlüssel. Komm erst mal an.«

Dort liegen mindestens zwanzig Schlüssel. Das sieht jetzt auch Karla.

»Der auf dem gelben Ordner.« Sie schaut auf die Uhr. »In zwei Stunden treffen wir uns hier.« Sie reibt sich die Augen. »Dann zeige ich dir, wieso Äthiopien.«

Ich stehe schon im Flur, da ruft Karla mir noch hinterher. »Nimm auch gleich den Ordner mit! Ich hab aufgeschrieben, was wir am dringendsten brauchen. Das sollte möglichst zügig übersetzt werden.«

Ich tue so, als ob ich das nicht gehört hätte. Der Ordner bleibt liegen. Karla hätte ruhig mal sagen können, dass sie sich freut, mich zu sehen.

Bei einem Stand an der Straße hole ich mir eine Cola und nehme sie mit auf mein Zimmer. Egal wie leer die Regale sind, das billige Zuckerwasser geht offenbar nie aus.

Das Zimmer im Gästehaus ist klein. Doch es gehört mir allein. Zu Hause schlafen wir zu dritt in einem Raum. Und das nur, weil meine

Mutter nach mir keine Kinder mehr bekommen konnte. Sonst wäre es noch enger.

Ich bin nach diesem Reisetag todmüde. Durch das Fenster blicke ich auf das Krankenhaus. Die Lichter gehen aus. Raum für Raum. Ich sehe einige Patienten und kann von hier aus erkennen, ob sie lachen oder weinen. Mitarbeiter verlassen das Gebäude. Ein paar wenige bleiben. Die Nachtschicht.

Zwei Stunden später stehe ich wie vereinbart wieder vor Karlas Schreibtisch. Sie reicht mir einen Arztkittel, Handschuhe und einen Mundschutz. Unter ihrem Arm klemmt eine rote Patientenmappe. Im Flur brennt kaum noch Licht, und ich versuche, nicht zu gähnen.

Der Arzt rennt an uns vorbei. Karla und er klatschen sich ab. »Selamno, Fana!«, ruft er mir zu.

Er kennt meinen Namen. Es scheint sich herumgesprochen zu haben, dass eine Neue da ist.

Die Krankenzimmer sehen so schlicht aus wie in Addis Abeba. Das Zimmer, das wir betreten, hat acht Betten. Darum herum liegen mindestens zehn Menschen auf Decken und mitgebrachten Strohmatten.

Es sind die Angehörigen, die da auf dem Boden kampieren. Sie kümmern sich um alles. Sie bringen Blutproben ins Labor. Sie holen Ergebnisse ab. Wenn ein Arzt gebraucht wird, dann suchen sie im Krankenhaus nach einem. Und zwar so lange, bis er mitkommt. Patienten ohne Angehörige haben schlechte Karten.

Die meisten im Raum schlafen. Karla tritt auf einen Mann zu, der in einer Ecke auf dem Boden kauert. Als er uns bemerkt, rüttelt er die Frau neben sich wach. Beide folgen uns durch einen langen Flur.

»Sie sind gestern gekommen, mit drei Kindern. Wir gehen jetzt zu ihrem Jüngsten.«

»Wo liegt er?«

»Im OP.«

»Er wird gerade operiert?«

»Nein.«

Wir biegen in einen breiten Gang ab. An der Wand hängen von Kindern gemalte Bilder in schwarzen Holzrahmen. Runde Köpfe, dünne Striche für Arme und Beine. Auf einem Bild ist ein Gewehr, schwarze, runde Kugeln fliegen auf ein kastenförmiges Haus. Auf dem Bild daneben rollt ein Panzer über einen Hund oder ein Pferd, irgendetwas mit vier Beinen.

Karla merkt, dass ich langsamer werde und die Bilder ansehe. »Ach je, die hängen hier angeblich seit Jahrzehnten.«

»Der Bürgerkrieg. Ich kenne solche Kinderbilder.«

Weder ich noch ein anderer Äthiopier käme auf die Idee, so etwas aufzuhängen. Das waren die Ausländer, die, die helfen wollten: *Lasst uns Bilder malen und den Krieg vergessen.* Wenn das mal so einfach wäre. Karla scheint auch so eine Weltverbesserin zu sein. Sonst wäre sie nicht in Afar.

In den Gängen schlafen Menschen auf Bänken und auf dem Boden. So wie in Addis. Manche wohnen im Krankenhaus, sie haben kein Zuhause. Tagsüber betteln sie auf der Straße, nachts liegen sie in den Fluren. Wenn hoher Besuch kommt, müssen sie unsichtbar werden. Die übrige Zeit dürfen sie bleiben. In Afar gelten offenbar die gleichen Spielregeln. Die Eltern und ich sind kein hoher Besuch – auf drei zusammengeschobenen Stühlen liegt vor uns ein alter Mann. Barfuß. Seine Kleidung ist nicht viel mehr als ein brauner Lumpen.

Karla öffnet langsam eine Tür, lässt den Eltern und mir den Vortritt und schließt sie behutsam hinter uns. Ich wusste gar nicht, dass sie das auch leise kann.

Auf einem Monitor wandern Herzstromkurven. Der Sauerstoffkonzentrator summt. Infusionen tropfen aus zwei Flaschen, die an einem rostigen Ständer hängen. Ich lese die Aufschrift: einmal eine Zucker-Salz-Lösung und einmal Aminosäuren.

Die Geräte sehen so alt aus wie in Addis. Im Black-Lion-Krankenhaus werden die kaputten Geräte in einem der hundert Flure gelagert. Keiner kann sie reparieren. Man wartet auf neue Spenden. Auf den Besuch eines Technikerteams aus dem Ausland. Entsorgt werden die kostbaren Geräte nicht. Man weiß ja nie.

Nichts hier drinnen erinnert an *Grey's Anatomy, Dr. House* oder *Emergency Room* – an die Serien, mit denen ich aufgewachsen bin. Eine Lehrerin aus Deutschland, die ein halbes Jahr an meiner Schule unterrichtete, konnte gar nicht fassen, dass wir so etwas hier überhaupt kennen. Als sie hörte, womit wir unsere Zeit verbringen, war sie perplex. »Ihr habt zu Hause weder Kühlschrank, Waschmaschine noch Toilette, aber einen Fernseher, in dem Serien aus den USA laufen?« Aber sie hat dann recht schnell verstanden, warum das so ist. Fernsehen ist bei uns einfach die billigste Freizeitbeschäftigung. Und sie kostet sogar kaum Strom, wenn er denn gerade fließt.

Später, im Krankenhaus von Addis, da kam dann die Realität. Keine Operationssäle aus Stahl und Chrom, nichts war medizinisch auf dem neuesten Stand. Die meisten hätten die Zustände dort geschockt. Doch ich fand Medizin jetzt noch interessanter. Menschen begleiten, manchmal auf ihrem letzten Weg. Und jeden Tag ein Leben retten. Mindestens. Zugegeben, klingt total kitschig, so ist es aber für mich.

Ich stehe mit Karla und den Eltern an einem Bett. Es dauert, bis ich zwischen den Geräten und Kabeln den kleinen Jungen entdecke.

Ein kahler Kopf, die Augen geschlossen. Das Gesicht eingefallen, die Haut zerknittert. Der Junge sieht aus wie ein alter Mann. Die Lippen sind geschwollen, die Mundwinkel eingerissen. Ein Schlauch führt zur Nase. Dadurch wird er ernährt. Wenn ich mich richtig erinnere, heißt das Essen für solche Patienten F-100 oder F-75, ein Brei. Die Kanüle für die Infusionen steckt in der knochigen Hand. Die Elektroden für das EKG kleben am Brustkorb.

Die Arme des Jungen erinnern mich an die Strichmännchen auf den Bildern. Draußen, auf dem Flur.

All das kenne ich, all das habe ich schon gesehen.

»Deswegen Äthiopien?«

Karla schaut mich fragend an. »Kein guter Grund?«

Ist sie wirklich so naiv? Ich bin froh, dass die Eltern des Jungen kein Deutsch verstehen. »Karla, weit über 20 000 Menschen verhungern täglich auf der Welt. Und du denkst, hier drinnen löst du das Problem?«

»Ich kann gar nichts lösen. Nein. Aber einen Beitrag leisten, das kann ich.«

Bei Weltverbesserern muss ich immer an den Berliner denken. Wir haben uns im Café Genève kennengelernt. Da trauen sich manchmal auch Ausländer rein. Der Berliner stand am Eingang neben der Röstmaschine. Ein Generator brummte vor dem Café, damit das Gerät überhaupt genug Strom bekam.

Die Röstmaschine dampfte, es roch überall nach Kaffeebohnen, und er stand einfach da. Bis ich kapierte, dass er zu unserem Tisch schaute. Er sah mich an! Wir lächelten einander zu. Dann setzte er sich zu uns, als wären wir alte Freunde. Er stellte sich vor, wir sprachen über Addis, die Hungersnot. Und irgendwann sagte er: »Ich bin zum Helfen gekommen.« Er machte ein Praktikum bei einer Hilfsorganisation.

Immer wenn der Berliner in den kommenden Wochen arbeitete, saß er dort, im Café. Seinem Chef sei es angeblich egal, ob er hier tippte oder im Büro. Der Berliner schrieb irgendwelche Berichte. Die Berichte halfen uns natürlich wahnsinnig.

Ich freute mich trotzdem jedes Mal, ihn zu sehen. Ich habe noch nie so viel Kaffee getrunken wie in diesen Tagen. Er war witzig, intelligent und sah gut aus. Kommt selten vor, die Kombination. Bei Männern, meine ich.

Wir haben uns dann auch so getroffen. Und bald war klar, wir sind ineinander verknallt. Erst war er sehr vorsichtig, er wusste ja nicht, wie so etwas hier bei uns abläuft.

Ich machte es ihm etwas leichter und zeigte ihm das Train House. Das Café hat wie ein Zug Abteile, Stellwände trennen die Tische voneinander. Und wer mit seinem Schatz herumknutschen will, der geht dorthin. Dafür ist das Train House schließlich da. Und küssen konnte er, mit Betonung auf *konnte.* Denn nach drei Monaten ist der Berliner zurückgeflogen.

Von Äthiopien in seine Luxuswelt. Das gute Gewissen im Gepäck. In seinem Lebenslauf steht diese heldenhafte Reise bestimmt unter dem Punkt *Auslandserfahrung.*

Und ich stehe irgendwo auf seiner privaten Liste exotischer Bekanntschaften. Auf seinem Profil bin ich eine von 455 Freunden. Mehr Frauen als Männer. Ich habe sie mir alle angeschaut. Da war die ganze Welt versammelt. Herzlichen Glückwunsch zu dieser beachtlichen Liste, lieber Berliner! Und danke fürs Helfen.

Die Eltern streicheln ihren kranken, verkabelten Sohn.

»Mir ist klar, dass ich nicht alles zum Guten wenden kann.« Karla umklammert mit beiden Händen das Bettgestell. Sie sucht nach den richtigen Worten. »Ich will einfach nur in der Realität leben. Und mich der Realität stellen. Das, in diesem Raum, das ist die Realität.«

Ich stehe mit verschränkten Armen vor ihr.

»In Deutschland machen sich die Leute was vor. Sie ziehen die Mauern um sich herum hoch und denken: Jetzt ist die Welt wieder in Ordnung. Dabei haben sie sich nur die Augen zubetoniert.«

Ich hole tief Luft und lasse beim Ausatmen meine Lippen flattern. Die Eltern des Jungen schauen mich fragend an. Das muss man Karla tatsächlich zugutehalten: Immerhin ist sie hier. Sie will etwas tun.

»Werden es hier auch immer mehr Patienten?«, frage ich. »In Addis mussten wir vor ein paar Wochen eine Lkw-Ladung Betten in die Abteilung holen.«

»Und das sind nur die, die es bis zu euch in die Hauptstadt schaffen«, sagt Karla. Sie schaut aus dem Fenster in die Nacht. »Hier in Afar gab es immer drei Regenzeiten. Eine lange im Juni, Juli und August. Zwei kurze im April und November.«

»Und jetzt gibt es nur noch eine«, sage ich. Ich kenne mein Land, das muss sie mir nicht erklären. »Und was willst du gegen Klimawandel und Hungerkatastrophe machen?«

Karla hebt langsam die Schultern. »Ich habe keine Ahnung.«

Das ist immerhin ehrlich.

Der Arzt von vorhin kommt rein, nickt mir und den Eltern des Jungen kurz zu. Dann schaut er auf die Monitore. »Did you get the machine?«

»Not yet. I will try again«, antwortet Karla.

Der Arzt beugt sich zu Karla, er spricht leise. »I really need this room now.«

Karla nickt. Doch die Worte scheinen an ihr abzuprallen.

»Nura is waiting«, flüstert er.

Draußen piepst etwas, und der Arzt eilt davon.

»Wer ist Nura?«, frage ich.

»Das ist die Hebamme. Ein Kaiserschnitt. Zwillinge. Komplizierte Lage. Die Herztöne sind nicht gut. Muss sein.«

Erst kapiere ich nichts. Dann schaue ich auf den Jungen mit all den Geräten. Klar, wir sind im OP. Es gibt in dem Krankenhaus nur einen. Der Raum wird gebraucht. Und auch alles andere, was hier steht.

»Nach dem Kaiserschnitt wartet noch eine Patientin.« Karla wendet die Augen nicht von dem Jungen. »Seine Eltern haben ihn zu spät hergebracht. Er hat eine schwere Lungenentzündung.«

»In meinem alten Krankenhaus haben das ein Drittel der unterernährten Kinder«, sage ich.

»Nur sind die hoffentlich viel früher eingeliefert worden als der Kleine hier.«

Die Eltern lehnen sich an die Wand, die Mutter weint mit geschlossenen Augen. Sie tragen einfache Kleider, sehen selbst unterernährt aus. Wahrscheinlich sind es Landarbeiter aus einem der Dörfer hier in der Gegend.

Eine Frau mit blauem Kittel tritt zu uns. Nura, die Hebamme. »We have to start.«

»Okay.« Mehr sagt Karla nicht. Sie blickt auf die Kontrollbildschirme. Man muss kein Mediziner sein, um zu verstehen, was die Zahlen darauf bedeuten. Dann tritt sie zu den Eltern des Jungen und schaut mich an. Ich verstehe.

Und dann übersetze ich das, was keine Ärztin den Eltern eines Kindes sagen möchte. Und keine Übersetzerin übersetzen will.

Die zwanzig Meter zum Gästehaus gegenüber reichen, um vollkommen nass zu werden. Regen prasselt auf den Asphalt, in den Schlaglöchern bilden sich kleine Seenlandschaften. Der Nachtwächter lächelt mir zu. Er ist vielleicht ein, zwei Jahre älter als ich.

»Dehna Ederi!«, sagt er mit ruhiger Stimme. *Gute Nacht.*

Ich denke schon wieder an den Berliner.

So wenig ich das wahrhaben will, aber ich habe immer noch Gefühle für ihn. Nicht, weil er Ausländer ist. Also nicht, weil es in Addis Mode ist, mit solchen Typen abzuhängen. Wir haben uns tagelang die Köpfe heißgeredet über Gott und die Welt. Nachts haben wir uns Nachrichten geschickt und weiterdiskutiert. Wir haben uns jedes Geheimnis anvertraut. Wirklich jedes.

Vielleicht würde ich dem Berliner sogar verzeihen, dass er einfach so zurückgeflogen ist. Wenn er eine gute Erklärung dafür hat, dass er sich irgendwann nicht mehr bei mir gemeldet hat.

Als ich endlich im Bett liege, ist von dieser regnerischen Nacht nicht mehr viel übrig. Ich brauche auf Dauer mehr als fünf Stunden Schlaf. Unbedingt! Das werde ich morgen mit Karla klären müssen.

Was der Berliner jetzt wohl macht? Er ist nachtaktiv. Er liest vielleicht noch ein Buch, schaut einen Film. Oder er schreibt am nächsten Bericht für irgendeine Organisation.

Egal, es wäre einfach schön, einmal neben ihm aufzuwachen. Denn während seiner Zeit hier war es natürlich völlig undenkbar, eine ganze

Nacht von zu Hause wegzubleiben. Ich habe mit der Beziehung schon genug riskiert.

Ich denke an ihn und drehe mich unruhig von links nach rechts, doch der Regen auf dem Wellblechdach trommelt mich irgendwann in den Schlaf.

2

ANTON

Ich schalte auf Nachtsicht und wische die Regentropfen weg. Die schwarze Welt wird grün. Sonst nichts. Da ist keiner. Nicht mal Rehe, ein Fuchs oder ein paar Wildschweine. Alles reglos. Der Wald schläft. Vielleicht hocken die, die wir suchen, in einer der Höhlen. Oder sie haben sich ein Erdloch gebuddelt, decken sich mit den nassen Blättern zu, liegen in einem der hohlen Stämme. Und warten dort. Warten darauf, nicht entdeckt zu werden. Darauf, dass Noah und ich wieder verschwinden.

Ich zoome die Mauer auf dem Hügel heran. Über der acht Meter hohen Betonwand verläuft Stacheldraht. Dreifach. Da passt nicht mal mehr eine Hand durch. Sehen tue ich dort oben niemanden. Und was hinter der Mauer passiert, ist mir egal. Dafür sind die polnischen Kameraden zuständig.

Der Stacheldraht ist nicht beschädigt – nicht aufgeschnitten oder heruntergerissen. Keine Leiter, kein Seil. Sieht von hier alles normal aus. Keine Ahnung, wieso es den Alarm gab.

»Negativ«, sage ich und klappe das Nachtsichtgerät wieder hoch. Ich kremple den nassen Ärmel der Tarnjacke um. Mit dem trockenen Stoff wische ich mir übers Gesicht. Wasser und Schweiß. Der Schweiß brennt in den Augen.

Wir sind mit unserer Ausrüstung den Berg raufgerannt. Da kommt jeder ins Schwitzen. Ich bin trainiert, sonst würde ich so wie Noah schnaufen. Obwohl der nicht unsportlich ist.

Unser Geländewagen steht in der Schlucht unten am Fluss. Den Berg kommen wir selbst mit Allrad nicht hoch. Die Motorräder sind auf der Ladefläche befestigt. Doch die würden heute im Matsch stecken bleiben. Und sie sind viel zu laut. Da wüsste jeder, dass wir kommen.

Die Motorräder nehmen wir nur, wenn es jemand aus dem Wald rausschafft. Auf die Felder oder auf eine der Landstraßen. Und dort kommen wir nur zum Einsatz, bis die Polizei anrückt und die Verfolgung übernimmt.

Noah atmet noch immer schwer. Auch aus den Kopfhörern kommt kein Laut. Also breche ich das Schweigen.

»Fehlalarm.« Ich mache drei Sekunden Pause. Soll so rüberkommen, als würde ich intensiv überlegen. »Rückzug?«, schlage ich vor. Mehr kann ich nicht machen. Der Befehlshaber entscheidet. Und Befehle erteilt bei uns Stahlke, sonst keiner.

»Nicht so eilig«, ertönt seine Stimme in unseren Ohren. »Wärmebildkamera einsetzen!«

Noah schüttelt verärgert den Kopf und hält sein Mikrofon zu. Stahlke hört in der Basis jetzt nur ein Knistern. »Der sitzt mit seiner Tasse Kaffee im Trockenen«, regt sich Noah auf. »Da hätte ich es auch nicht so eilig.«

Wir grinsen uns an.

Ich setze mich auf einen mit Moos bewachsenen Baumstamm. Alles nass. Egal. Bin sowieso schon komplett durchgeweicht. Das kann hier noch dauern.

»Jungs«, meldet sich Stahlke, »wenn es knistert, dann weiß ich, dass einer von euch Mist erzählt.«

Unser Vorgesetzter weiß eben alles.

Ich gähne. Es ist zwei Uhr nachts.

Vor zwanzig Minuten hat in der Kaserne der Alarm geschrillt. Noah und ich mussten raus aus unseren Betten. Die anderen vier in unserer Sechs-Mann-Stube haben ihre Witze gerissen.

»Frühstück mit Stahlke?«

»Regenschirm nicht vergessen!«

Und dann haben sich die Kameraden umgedreht und gemütlich weitergepennt.

Wir mussten uns die kalten Flecktarnanzüge anziehen und die schwarzen Kampfstiefel. Wir beide haben schließlich Bereitschaft.

In der Ausrüstungskammer hat uns ein Offizier die Waffen in die Hand gedrückt. Er hat den mitfühlenden Wetterfrosch gespielt: »So ein beschissenes Scheißwetter da draußen.«

Dann habe ich mich ans Steuer gesetzt. Die Scheibenwischer quietschten. Ich konnte keine fünf Meter weit schauen. Noah studierte die Anzeige im Navi und sagte den Weg an.

Die Bewegungsmelder an der Mauer hatten etwas im Abschnitt B-2 geortet und den Alarm in der Kaserne ausgelöst.

War aber alles sauber dort.

Inzwischen stehen wir in C-3. Hier hat die Basis ein Handysignal geortet. Vor zehn Minuten. Und Stahlke hat das neue Ziel an Noah geschickt.

An einer Stelle sind sie also über die Mauer. Offenbar mit einem neuen Trick, ohne den Stacheldraht zu beschädigen. Ein paar Hundert Meter weiter warten sie nun vermutlich auf ihren Schleuser.

Also hier. Theoretisch.

Scheißtheorie!

Noah setzt sich mit einem abgebrochenen Ast in der Hand zu mir. Er bohrt Löcher. Er hat keinen Bock auf die Suche. Der Ast verschwindet einen halben Meter in der nassen Erde.

Zehn Minuten sind eine lange Zeit. Die könnten jetzt überall sein. Gut, mit vollgepackten Tüten oder einer Reisetasche kommt man nicht wirklich weit. Aber Spurensuche kann man bei dem Wetter vergessen.

»Und, schon auf Öl gestoßen?«, frage ich Noah. Der Stock schaut nur noch ein paar Zentimeter aus der Erde.

Stahlke hört mich natürlich genauso und fragt nach. »Habt ihr was Warmes gefunden?« Er sieht uns hier draußen nicht. »Ich will einen Bericht.«

Noah hat die Wärmebildkamera noch nicht einmal ausgepackt.

Ich nicke ihm zu.

Er zieht den Stock aus dem Boden und wirft ihn in den Wald.

Er holt das Gerät hervor, richtet die Sensoren erst geradeaus und dreht sich dann im Kreis. Er folgt zwei, drei dicken Stämmen nach oben, deren Äste auf Schulterhöhe anfangen. Da könnte man hochklettern. Hat aber anscheinend keiner gemacht.

Noah dreht sich noch einmal, schüttelt den Kopf. »Negativ.«

Er hebt einen anderen Stock auf und setzt sich wieder zu mir. Doch bevor er die Bohrung fortsetzen kann, knallt es, und wir zucken zusammen. Das kam nicht aus dem Wald, sondern aus unseren Ohrknöpfen. So klingt es, wenn Stahlke mit der flachen Hand auf den Tisch in der Basis haut.

Hat mir Noah mal gesteckt. Er muss es wissen. Vier Tage die Woche sitzt er neben Stahlke. In der Schaltzentrale. Nur einen Tag die Woche ist Noah draußen im Einsatz. Alle, die Innendienst machen, müssen einmal die Woche raus. »Damit mir keiner vor dem Computer einrostet«, lautet Stahlkes Motto.

Ich sammle Stöcke auf und überreiche sie Noah.

Er grinst.

Bis Stahlke sich meldet, haben wir Zeit, und er kann bauen, was er will. Ich bin froh, dass Noah zumindest einmal die Woche dabei ist. Er ist mein bester Freund.

Wir kennen uns schon ewig, haben zusammen Abi gemacht. Später will Noah Mark Zuckerberg beerben und außerdem ein neues Google erfinden. Er ist eher so der bescheidene Typ.

Ich bin kein Nerd. Ich will was mit Menschen machen, nicht mit Cyborgs. Vielleicht verlängere ich auch erst mal bei der Armee, bis mir was einfällt. Gutes Geld verdient man hier, also nach dem Wehrdienst. Es ist ein sicherer Job, und die Nationale Alternative wird in dem Bereich garantiert nicht sparen.

Stahlke schweigt noch immer. Es rauscht gewaltig. Nicht in der Basis. Bei uns. Waldrauschen. Tausend Blätter, die aneinanderreiben. Hunderte Tropfen, die auf uns hinabregnen.

Ich drehe mein Gesicht nach oben und öffne den Mund. Ich mag den Wald. Auch bei Regen, wenn's so modrig riecht. Stört mich nicht. Nur das frühe Aufstehen. Das nervt.

Noah macht es mir nach und streckt ebenfalls die Zunge raus. Tropfen fangen. Sonst fangen wir heute Nacht nichts mehr. Das muss Stahlke endlich einsehen.

Ich schlucke Regenwasser. Viel ist es nicht.

Noah stupst mich mit der Schulter an und zeigt mit dem Kopf zur Baumkrone hoch. Etwas bewegt sich dort hinter den Blättern, ganz oben.

»Positiv«, flüstere ich ins Mikro. Langsam nehme ich mein G36 in Anschlag. Cool bleiben. Ich habe ein Sturmgewehr – die da oben sicher nicht. Ich schaue durch das Visier, und im Fadenkreuz wackelt etwas Großes hinter den Blättern.

Wie kommt man so weit hoch? Tragen einen da oben noch die Äste? Die Wärmebildkamera hat nichts angezeigt. Vor zwei Minuten zumindest. Thermoanzüge vermutlich, mit Kletterausrüstung.

»Das sind Profis«, flüstere ich. »Keine Billig-Invasoren.«

»Du meinst Flüchtlinge«, sagt Noah ebenso leise.

Noah wieder mit seinem Gutmenschentum. Bei uns heißen sie offiziell Invasoren, fertig. Um nichts anderes handelt es sich bei denen.

Ich kann durch den Sucher nichts erkennen.

Noah merkt, wie nervös ich werde. »Freund, kein Feind.«

Ich runzle die Stirn.

Er grinst. Er weiß, was das da oben ist.

Von wegen Invasoren.

Jetzt höre auch ich das vertraute Geräusch und nehme die Waffe runter. Bei dem Wind dringt das Surren kaum zu uns. »Scheiße, Mann, hab ich mich erschrocken.«

Noah schaut zu mir, als ob es ihm leidtäte. Muss es aber nicht. Er kann ja nichts dafür.

Stahlke ist schuld, und der lacht nun, dass mir die Ohren wehtun. »Hab Cindy vorbeigeschickt.«

»Auch schon wach? Guten Morgen, Cindy«, sagt Noah leise.

Cindy begrüßt niemanden. Nie.

In der Basis ist sie Noahs beste Freundin. Immer wenn Noah neben Stahlke in der Schaltzentrale sitzt, sind Cindys Kameras Noahs Augen.

Jetzt schaut sie uns von oben an, und ein anderer steuert ihre acht Propeller.

Noah will hier weg. Das sehe ich ihm an. Er lässt sich nicht gern von Kameraden beobachten. Steuert lieber selbst die Drohne.

Cindy surrt fleißig über die Baumkrone, dreht Kreise. Immer weiter und weiter. Kommt wieder näher zu uns heran. Regen klatscht auf ihre Oberfläche.

Wir sind Statisten geworden, jetzt läuft hier Stahlkes Film, er ist der Regisseur. Cindy spielt die Hauptrolle.

»Was ist da los?«, frage ich.

Noah zieht die Schultern hoch.

Stahlke antwortet sowieso nur, wenn er will.

Cindy schwebt vielleicht zwanzig Meter von uns entfernt. Seit einer halben Minute bewegt sie sich kaum noch, korrigiert nur Schwankungen durch die Windstöße.

»Noah«, schreit Stahlke in sein Mikro.

Schon wieder zucken wir zusammen.

Ich finde Stahlke voll in Ordnung. Er kennt sich aus. Ist fair. Ein guter Ausbilder. Er übernimmt Verantwortung. Traut sich doch sonst keiner. »Positive Autorität« hatte Stahlke das mal genannt. Da ist doch was dran. Doch dieses Geschrei nervt.

»Noah! Die Wärmebildkamera ist Schrott.«

Ich schaue zu meinem Kumpel und drehe die Hände fragend nach oben.

Noah hebt die Schultern.

»Ich schicke Verstärkung«, sagt Stahlke.

Ich glaube, ich habe mich verhört. »Ver… Verstärkung?«

»Ruhig bleiben.«

Ich springe auf und drehe mich im Kreis. Von wegen *ruhig bleiben*. Ich klappe das Nachtsichtgerät noch mal runter. Aber da ist nichts außer Dunkelheit und Wald – nasser, schlammiger Wald. Ich schaue in Cindys Richtung: Sie schwebt ein paar Meter über mehreren morschen, ineinander verkeilten Baumstämmen.

Ich bekomme Schiss, und das ist nicht gut. Mein Zeigefinger zittert am Abzug. Aber es ist nicht nur Angst, es ist auch Aufregung. Endlich geht es los!

Noah kennt mich gut. Zu gut, denke ich manchmal. Er drückt mein Gewehr runter. Als ich protestieren will, hält er mit einer Hand mein Mikro zu und mit der anderen seins.

»Die oder wir?«, frage ich ihn.

Er weiß doch, um was es hier geht. Ich will nicht sterben. Was ist, wenn sie Waffen haben? Überlebensinstinkt heißt das. Reine Biologie.

»Wir müssen sie erst vorwarnen«, sagt Noah ruhig.

Es raschelt nahe den morschen Baumstämmen, Zweige knacken. Cindy macht die Invasoren offenbar nervös.

Uns haben sie sicher auch schon längst entdeckt. Wenn der Schleuser sein Geld wert ist, weiß er, wie es gleich weitergeht. Die müssen jetzt raus aus dem Versteck, sich aufteilen – ein paar werden es schaffen, ein paar nicht. Wenn sie dort weiter ausharren, bekommen wir alle.

»Vorwarnen, vorwarnen …«, fluche ich. »Wieso soll ich wegen denen mein Leben riskieren?«

»Weil wir erst vorwarnen müssen. Das weißt du.«

Noah hat natürlich recht. Vorwarnen, so haben wir das gelernt. Ihnen die Wahl lassen. Und wenn sie mit erhobenen Händen rauskommen, freiwillig zurückgehen, umso besser. Dann haben wir weniger Arbeit.

Trotzdem, wieso kommen die überhaupt noch nach Deutschland? Wieso kapieren die das nicht? Deutschland ist dicht. Wenn noch mehr dieser Invasoren zu uns kommen, sieht es bei uns bald so aus wie bei denen. Davon hat keiner was.

Noah und ich suchen Schutz und legen uns in den Schlamm. Kann sein, dass die gleich nervös werden. Liegend kann man besser zielen.

»Wir sind nicht das Sozialamt der Welt«, murmele ich vor mich hin. Ich spreche laut genug, damit Noah es versteht. Mich regt das alles hier auf.

Noah nickt mir zu. »Ist ja gut.«

In die Sträucher vor uns kommt Bewegung.

»Was ist da los?«, fragt Stahlke, der mit Cindy eigentlich mehr sehen müsste als wir. »Ich will einen Bericht! Noch zweieinhalb Minuten, bis die Verstärkung eintrifft.«

Pass du lieber auf, dass dein Kaffee nicht kalt wird, denke ich.

Noah und ich robben auf die Sträucher zu. Wir brauchen Sichtkontakt.

»Erst vorwarnen! Verstanden?«, fängt jetzt auch noch Stahlke an.

Ich weigere mich, Noah ins Gesicht zu schauen. Die Hab-ich-doch-gesagt-Grimasse will ich jetzt nicht sehen.

»Denk an den Rentnerausflug«, flüstert er mir zu.

Vor einem Monat sind wir auf fünf Rentner gestoßen. Pilzsucher waren das. Als die unser Fahrzeug gehört haben, bekamen sie es mit der Angst zu tun und haben sich versteckt. Vielleicht dachten die Alten, die Polen greifen an – was auch immer. Sie sind jedenfalls mit dem Schrecken davongekommen.

Egal, irgendwann macht die Arbeit hier draußen ein Roboter. Der feuert dann einfach rein. Vielleicht ist der sogar von Noah programmiert. Ob er das will oder nicht.

»Vorwarnen!«, sagt Noah.

Das ist meine Aufgabe. Ich weiß.

Ich hole tief Luft und rufe: »You are in Germany illegally.«

Ein Hubschrauber rattert in der Ferne. Die Verstärkung.

»Hands up! Get out! We will bring you back!«

Zurück heißt zu den Polen. Die bringen die Invasoren dann zu ihren Außenmauern im Osten. Die Polen waren mit dem Bau der Mauer fertig, bevor die Ungarn und wir die Grenzen ordentlich abgesichert hatten.

Das kann ich den Invasoren jetzt nicht alles erklären. Ich muss sie in drei Sprachen vorwarnen. Alles brav auswendig gelernt.

»Hidschratak ila Almania …« Der Hubschrauber ist inzwischen zu nah. Ist egal, was ich jetzt auf Arabisch weiterschreie. Mich hört sowieso keiner mehr.

Da rennen sie auch schon aus ihrem Versteck. Mindestens zwanzig sind das. Noahs Wärmebildkamera ist wirklich Schrott. Alle flüchten in eine Richtung. Alle zusammen. Keine Aufteilung. Pech gehabt. Am Schleuser sollte man nicht sparen.

»Das Team im Hubschrauber übernimmt jetzt«, sagt Stahlke.

Es ist immer noch sein Film. Zwei Scheinwerfer folgen den Invasoren. Sechs Kameraden seilen sich in den Wald ab.

»Ihr kümmert euch um die anderen«, schreit Stahlke.

Ich schaue Noah an. Der zeigt zu den morschen Bäumen. Cindy schwebt noch immer über ihnen. Vielleicht doch nicht so dumm, der Schleuser.

Hinter der Mauer bellen Hunde. Klar, den Hubschrauber müssen die Polen ja auch hören. Wer weiß, wer noch auf deren Seite im Wald lauert.

Cindy dreht ab und fliegt Richtung Hubschrauber.

»Da wird's offenbar komplizierter als gedacht«, sagt Noah.

Wir robben näher an unser Ziel. Viele können es ja nicht mehr sein.

Ich versuche es noch mal: »Hidschratak ila Almania …«

»Femije!«, ruft ein Mann.

»Was sagt der?«

Noah schüttelt den Kopf. »Keine Ahnung.«

»English?«, versuche ich es.

»Femije!«

»Ruski?«

»Jo, jo. Femije!«

»Scheiß-Femije! Femije. Was soll der Mist?«, schreie ich.

»Arabi?«, versucht es Noah.

»Femije!«

»Femije?«, brülle ich zurück. Was bedeutet das?

»Schießbefehl für alle Einheiten«, sagt Stahlke.

Da eskaliert was.

»Femije!«

Ich höre Schüsse. Sind das unsere Jungs?

Bei uns rührt sich auch was. Eine Gestalt springt auf, verschwindet gebückt in den Sträuchern. Ich verfehle sie um ein paar Zentimeter. Baumrinde fliegt durch die Luft.

Der Invasor stellt sich hinter einen Stamm. Der verdeckt ihn nicht ganz. Sein Unterarm ist im Fadenkreuz, mittig.

»Psst«, sagt Noah.

Was will er jetzt schon wieder? Ich blinzle zu ihm rüber, er winkt aufgeregt zu den morschen Bäumen. Sechs Leute stehen dort. Ihre Arme sind oben.

Femije – egal welche Sprache das ist, ich weiß jetzt, was es bedeutet. Vier von den sechs Gestalten reichen mir nicht einmal bis zur Hüfte. *Femije* heißt Kinder.

Ich überlege, in welcher Sprache es jetzt weitergeht. Wie soll ich denen denn von der Rückführung erzählen?

Femije. Verdammt.

Ich schaue zu dem Typ hinter dem Baum. Was jetzt?

Und dann schießt Noah. Obwohl, schießen ist das falsche Wort. Er ballert, er ballert drauflos, als wäre das hier ein Ego-Shooter. Äste und Blätter wirbeln durch die Luft. Ein Stück Holz knallt auf meinen Helm.

Ich halte mir die Hände vors Gesicht. Durch die Finger sehe ich, wie Noah seine Waffe in den Schlamm wirft. Dann reißt er mir meine von der Schulter und schießt damit weiter.

Das Magazin fliegt durch die Luft. Er schiebt ein neues rein und verballert auch das komplett. Als ich aufschaue, dampft mein Gewehr.

»Was zur Hölle!«, schreit Stahlke.

Noah und ich schweigen. Ich kapiere gar nichts. Nur eins ist klar: Egal was ich jetzt sage, Stahlke hört mit. Wenn ich die Wahrheit sage, bekommt Noah ein Verfahren angehängt. Wenn ich nichts sage, schöpft Stahlke erst recht Verdacht. Also sag ich erst mal das, was auf jeden Fall stimmt: »Schießbefehl ausgeführt.«

»Wollt ihr mich verarschen?«, brüllt Stahlke. »Das hab ich gehört. Ich bin fast taub geworden. Ich will einen Bericht.«

Noah antwortet nicht. Er kniet neben mir und weint.

»Wie viele habt ihr?«, fragt Stahlke.

Ich schaue zu Noah und wische ihm die Tränen aus den Augen.

Die Waffe hält er noch immer in den Himmel gerichtet. Über uns hat er eine Schneise in die Baumkronen geschossen. Das Blätterdach ist weg. Ich sehe Regenwolken.

»Wir haben niemanden«, antworte ich.

»Niemanden?«

»Niemanden.«

Keine Ahnung, was ich noch sagen könnte. Doch dann fällt mir was ein. »Die waren schneller als Rehe.«

3
FANA

Die Gerippe der Tiere liegen auf dem steinigen Boden. Ein paar Hörner erkenne ich noch. Mehr nicht. Der Bus fährt zu schnell. Ein paar Hundert Meter weiter verwest schon der nächste Ochse. Es lohnt sich nicht, sie zu zählen. Neben mir sitzt Karla. Sie packt einen Fotoapparat aus.

Will sie das da draußen etwa fotografieren? Die Hungerkatastrophe war doch schon die letzten Monate im Krankenhaus in Afar allgegenwärtig.

Ich war ja genau zur Regenzeit in Karlas Krankenhaus angekommen. Und diese Regenzeit hatte es in sich. »Das war so heftig wie noch nie«, sagte ein Patient zu mir. Mustafa hieß er. Mustafa hatte sein ganzes Vieh verloren. Der Regen hatte den ausgetrockneten Bach in seinem Dorf zu einem reißenden Fluss werden lassen. Zwei Meter hohe Dreckwellen überfluteten alles. Die Erde, hart wie Stein, konnte kein Wasser aufnehmen. Und so floss es weiter und riss seine Ziegen und Ochsen mit.

Die Menschen in Afar können ohne ihre Tiere nicht überleben. Die Tiere sind alles, was sie haben.

Mustafas Verwandte aus dem Nachbardorf organisierten ein Auto. Sie brachten ihn und seine Familie zu uns auf die Station. Da wog der Mann nur noch vierzig Kilo. In den Unterlagen stand, dass er achtunddreißig Jahre alt ist. Er sah aus wie sechzig.

Wir konnten Mustafas Familie retten. Vorerst. Als sie einigermaßen zu Kräften gekommen waren, mussten sie das Krankenhaus wieder verlassen. Wir waren da längst kein richtiges Krankenhaus mehr, sondern eher ein Sammellager. »Erinnerst du dich an Mustafa?«, frage ich Karla.

Sie schaut aus dem Busfenster, dann guckt sie mich an. Schraubt das Objektiv ihrer Kamera ab und bläst hinein. Mit ihrer nass geschwitzten Bluse will sie die Linse reinigen, überlegt es sich aber anders. Sie schüttelt den Kopf. »Mustafa? Der mit dem amputierten Bein?«

»Nein.«

»Der mit der Blutvergiftung?«

»Ist schon gut.«

»Welchen meinst du?«

»Spielt keine Rolle.«

»Oder der Junge mit Tuberkulose? Der hieß doch Mustafa, oder?«

»Egal.«

»Wir hatten fünfzig Mustafas.«

»*Egal* – hab ich doch gerade gesagt.«

»Wieso ist das jetzt egal?«

Wir sind beide gereizt. Kein Wunder. Achtzehn Stunden arbeiten wir pro Tag. Die Leute stehen Schlange vor dem Wartezimmer. Einen Teil der Patienten mussten wir sogar woanders unterbringen.

In meinem Zimmer im Gästehaus schlafen mittlerweile acht Menschen. Ich bin zu der Familie einer Ärztin umgezogen – zusammen mit fünf Kollegen. Dann erlitt der Chefarzt einen Herzinfarkt. In seinem Büro stehen jetzt vier Betten.

»Was hast du in Addis vor?«

Karla antwortet, ohne zu überlegen. »Schlafen.«

Ich lache. Karla grinst. Die Stimmung bessert sich.

»Und wo?«

»Ich hab da eine kleine Wohnung. Vielleicht treffe ich mich auch mit einem Kollegen.«

»Du hast einen Freund?«

Es klingt wie: *Du kannst fliegen?* Aber das merke ich zu spät.

»Nein, kein Freund, ein Kollege.«

Ein Kollege. Klar doch. Karla und ihre Geheimnisse. Sie spricht nie über Privates. Ich weiß weder, ob sie Kinder hat, noch, ob sie nie oder fünfmal verheiratet war.

Aber ich erzähle ihr ja auch nichts von meinem Berliner. Was sollte ich auch sagen? Dass ich seinen Humor, die Gespräche, seine Berührungen vermisse? Dass ich wahnsinnig enttäuscht und wütend bin, weil er sich nicht mehr meldet? Zwischen Berlin und Addis liegen über 5000 Kilometer. Wahrscheinlich fände mich Karla supernaiv, wenn ich ihr davon erzähle. So naiv, wie ich den Berliner und sein Helfersyndrom gefunden habe.

Egal, viel Zeit für Unterhaltungen hatten Karla und ich bisher ohnehin nicht. Doch jetzt im Bus haben wir sehr viel Zeit. So viel wie noch nie.

»Dieser Freund … also der Kollege. Ist das dieser nette Herr von der Botschaft?«

»Doktor Schmidle?« Sie wickelt das Teleobjektiv in ein Handtuch, als wäre es aus Porzellan. »Nein. Der ist längst wieder in Deutschland.«

»Und wie geht's ihm?«

»Er ist arbeitslos.« Karla wickelt das Objektiv noch einmal aus und betrachtet es. »Diplomaten braucht das Land nicht mehr.«

»Sondern?«

»Soldaten. Deutschland braucht nur noch Soldaten.«

Wir schweigen. Die Stimmung ist dahin.

Karla übertreibt nicht. Ich kenne die Schlagzeilen. Die Nationale Alternative, die seit einiger Zeit die Regierung bildet, vergrößert die Armee, stellt mehr Polizisten ein. Kurz nach der gewonnenen Wahl ist Deutschland aus der Europäischen Union ausgetreten. Die Briten hatten es ja vorgemacht. Andere folgten.

Jetzt rüsten alle wieder auf. Die Nationale Alternative will ein neues Bündnis mit Russland. Und die europäische Währung, der Euro, der ist in Deutschland, wie fast überall, wieder Geschichte.

Eine Währung für so viele verschiedene Länder. Also ich finde das fantastisch! Es ist doch total praktisch. Bei uns in Äthiopien zahlt man mit dem Birr, im Sudan mit dem Pfund, in Eritrea mit dem Nakfa, in Somalia mit dem Schilling …

»Hast du dich mal mit Jean-Luc unterhalten?«, fragt Karla.

Der Franzose gehört zu dem internationalen Team von *Ärzte ohne Grenzen*. Sie sind vor einer Woche angereist. Kamen vom Flughafen mit einem Lastwagen voller Medikamente und Apparate.

Als Karla ein modernes Ultraschallgerät ausgepackt hat, war sie so gut gelaunt wie schon lange nicht mehr. Dank der Kollegen aus Frankreich, Brasilien und Indien haben wir jetzt drei Tage frei. Sie übernehmen unsere Schicht. Drei Tage Urlaub vom Chaos.

»Jean-Luc?« Ich überlege, worauf Karla hinauswill.

»Er glaubt, in Europa kommt es zu einem Krieg.«

»Denkst du das auch?«

»Nein, nicht mehr«, sagt Karla. »Die Leute in Deutschland werden bald merken, wie teuer diese Kriegstreiberei ist. Jedes Wahlversprechen der Regierung ist unbezahlbar. Die Nationale Alternative führt zum nationalen Aus. Fertig und Neustart.«

So einfach ist das also für Karla.

»Dann kannst du ja bald wieder zurück.«

Sie lehnt ihren Kopf ans Fenster, versucht, eine bequeme Position zu finden. Was bei dem Gerüttel im Bus unmöglich ist. »Jetzt will ich erst mal in ein richtiges Bett.«

Am Busbahnhof wartet Samira auf mich. Sie fällt mir um den Hals, nimmt meine Reisetasche und zieht mich zu einem Sammeltaxi.

Im Gedränge suche ich nach Karla. Sie ist hinten ausgestiegen, ich vorne. »Warte mal kurz, ich will mich noch schnell von …«

Aber ich sehe Karla nicht mehr. Sie ist schon weg. Als wäre sie nie hier gewesen.

So ähnlich wird es vermutlich auch, wenn sie wirklich irgendwann

Äthiopien verlässt. Ohne Abschied. Sie wird einfach weg sein. So wie mein Berliner.

Anfangs rief er mich dreimal die Woche aus Deutschland an. Ich erzählte vom Krankenhaus, er von seinem Studium. Er wollte wissen, wie es Samira geht. Ich fragte nach seinen Freunden, auch wenn ich sie nur aus Erzählungen kannte. Es gab so viel zu besprechen.

Irgendwann meldete er sich nur noch wöchentlich. »Viel zu tun. Jobsuche.« Er müsse sein Studium »neu ausrichten«. Die Nationale Alternative strich die Entwicklungshilfe aus dem Etat. Sein Arbeitsbereich stehe »vor der Auflösung«. Und statt alle paar Stunden bekam ich nur noch alle paar Tage eine Nachricht auf mein Handy. So war das.

Samira zieht mich weiter zu den Sammeltaxis. Wir drängen uns zwischen den Straßenhändlern hindurch, und ich drücke sie fest an mich.

Erst im Fahrzeug nimmt sie ihre Sonnenbrille ab, und ich sehe die Tränen.

»Aber was ist denn mit dir los?«

Samira schüttelt den Kopf.

Die komplette Fahrt zum Café Genève weint sie. Und wir stehen im Stau. Ich streiche ihr über den Rücken. Eine halbe Stunde ist unser Sammeltaxi zwischen einem verrosteten Toyota und einem fünfhundert Jahre alten blauen Lada eingeklemmt. In den haben sich mindestens sechs Menschen gezwängt. Keiner der Fahrer schaltet den Motor aus.

Irgendwann hört Samira auf zu weinen.

Ich wische ihr mit meinem Halstuch die Tränen aus dem Gesicht. »Was ist passiert?«

Die alten Autos um uns herum quälen sich den Berg hoch. Wir atmen die blaugrauen Abgase ein. Die Kurbel fehlt, um die Fenster zu schließen. Wir sitzen vorne beim Fahrer. Immerhin glotzt uns hier keiner an.

»Mensch, jetzt sag doch mal.«

»Ich … also ich …« Mehr kommt nicht aus ihr heraus.

So langsam ärgere ich mich. Das ist unfair, ich weiß. Aber meine freien Tage mit Samira hatte ich mir etwas anders vorgestellt. War ich bei Karla eine nicht ausgebildete Hilfsärztin, darf ich bei Samira jetzt Hilfspsychologin spielen.

Ich wühle in meiner Tasche, halte Samira Kaugummis hin, nehme mir auch einen und studiere die Frontscheibe. Der Fahrer hat sie nahezu komplett zugeklebt. Ein Wunder, dass er überhaupt noch etwas sieht. Maria, Jesus mit Maria und Josef, Jesus allein, der heilige Georg beim Drachentöten, wieder Jesus … Ich zähle 24 Bilder, wobei das größte ein Kreuz in der Scheibenmitte ist.

Ich habe früher auch ein Kreuz getragen, an einer Halskette. Mein Vater bestand darauf. Er glaubt an das, was man sich so erzählt: Wer so eine Kette trägt, von dem wird der Teufel immer einen Meter Abstand halten.

Unser Fahrer macht eine Vollbremsung. Ein alter Mann schiebt eine Schubkarre mit Zuckerrohr über die Straße. Zwei Frauen, nicht viel älter als ich, folgen ihm. Sie tragen Sonnenschirme mit roten und grünen Punkten.

Vor dem Café Genève sitzt ein Schuhputzer, er wartet mit seinen Schwämmen und Dosen auf Kundschaft. Er selbst ist barfuß. Neben ihm liegt ein nackter Bettler auf Lumpen. Für den Berliner war das ein Schock, also diese Armut, die für mich Alltag ist. Und seit dem Ausbruch der Hungerkatastrophe werden es täglich mehr.

Wir setzen uns ganz ans Ende des Cafés. Ich bestelle uns zwei Tassen Kaffee.

Samira rührt ihren nicht an und sagt weiterhin keinen Ton. Also breche ich das unangenehme Schweigen.

»Mustafa wäre fast verhungert. Seine Frau und seine Kinder auch. Das Haus der Familie ist zerstört, das Vieh tot.«

Samira schluchzt noch einmal, aber immerhin nippt sie nun vorsichtig an ihrem Kaffee. Reden kann oder mag sie trotzdem noch nicht, also fahre ich fort.

»Die Zwillinge auf der Intensiv haben es nicht geschafft. Zu wenig Erythrozyten.«

Samira schaut mich mit großen Augen an.

»Das sind rote Blutkörperchen.« Ich trinke meinen Kaffee in einem Zug aus. »Weißt du, was mich total ärgert? Wir hatten vier Wochen keine Narkosemittel. Vier Wochen keine OP. Die Kisten lagen beim Zoll. Das waren kostenlose Medikamente für die Armen. Und unser Staat überlegt wochenlang, wie viel Geld er dafür kassieren soll. Selbst an den Spenden will er noch verdienen!« Ich mache eine kurze Pause, könnte ja sein, dass Samira etwas sagen will.

Will sie aber nicht. Ich bin wieder dran.

»Und was macht unsere Polizei? Statt solche korrupten Politiker zu verhaften, werden Proteste gegen die Regierung niedergeknüppelt!«

Samira schaut durch mich hindurch.

»Karla sagt, wenn ein Staat von Reichen regiert wird, müssen die Armen dafür bezahlen.«

Sie streicht mir über das Gesicht. Immerhin. Dann räuspert sie sich. Ihre Stimme ist brüchig. »Du bist herzlich zu meiner Hochzeit eingeladen.«

Mir fällt eigentlich immer zu allem etwas ein. Aber jetzt bin ich sprachlos.

Das darf nicht sein! Ich spüre einen Kloß im Hals und nehme Samira in den Arm. Klar weiß ich, dass ihre Eltern einen Mann für sie suchen. Sie finden, mit achtzehn ist sie überreif. Doch bis gerade eben dachte ich, sie würden das Nein ihrer Tochter am Ende doch noch akzeptieren. Und sie selbst wählen lassen. Und jetzt gibt es einen Hochzeitstermin.

»Wer ist der Mann?«

Samira schüttelt den Kopf.

»Hast du ein Bild von ihm?«

Sie winkt ab.

»Wie alt ist er?«

Sie schaut auf die Tischplatte.

»Mit deiner Mutter kannst du doch gut reden. Was sagt die?«

»Sie meint nur, dass sie meinen Vater damals auch auf diese Weise kennengelernt hätte.«

»Und?«

»Und schließlich seien daraus so wundervolle Kinder wie meine zwei Schwestern und ich entstanden.«

Ich bin noch nie so lange von zu Hause weg gewesen. Die längste Zeit bisher waren drei Tage, die hatte ich bei einer Cousine am anderen Ende der Stadt verbracht.

Meine Mutter fällt mir in die Arme. Der Tisch zwischen den zwei kleinen Sofas steht voller Essen. Sie hat so viel gekocht und gebacken wie für eine Schulklasse. Woher hat sie auf einmal das Geld für all die teuren Zutaten? Alles nur wegen meiner Rückkehr? Ich bekomme ein schlechtes Gewissen. Überall wird gehungert, und mich erwartet ein Festessen.

Auf dem Tisch stehen Schalen mit Mus aus Ingwer, Möhren, Tomaten, roten Linsen. Es duftet nach Doro Wot, Hühnchen in scharfer Tomaten-Zwiebel-Soße, außerdem Rindfleisch. Manche Gerichte sehe ich zum ersten Mal bei uns.

Einziges Problem: Ich bin nicht hungrig. Nur müde.

»Ist was passiert?«, fragt meine Mutter. Sie sieht so etwas. Auch wenn ich mich wieder einigermaßen beruhigt habe.

Ich setze mich vor die Platten mit dem leckeren Essen. Ich reiße ein Stück vom Injera ab und tunke es in die Fleischsoße. »Samira heiratet«, sage ich kauend.

Mein Vater gesellt sich zu uns. »Keine Sorge, für dich haben wir noch keinen gefunden.« Er lächelt mir zu. Er wollte einen Spaß machen. Was nicht klappt.

In unserer Familie gibt es das schon lange nicht mehr. Meine Eltern bestimmen nicht darüber, wen ich mal heirate. Überhaupt ist so etwas in Addis inzwischen die absolute Ausnahme. Da hat Samira einfach Pech gehabt mit ihrer Familie.

»Soll ich etwa schon heiraten?«, frage ich.

»Du hättest doch gar keine Zeit für deinen Mann«, sagt mein Vater. Er trinkt sein Bier aus und füllt das Glas wieder auf.

Als meine Mutter nach dem Essen die Platten wegräumt, räuspert sie sich. »Hast du eigentlich schon Geld für deine Arbeit bekommen?«

Sie fragt mich das so leise, dass ich es kaum verstehe. Die Wände sind dünn, die Wohnungen der Nachbarn grenzen an unsere. Und alle sind neugierig.

Ob ich schon Geld bekommen habe? Immerhin hat sie bis nach dem Essen mit dieser Frage gewartet. Ich will Nein sagen, weil ich ahne, was jetzt kommt. »Wieso?«, frage ich.

»Deine Mutter hat dich etwas gefragt«, sagt mein Vater viel zu laut. Der Alkohol tut ihm nicht gut. »Also, hast du schon Geld bekommen?«

Meine Mutter schaut zu Boden.

»Wie viel braucht ihr?«

»Alles«, antwortet mein Vater, ohne zu zögern.

Meine Mutter klärt mich auf: Die Hungersnot sei schuld an allem. Natürlich. Obst und Gemüse, Getreide, all das sei sehr teuer geworden. Die Armut nähme zu. Alle müssten sparen. Viele Firmen in Addis Abeba hätten jetzt Schwierigkeiten. Es reisten keine Geschäftskunden mehr an. Die Hotels müssten Stellen streichen.

Und dann rückt sie endlich damit raus: »Dein Vater ist arbeitslos.«

»Die Hotels sparen am Nachtwächter?«, frage ich. Ich weiß nicht, was mein Vater angestellt hat, und will es auch nicht wissen. Doch dass ein Hotel auf den Nachtwächter verzichtet, das ist ein Witz. Der verdient doch am wenigsten von allen. »Das Geld ist für mein Studium.«

»Ich weiß«, sagt meine Mutter. »Wenn die Zeiten sich bessern …«

Ja, wenn die Zeiten sich bessern! Und wenn nicht, dann bin ich irgendwann eine alte Frau, die keine Arbeit hat. Und dann sitze ich in dieser Hütte und leihe mir von meinen Kindern Geld. So wie meine Mutter.

»Braucht ihr wirklich das ganze Geld? Ich will doch –«

»Sei ruhig!«, sagt mein Vater viel zu laut und knallt das Bierglas auf den Tisch. »Es geht hier nicht nur um dich.«

Wenn ich da an den Berliner denke! Seine Eltern haben ihm nicht nur das Studium finanziert. Sie haben ihm auch sein Auslandsabenteuer in Äthiopien gezahlt. Denn verdient hat er bei dem Praktikum natürlich nichts. Und da war er längst erwachsen. Sie zahlten und zahlten und zahlten. Und bei mir? Da zahle ich für meine Eltern, weil meine Eltern keine Arbeit mehr finden.

Ich weiß natürlich, dass das von mir verlangt wird. Dass das hier alle so machen. Aber eben nicht überall auf der Welt. In manchen Ländern hat man das Recht auf ein eigenes Leben.

Ich atme einmal tief durch. Egal wie sehr ich mich ärgere, sie bleiben meine Eltern. Und eine Wahl habe ich nicht. Nicht hier in Äthiopien. Das Gespräch ist beendet.

Ich wasche mit meiner Mutter ab. Wortlos. Mein Vater ist nach draußen gegangen. Ich bekomme ein schlechtes Gewissen wegen meiner Wut. Sie sind arm und haben trotzdem so viel Essen für mich eingekauft. »Du hättest nicht so viel kochen müssen.«

Meine Mutter schrubbt mit einem Schwamm das Geschirr sauber. Die Schüssel bearbeitet sie jetzt bestimmt seit drei Minuten. Was ist jetzt wieder los? Ich schaue auf die Platten vor mir, auf die Essensreste.

Das Fladenbrot hat irgendwie anders geschmeckt als sonst. Und eigentlich kochen wir auch kaum mit Fleisch. Und dann auch noch Huhn *und* Rind. Schließlich verstehe ich: Sie hat gar nicht gekocht.

Ich umarme meine Mutter. »Von wem?«, frage ich.

»Sarah.«

Sarah wohnt im Viertel und ist die beste Freundin meiner Mutter.

»Eine Feier?«

»Ihr Vater ist gestorben.«

Wir haben also die Reste von einer Beerdigung gegessen. Irgendwie passt das zu diesem Tag.

Drei Tage später, der Bus ist fast leer. Keiner will zurück. Nur zwei, die keine Wahl haben. Die eine will die Welt retten, die andere ihre Eltern. Prima Helden sind wir.

Ich rufe Karla ein »Hallo« zu. Doch sie schläft, hat den Kopf an die Scheibe gelehnt. Es wirkt so, als wäre sie gar nicht ausgestiegen, als hätte sie einfach im Bus durchgeschlafen.

Ich lasse mich neben sie fallen, und sie schreckt hoch. »Und, wie geht's deinem Kollegen?«

Sie bindet ihre Haare zu einem Zopf. Ich kenne keinen Menschen, der das so oft am Tag macht wie sie.

»Noch immer müde?«

»Hundemüde.«

Vielleicht wird sie wach, wenn ich ihr von meinem Chaos erzähle.

»Meine beste Freundin muss gegen ihren Willen einen Typen heiraten, den sie nicht kennt. Und ich habe gestern meine Uni-Anmeldung zurückgezogen. Stattdessen finanziere ich jetzt meine Eltern. Und den Bierkonsum meines Vaters.«

Das wirkt. Karla richtet sich auf. »Klingt nach einem erfolgreichen Kurzurlaub.«

Ich reiche ihr ein Stück Fladenbrot, das meine Mutter heute früh gebacken hat. »Für meinen Chef, Doktor Schmidle. Mit lieben Grüßen. Er soll weiterhin so gut auf mich aufpassen.«

Der Bus füllt sich jetzt doch nach und nach. Wir fahren trotzdem noch nicht ab. Auf dem Dach bricht ein Streit aus. Ich verstehe nur Bruchstücke. Offenbar ist da oben zu viel Gepäck. Und irgendeine Kiste, die sie nicht richtig festbinden können. Sie trampeln über unseren Köpfen herum.

Karla stört das alles nicht. Sie verschlingt das Fladenbrot. Zum Frühstücken hatte sie offenbar keine Zeit. Sie wischt sich den Mund an der Bluse ab wie ein kleines Mädchen. Und dann schaut sie mich auf einmal sehr ernst an. »Du musst hier weg.«

Ich versuche zu lachen, doch ich bekomme nur eine Grimasse hin.

»Du musst auswandern«, sagt sie.

»So wie du?«

»Im Ernst. Du willst Medizin studieren. Gleichzeitig musst du dich und deine Eltern ernähren. Bei den Gehältern hier unmöglich. Und die Hungerkatastrophe. Die Situation wird schlimmer werden. Bald bricht die Wirtschaft komplett zusammen. Dann hungert auch deine Familie.«

Der Bus fährt los, inzwischen ist er voll.

»Du brauchst Abstand zu deinen Eltern. Ein eigenes Leben. Ein Leben, das dich nicht auffrisst. Ein Leben ohne Angst vor dem Hunger. Hier wirst du nur zum Wrack. Und du musst dich verwirklichen können.«

»Wohin soll ich denn?«

Karla überlegt gar nicht. »Nach Deutschland natürlich.«

Jetzt muss ich lachen. »Du wanderst als Deutsche aus, und ich soll als Äthiopierin einwandern? Grandiose Idee.«

»Nein, du wanderst nicht als Äthiopierin ein.« Karla holt eine Thermoskanne aus dem Rucksack und füllt zwei kleine Becher. »Du wirst als Eritreerin einwandern.«

Ich verstehe kein Wort.

Sie überreicht mir einen dampfenden Becher. Er riecht nach Pfefferminz. »Als Äthiopierin hast du keine Chance. Verhungern ist kein Asylgrund. Verhungern darf man.«

»In Eritrea hungern sie doch auch.«

»Ja, aber eben nicht nur. Dort herrscht ein Diktator.«

»Wenn ich verhungere, weil ein Diktator daran Schuld hat, dann zählt das mehr, als ohne Diktator zu verhungern?«

Karla nickt.

»Verhungern allein reicht nicht?«

»Nein.«

»Okay«, sage ich langsam.

»Willkommen in der Festung Europa.« Karla bekreuzigt sich zum ersten Mal, seitdem wir uns kennen. »Eine Festung der christlichen Nächstenliebe.«

Nach drei Stunden hält der Bus für eine Pause. Karla und ich kaufen Bananen bei einer Straßenhändlerin. Wir essen, stehen schweigend nebeneinander, atmen die klare Luft ein. Das fällt einem so weit von Addis entfernt sofort auf. Obwohl die Stadt mehr als 2000 Meter über dem Meeresspiegel liegt, riecht es oft nur nach Abgasen. Von wegen gesunde Höhenluft und so.

Der Busfahrer hupt. Wir steigen wieder ein.

»Was ist mit meiner Hautfarbe?«

»Du bist nicht die einzige Schwarze in Deutschland.«

»Klar. Das weiß ich. Aber ist es nicht gefährlich –«

»Nicht mehr als für andere, die nach Ansicht der Nationalen Alternative nicht in Deutschland leben dürfen.«

Wenn mich Karla mit diesem Satz beruhigen wollte, hat sie ihr Ziel verfehlt.

Sie lässt sich in ihren Sitz fallen. »Ich hab vor ein paar Tagen mit Tafari gesprochen.«

»Wer ist Tafari? Ein Kollege?«

»Er arbeitet in einem Flüchtlingslager an der Grenze zu Eritrea.«

»Und was sagt Tafari?«

»Wir glauben beide, dass die Hungerkatastrophe schlimmer werden wird als in den 80ern. Viel schlimmer. Weil der Klimawandel alles verschärft.«

»Und?«

»Ich hab ihm von dir erzählt. Und dass du von hier wegmusst.«

Ist ja interessant, Karla war offenbar klar, dass sich bei mir etwas ändern muss. Und das, obwohl sie meine Desaster der letzten Tage noch nicht kennt. Aber es stimmt schon – welcher junge Äthiopier steckt gerade nicht in der Klemme? Es sei denn, der Vater ist ein Politiker der Regierung, ein hoher Beamter oder auf anderen Wegen zu Wohlstand gekommen.

»Tafari kennt sich also mit eritreischen Flüchtlingen aus. Viele wollen von diesem Lager aus weiter, nach Europa, manche nach Deutschland.«

»Wieso?«

»Dort schiebt man Eritreer noch nicht ab«, sagt Karla.

»*Noch* nicht? Na toll.«

»Das wird sich zuspitzen. Früher oder später werden sie das Grundgesetz ändern. Dann werden auch keine politischen Flüchtlinge mehr aufgenommen.«

»Und wie lange dauert so eine Änderung?«

Sie füllt unsere leeren Becher erneut mit Pfefferminztee. »Wir haben nicht viel Zeit.«

»Wir?«

»Ich leihe dir das Geld für die Flucht.«

»Und wie soll ich dir das zurückzahlen?«

»Darüber reden wir, wenn du eine erfolgreiche Ärztin bist.«

Mir geht das alles viel zu schnell. »Ich habe mich gerade erst so richtig eingearbeitet in Afar.«

»Ich weiß. Und das hast du auch sehr gut gemacht.« Karla macht eine Pause, schenkt sich selbst noch einmal nach. »Aber in Afar hast du keine Zukunft.«

Ich sehe die überfüllten Krankenzimmer vor mir, die ausgehungerten Körper, manchmal haben wir sogar Probleme, genug Nahrung für das Personal aufzutreiben.

»Und als Nächstes kommt der Hunger nach Addis.«

»Also soll ich abhauen, meine Familie und Freunde hier zurücklassen?«

»Keinem von ihnen geht es besser, wenn du bleibst. Du kannst von Deutschland aus mehr helfen.« Sie macht eine Pause. »Mach was aus deinem Leben. Du hast nur eins.«

Was für eine schöne Floskel. Der Weg nach Deutschland ist kein Spaziergang. Er ist nicht nur teuer, sondern auch lebensgefährlich. Geld kann mir Karla leihen, ein zweites Leben hat sie nicht für mich.

Karla sieht, wie ich zweifele. Und sie weiß auch, wieso. »Tafari wird Begleiter für dich suchen. Du musst das nicht allein machen.«

Eine halbe Stunde starre ich einfach nur aus dem Fenster. Immer mehr Häuser, mehr Verkehr, mehr Abzweigungen, mehr Menschen. Bald sind wir beim Krankenhaus.

»Und du meinst echt, ich hätte in Deutschland eine Chance?«

»Fana, die meisten Länder in Europa sind dicht. Aber in Deutschland kenne ich viele Leute. Die meisten sind Ärzte, Kollegen. Sie können dir helfen. Sie finden einen Job für dich an einer Klinik, so wie in Afar. Und damit finanzierst du dann dein Studium.«

»Und das Leben meiner Eltern.«

»Du verdienst in Deutschland an einem Tag, was deine Eltern in einem Monat benötigen.«

Karla hat stichhaltige Argumente. Und Deutsch spreche ich gut. Die Schweiz ist dicht, Österreich sowieso, bleibt nur Deutschland. Aber ich kann auch Englisch.

»Was ist mit Kanada?«

»Du findest keinen mehr, der dich über den Atlantik bringt ohne Visum. Und seitdem die USA niemanden mehr reinlassen, wollen alle nach Kanada.«

Ein weiterer Grund, der mich nach Deutschland zieht, von dem aber nur ich und Samira wissen: Der Berliner lebt dort. Steht zumindest so in seinem Profil. Vielleicht haben wir doch noch eine Chance – an die Hoffnung klammere ich mich noch immer.

Doch ist das alles wirklich das Risiko wert?

4

ANTON

»Ich wollte kein Risiko eingehen«, sagt Noah und schaut mich an.

Mir würde auch keine bessere Lüge einfallen.

Stahlke sitzt auf der anderen Seite des Tisches. Zwischen uns parkt ein handgroßer olivgrüner Leopard-2-Panzer. Ein kleiner Plastiksoldat schaut finster aus der Luke.

Stahlke presst die Lippen zusammen, nickt in Zeitlupe. Es sieht so aus wie: *Klar doch, mein Junge, kein Risiko eingehen. Deswegen gleich drei Magazine in den Wald ballern. Ohne auch nur einen einzigen Invasoren zu treffen.* Stahlke macht sich mit einem Kugelschreiber Notizen in ein Heft. Die Fragerunde ist noch nicht vorbei. »Die Wärmebildkamera war komplett im Eimer. Was ist damit passiert?«

»Also, wenn ich dazu was –«

»NEIN!«, brüllt Stahlke mich an. »Der Schützenkönig ist dran.«

Noah holt hörbar Luft. »War ja alles nass und matschig da oben. Ich bin hingefallen, da waren so große Steine, und da …«

Stahlke hört auf zu schreiben.

Noah merkt es und stockt. »… und da … da ist die Kamera dann …« Noah hält sich mit einer Hand am Panzer fest und rollt ihn auf und ab. »… da ist die Kamera dann offenbar …«

Stahlke reißt die Seite aus dem Heft, knüllt sie zusammen und wirft sie in eine Ecke. Den Mülleimer verfehlt er um zwei Meter. »Abtreten!«

Noah und ich schauen uns fragend an.

»Raus!«

Wir gehorchen. Sind ja froh, aus Stahlkes Büro zu kommen.

»Danke«, sagt Noah zu mir.

Ich sage nichts. Mir reicht es so langsam mit ihm.

Er hat seine Kamera im Wald gegen einen Felsen gehauen. Auf dem Rückweg war das gewesen, noch bevor wir wieder im Geländewagen saßen. Er hat also doch etwas gesehen. Es muss knallrot im Monitor geleuchtet haben. Da hatte sich ja ein ganzes Dorf versteckt! Was Noah mir und Stahlke aber verschwieg.

Stolz bin ich nicht auf die ganze Sache. Wir haben unseren Vorgesetzten angelogen. Wir haben die Invasoren reingelassen. Nur weil Noah einen Aussetzer hatte. Und was für einen!

Ich hoffe, es war nicht mehr als das. Wird Zeit, dass sein Wehrdienst zu Ende geht.

»Femije … das haben die gerufen. Weißt du noch?«, fragt mich Noah. Er lehnt sich an die Wand im Flur. »Die hatten vier Kinder.«

Kein Mensch ist da. Keine Spur von den zweihundert Soldaten, die in dieser Kaserne stationiert sind.

»Okay, es waren Kinder dabei. Na und?«, frage ich.

Noah schweigt.

»Die sehen niedlich aus. Aber davon dürfen wir uns da draußen nicht täuschen lassen. Die gehören nicht hierher. Nicht zu uns. Die sprechen eine andere Sprache. Kommen aus einer anderen Kultur. Fertig.«

Noah schaut zu Boden. Ich muss es anders versuchen.

»Syrer zum Beispiel. Die meisten, die aus Syrien kommen, das sind junge Männer. Das wären doch gute Soldaten. Wieso hauen die ab? Wieso lassen die ihr Volk im Stich? Die Syrer haben doch ihr Syrien! Die sollten ihre Heimat verteidigen.«

»Würdest du kämpfen, wenn der Gegner lasergesteuerte Superwaffen hat und du mit einer dreißig Jahre alten Kalaschnikow herumrennst?«

»Waffen können wir denen ja geben. Wenn es sein muss.«

Noah sieht mich an. Immerhin. »Vielleicht wollen die einfach nicht kämpfen. Verstehst du? Vielleicht finden die das absolut sinnlos.« Er macht eine Pause, schaut den leeren Gang entlang. »So wie ich.«

Richtig überraschend kommt das nicht. Außerdem wird mir gerade klar, warum es hier so ruhig ist. »Wir sind zu spät«, sage ich und zeige zum Unterrichtsraum am anderen Ende des Flures.

»Für was zu spät?«

»Politische Bildung. Schon vergessen, es ist Freitag.«

»Scheiße. Das fehlt heute noch.«

Wir betreten den Raum, und die ganze Gruppe gafft uns an. Blomenkamp, der Lehrer, breitet die Arme aus. »Zwei Freiwillige! Sehr schön.«

Bitte nicht. Ich weiß, was jetzt kommt. Blomenkamp ist unser Theaterfreak. Er spielt Politik mit uns nach, egal ob das im Stundenplan steht oder nicht.

Vermutlich hat er deswegen auch keine Stelle an einer Schule bekommen. Den hat man dahin versetzt, wo kein Lehrer freiwillig arbeiten will. Wer hat schon Lust, Wehrdienstler in Politik zu unterrichten? Das machen nur die, die nirgendwo anders unterkommen.

Noah und ich setzen uns auf die harten Holzstühle. Vielleicht überlegt es sich Blomenkamp anders und hat Erbarmen mit uns beiden.

Hat er nicht.

»Noah! Sie sind Arturo Ui. Und Anton, Sie spielen den Grünzeughändler.«

»Grünzeughändler?«

»GEMÜSEVERKÄUFER!«, schreit Blomenkamp. Das kann er gut.

Alle grölen, alle außer Noah und mir.

»Und jetzt die weiteren Rollen.«

Keiner lacht mehr.

Nach zwei Minuten hat jeder im Raum einen anderen Namen. Flake,

Butcher, einer heißt der alte Irgendwas – ich kann mir gar nicht alle merken.

Blomenkamp knallt vor jedem ein Bündel Papier auf den Tisch. Bevor ich auch nur eine Zeile lesen kann, stellt er sich auf einen Stuhl. Sieht erst mal komisch aus, macht er aber immer. Ich hab mich inzwischen daran gewöhnt.

Er eröffnet das Theaterstück. »Verehrtes Publikum! Wir bringen heute: *Die große historische Gangsterschau*!«

Ein paar Kameraden lachen.

»Ruhe dort hinten, Leute!«, ruft Blomenkamp.

Die Kameraden schweigen. Jeder spricht nur noch, wenn sein Text drankommt. Eineinhalb Stunden lang. Ein paar Stellen hat Blomenkamp durchgestrichen. Sonst werden wir nie fertig.

Es geht um Gangster in Chicago, allen voran Noah, also Arturo Ui. Der trickst und fälscht und mordet und lügt sich nach oben. Bis er der Alleinherrscher ist.

Nachdem Noah die letzten Sätze gesprochen hat, stellt sich Blomenkamp wieder auf den Stuhl. Er ist der Einzige von uns, der den Text auswendig kennt. »Ihr aber lernet, wie man sieht statt stiert. Und handelt, statt zu reden noch und noch. So was hätt einmal fast die Welt regiert –«

Die Tür geht auf.

Stahlke betritt den Klassenraum, hinter ihm folgt ein Mann in Blomenkamps Alter, also ungefähr Ende fünfzig. Graues Jackett, Ledertasche unterm Arm. Beide bleiben kerzengerade vor Blomenkamps Stuhl stehen.

»Herr Blomenkamp!«, sagt Stahlke. »Ich muss Sie bitten –«

»Die Völker wurden seiner Herr, jedoch …«

»Herr Blomenkamp, bitte. Also wirklich.«

»… dass keiner uns zu früh da triumphiert.«

»Jetzt folgen Sie mir bitte.«

»… der Schoß ist fruchtbar noch, aus dem das kroch!« Blomenkamp springt krachend vom Stuhl auf den Boden. Wrooom! Er wiegt mindestens hundert Kilo. Jetzt steht er vor Stahlke und überragt ihn um eine Kopflänge.

Wortlos packt er seine Sachen zusammen, verbeugt sich vor der Klasse und geht.

Stahlke schaut ihm nicht einmal nach, sondern sagt an uns gewandt: »Herr Blomenkamp kann aus gesundheitlichen Gründen die nächsten Stunden nicht weiter übernehmen. Das bedauern wir sehr. Aber Sie sehen ja selbst seine fragwürdige Verfassung.«

Keiner von uns erwidert etwas. Selbst Noah fällt ausnahmsweise kein Kommentar ein.

Stahlke tritt ab.

»Guten Morgen, Kameraden«, ruft uns der neue Lehrer entgegen. Er stellt sich in zwei, drei Sätzen vor und macht weiter, als wäre nichts passiert. »Dank der Nationalen Alternative konnten wir endlich den Stundenplan umkrempeln.« Er klappt seinen Laptop auf und schließt ihn an den Beamer an. Er wirft ein Bild an die Wand. Ein Tor, darüber die Aufschrift *Arbeit macht frei.*

»Oh neeee«, sage ich. Eigentlich zu Noah. Doch der neue Lehrer hört das.

»Was haben Sie gesagt?«

Ich schweige lieber.

»Was war das?«

»Also ich … ich wollte … ich dachte …«

»Unsinn, Kamerad. Sie haben genau richtig reagiert. Sie hören seit der Schulzeit immer und überall von diesem Thema. Der Holocaust, der Holocaust und der Holocaust.«

Der neue Lehrer spricht mir aus der Seele.

»Genau deswegen gibt es neue Lehrpläne. Für alle Schulen. Auch für uns. Für den Armeedienst. Wir wollen endlich über die positiven Aspekte der deutschen Geschichte sprechen. Also Dinge, die Identität stiften. Dinge, auf die wir stolz sein können als Deutsche.«

Der Neue muss gesehen haben, dass Linus in der ersten Reihe eingeschlafen ist. So spannend ist der neue Lehrplan nun auch wieder nicht.

Er lässt vor Linus ein Buch auf den Tisch klatschen, aus Schulterhöhe.

Linus zuckt zusammen und schreckt hoch.

»Was stiftet Identität?«

Linus versteht erst mal gar nicht, worum es geht.

»Was ist für Sie die deutsche Leitkultur?«

Linus grübelt, zumindest sieht es so aus.

»Sind Sie stolz, ein Deutscher zu sein?«

Linus überlegt für meinen Geschmack ein paar Sekunden zu lang.

»Ja, schon irgendwie.«

Der Neue macht ihn nach, zieht Linus' Antwort in die Länge. »›Schoooooon irgendwieeeeeee.‹ Na, was denn nun? Ja oder nein?« Er schaut mich an. Ich bin froh, dass er nicht Noah fragt – wer weiß, was der momentan antworten würde.

»Jawohl.«

»Na also«, sagt der Neue.

Ich dachte, ich hab es überstanden, doch jetzt geht es erst richtig los: »Und wieso sind Sie stolz darauf, ein Deutscher zu sein?«

Ich steh auf dem Schlauch.

»Was ist die deutsche Leitkultur für Sie?«

Mir gehen tausend Sachen durch den Kopf. Hört sich aber alles zu doof an. Unsere Geschichte, die Preußen, die Germanen. Goethe und Schiller, Bach und so. Mozart war ja Österreicher. Aber auch große Firmen wie Mercedes, BMW oder VW. Aber ist das jetzt Leitkultur, also Kultur?

»Na, schon was eingefallen?«, hakt er nach.

Die Kameraden kichern doof.

»Religion zum Beispiel.« Meine Mutter ist ausgetreten wegen der Kirchensteuer. In der Kirche war ich zum letzten Mal bei meiner Kommunion. Christ bin ich aber trotzdem, irgendwie. »Wir sind Christen, also die meisten von uns«, sage ich.

Der Neue schreitet durch die Reihen.

Noah stupst mich an. »Ein Christ zu sein ist urdeutsch? Ich dachte immer, Jesus kommt aus dem Orient.«

»Halt's Maul«, flüstere ich.

»Liegt Bethlehem im Schwarzwald?«

Oh Mann, keiner kann so nerven wie Noah.

»Klar. Deswegen auch Tannenbäume an Weihnachten«, macht Noah weiter.

Der Neue steht wieder vor mir. »Wir sind Christen. Richtig! Und der Islam gehört nicht zu Deutschland.« Er verteilt eine Broschüre der Nationalen Alternative. Blomenkamps Texte sammelt er ein. »Das Wichtigste habe ich Ihnen angestrichen. Das lernen Sie bis nächste Woche Freitag auswendig.«

Ich überfliege den Text. Also die *Überlieferung des Christentums* gehört zur Leitkultur, da lag ich richtig. Auch eine *wissenschaftlich-humanistische Tradition*, was immer das ist. Und dann steht da noch was von *antiken Wurzeln*, vom *römischen Recht* und von der *Renaissance*.

»Ist ja von allem was dabei in der urdeutschen Kultur«, sagt Noah. »Dachte immer, Renaissance ist französisch.«

Der muss natürlich alles kommentieren. Hat doch selber keine Ahnung. Und Französisch kann der genauso wenig wie ich. Wir haben in der Schule neben Englisch beide Russisch gelernt.

Der Neue hat *Multikulturalismus* rot angestrichen. Multikulti *ist eine ernste Bedrohung*, steht in dem Heft. Eine *ernste Bedrohung* für *sozialen Frieden und den Fortbestand der Nation*. Ich hätte das jetzt nicht so krass formuliert.

»Fangen Sie bitte schon einmal mit dem Lernen an. In fünfzehn Minuten können Sie den Raum verlassen. Es ist mein erster Tag hier. Ich muss noch zur Verwaltung.« Dann ist auch der Neue weg.

Noah packt seine Sachen.

»Warte mal.« Ich nicke mit dem Kopf zu den zwei Kameras über der Tür.

Noah schüttelt den Kopf, grinst mich an, verbeugt sich vor den Kameras, streckt ihnen beide Mittelfinger entgegen und geht.

Die Kameraden schauen ihm hinterher.

»Was ist denn mit dem?«, fragt Linus.

Ich sage nichts, weiß aber, was los ist. Noah kennt den Typen im Kontrollraum, der heute Dienst hat und auf die Monitore glotzt. Nerds halten zusammen.

Am Ausgang der Kaserne wartet Noah auf mich. »Und, die Broschüre schon auswendig gelernt?«

»Lass mich in Ruhe!«

Noah tut so, als wäre er der neue Hitler: »Den Forrrrrrtbestand der Nation ...«

Mann, kann der vielleicht peinlich sein.

»... eine errrrrrnste Bedrrrrrrohung!«

»Noah! Jetzt ist Wochenende. Keine politischen Diskussionen mehr. Abgemacht?«

Er akzeptiert den Friedensvertrag. »Okay. Abgemacht.«

Wir wollen mit dem Zug an die Küste, zur Wohnung seiner Eltern. Die sind im Urlaub. Der Plan: die Nacht durchzocken. Morgen am Strand chillen. Ohne nächtlichen Alarm und Frühstück um halb sechs. Zwei Tage Kasernenpause.

Als wir ankommen, ist es dunkel. Der Wind weht uns am Bahnhof kalt um die Ohren.

»Kurz ins Wasser?«, fragt Noah.

»Du spinnst.«

»Also ja?«

»Wir müssen uns doch nicht unbedingt eine Lungenentzündung holen.«

Noah hat seinen eigenen Kopf. Er sagt nichts, sondern rennt los.

»Du spinnst echt!«, rufe ich und renne natürlich hinterher.

Vom Bahnhof sind es zehn Minuten bis zum Sandstrand. Wir schaffen es in fünf. Trotz der schweren olivgrünen Rucksäcke.

Eine weitere Minute später stehe ich mit meinen Shorts im eiskalten Wasser. Ich arbeite mich Zentimeter für Zentimeter vor. Immerhin bis zum Bauchnabel hab ich es irgendwann geschafft. Reicht für heute vollkommen.

In dem Moment reißt mich Noah nach hinten ins Wasser, und ich versinke komplett. Ich tauche und ziehe ihm die Beine weg.

Fünf, sechs Mädchen sitzen keine zwanzig Meter von uns um ein Feuer. Dicke Jacken, Mützen, eine Weinflasche macht die Runde.

»Wollt ihr mich nicht retten?«, ruft Noah. »Der Kerl bringt mich um.«

Eine von ihnen steht auf und kommt auf uns zu. Lange Locken, mehr erkenne ich im Dunkeln nicht. Sie hat etwas in der Hand, was viel besser ist als ein Schluck Wein: ein Badetuch. »Es ist noch trocken. Mir ist es viel zu kalt zum Baden.«

»Da hab ich großes Verständnis für!«, sage ich.

Sie lächelt mir zu.

Wir kommen aus dem Wasser und setzen uns zu ihnen.

Der Lockenkopf zeigt auf meinen Rucksack. »Wie ist es dort?«

»Bei der Armee?«

»Na, für den Rucksackhersteller wirst du nicht arbeiten.«

Alle lachen, am lautesten Noah.

Ich schmunzele. »Mir gefällt es super.« Ich trinke einen Schluck Wein und zeige mit der Flasche zu Noah. »Dem überhaupt nicht.«

Eine Stunde später hat sich Lockenkopf an mich gelehnt, sie ist eingeschlafen.

Eine ihrer Freundinnen zieht sie hoch. Aufbruchstimmung. Ihre letzte Bahn fährt gleich.

Noah hat sich festgequatscht mit einer, die eine viel zu große Lederjacke anhat. Ich höre nur Wortfetzen.

»... die haben uns alle verarscht ...«

»… Geld für Waffen und Uniformen …«

»… und ein krasses Familienbild …«

»… Frauen zurück an den Herd …«

»Von wegen Deutschland!«, sagt Noah. »Endland, so müsste man das Land jetzt nennen …«

»… wie eine Sackgasse, genau …«

Kann Noah nicht einfach mal die Klappe halten?

Wobei die mit der Lederjacke ihm ja fleißig zustimmt. Willkommen in der Echokammer!

Alles, was Noah sagt, schallt zurück.

War trotzdem nett mit den Mädchen.

Mit kuscheligen Umarmungen verabschieden wir uns voneinander. Die müssen los, wir auch. Egal wie spät, wir haben noch was vor.

In der Wohnung von Noahs Eltern angekommen, konfiguriert er unsere Rechner. Es ist zwei Uhr nachts. Noah baut alles auf und steckt die Kabel zusammen. Die Musikanlage seiner Eltern ist kompatibel. Gleich geht's los.

Ich gehe zum Kühlschrank. An der Tür hängt eine Urkunde von Naturstrom. Die hing letztes Mal noch nicht da. Der Name seines Vaters steht fett oben auf dem Wisch.

Da muss Noahs Papa aber mächtig stolz sein. Weil er Ökostrom kauft, ist er jetzt ein Held. Zumindest für die Firma, die von ihm Geld kassiert. Die haben auch das Zertifikat gedruckt. Vom *Klimaschutzeffekt* steht da was und davon, dass er 41 Bäume gerettet hat.

»Weiß dein Vater eigentlich«, schreie ich durch die Wohnung, »dass du gestern Nacht fast einen ganzen Wald niedergemäht hast mit deinem G36?«

Noah reagiert nicht. Er ist im Technik-Ozean versunken. Oder abgesoffen.

»Die 41 Bäume hast du ihm auf jeden Fall wieder kaputt gemacht!«

Im Kühlschrank steht ein Sixpack. *Zum Wohl, Jungs!*, steht auf einem Klebezettel. Ich ziehe zwei Flaschen heraus, gehe ins Wohnzimmer und stelle eine neben Noahs Computer.

»Meine Mutter denkt, dann trinken wir kein hartes Zeug«, sagt er.

Klingt wie eine Entschuldigung. Die braucht es gar nicht. Ich finde das voll okay. Meine Mutter würde so etwas bestimmt nicht machen. Okay, sie ist auch vorbelastet. Sie glaubt bis heute, mein Vater sei abgehauen, weil er zu viel gesoffen hat. Quasi nicht mehr klar bei Verstand war. Überprüfen kann das keiner mehr – er ist spurlos verschwunden. Für meine Mutter ist es offenbar ein Trost, dem Alkohol die Schuld zu geben. Trinken tut sie mittlerweile aber auch.

Noah und ich lassen die Flaschen klirren. Und dann zocken wir. Er arbeitet sich mit dem Raketenwerfer durch eine Halle. Der Boden ist blutverschmiert. Ich jage die Dämonen mit der Plasmakanone. Mal in der Hölle, mal auf dem Mars – macht keinen Unterschied. Zeitweise sind wir mehr auf der Flucht als auf der Jagd.

Irgendwann gegen vier machen wir eine Pause. Wir setzen uns in dicke Jacken eingepackt auf den Balkon. Die Bierflaschen sind leer.

Die Nachbarn schauen noch Fernsehen: Bud Spencer haut sich den Weg frei. Vermutlich schlafen die sowieso vor der Glotze. Bud stört das nicht, der arbeitet sich gerade durch ein Casino. Bei solchen Fäusten braucht man keine Plasmakanone.

Irgendwo jault ein Hund. Und es ist eigentlich viel zu kalt, um draußen auf dem Balkon zu sitzen.

Hinter den Reihenhäusern liegt das Meer. Von dort weht die Kälte zu uns. Was Lockenkopf und die anderen Mädchen jetzt wohl machen? Woanders weiterfeiern oder pennen?

Noah will rein, was kochen. Finde ich gut. Er bleibt im Türrahmen stehen. Da ist also noch was.

»Du stehst einhundert Prozent hinter der Nationalen Alternative, oder?«

»Eher 99 Prozent. Alles finde ich auch nicht gut. Und ich find's echt nicht tragisch, wenn du eher bei zwanzig Prozent stehst. Wir müssen ja nicht die ganze Zeit die gleiche –«

»Und deine Mutter?«

Ach je, ich weiß, was jetzt kommt.

»Immerhin hat sie ja inzwischen einen sicheren Job. Sie arbeitet doch noch dort, oder?«

»Sie arbeitet bei einem Sicherheitsdienst. Läuft nachts mit einer Taschenlampe um den Meiler.«

»Strahlt das Kraftwerk nicht genug von allein?«, witzelt Noah.

»Wolltest du uns nicht was kochen?«

»Einfach so den Ausstieg abschaffen.«

»Ich hab einen Riesenhunger.«

»Es lebe der Atomstrom!«

»Noah!«

»Deine Partei behauptet sogar, wir Menschen hätten mit dem Klimawandel gar nichts zu tun.«

»Amen.« Ich denke an die Naturstrom-Urkunde seines Vaters und sammle unsere Flaschen ein. »Meine Mutter ist einfach nur froh, dass sie nicht auf der Straße steht. Du weißt doch, wie lange sie arbeitslos war.«

»Ja, und ich weiß auch, dass die Alternative damals deiner Mutter das Arbeitslosengeld gestrichen hat. Der Staat hat deine Mutter und alle Arbeitslosen im Stich gelassen.«

»Blödsinn! Privatisiert, die haben die Arbeitslosenhilfe nur privatisiert.«

»Schöne Umschreibung. Privatisierung! Wie kann ein Staat die Probleme seiner Bürger privatisieren?«

»Noah …«

»Und deine Mutter hatte plötzlich kaum noch Geld. Weißt du, wieso?«

»Ich weiß auf jeden Fall, dass du es mir gleich sagen wirst. Ob ich will oder nicht.«

»Weil private Anbieter Arbeitslosen nicht helfen. Die wollen bloß

Gewinne erzielen. Nur darum geht's denen. Geld scheffeln. Immer mehr Geld.«

»Und nun hat sie endlich einen Job. Im Atomkraftwerk. Na und? Ist das jetzt schlimm?«

»Wenn's knallt, dann schon.«

»Wieso sollte es knallen? Die Meiler sind sicher. In Deutschland ist noch keiner in die Luft geflogen. Das waren die Billigdinger.«

»In Japan? Billigdinger? Quatsch!«

»Das war ein Tsunami. Gibt's hier nicht.« Ich zeige zur Küste. Keine Welle ist hier höher als fünf, sechs Meter.

»Aber es war ein Erdbeben, das den Tsunami ausgelöst hat. Was ist mit einem Erdbeben?«

»Das halten unsere Atomkraftwerke aus. Und mach mal halblang: Wann hat hier denn die Erde mal gebebt?«

»Was ist mit einem Terroranschlag? Halten die auch so was aus?«

»Deswegen lassen wir ja keine Flüchtlinge mehr rein.« Wunderbar, wenn ich Noah mit den eigenen Waffen schlagen kann.

Doch natürlich lässt der nicht locker. »Wie willst du denn ein entführtes Flugzeug aufhalten? Die Grenzmauer zwanzig Kilometer in die Höhe betonieren?«

Es ist echt spät, ich habe keine Lust auf diese Diskussion.

Mein Rucksack steht noch in der Küche. Ich gehe an Noah vorbei und packe die Flasche Tequila aus, die wir am Bahnhof gekauft haben. Sie ist zu warm. »Habt ihr Eiswürfel?«

»Klar. Die Tiefkühltruhe funktioniert auch ohne Atomstrom.«

Jetzt müssen wir beide lachen.

Das ist das Gute. Wir streiten uns zwar total oft. Aber keiner von uns beiden ist nachtragend, keiner von uns beiden ist wegen so was gleich beleidigt, also so richtig eingeschnappt.

Noahs Handy piepst. Er schaut auf das Display und verschwindet in der Wohnung.

Wer schreibt ihm denn um diese Uhrzeit? Ich tippe auf die mit der

Lederjacke und hole mir eine Wolldecke aus dem Wohnzimmer. Damit lässt es sich auf dem Balkon gut aushalten.

Dann leiste ich eben Bud Spencer und den Nachbarn Gesellschaft. So halbwegs kann man vom Balkon aus was erkennen. Und die Art von Film versteht man auch ohne Ton.

Fünf Minuten später kommt Noah mit seinem Laptop zurück. Ich dachte, er bringt Eiswürfel, zwei Gläser, Zitronenscheiben und Salz mit.

»Eins will ich dir noch zeigen. Dann hören wir auf mit der Politik.«

»Wir hatten doch ausgemacht, dass wir am Wochenende –«

Noah legt mir eine Hand auf den Arm. »Nur das noch. Dann höre ich auf.«

»Für immer?«

»Für heute Nacht.«

»Die komplette Nacht?« Ich zwinkere ihm zu.

»Inklusive Frühstück.«

»Großartiges Angebot.«

Auf dem Monitor sehe ich Blomenkamp.

Blomenkamp in unserer Kaserne. Er verlässt den Unterrichtsraum. Schnitt. Er läuft den Flur entlang. Schnitt. Er wartet vor Stahlkes Büro. Stahlke kommt dazu, und sie treten ein. Schnitt. Vier Soldaten ziehen Blomenkamp aus dem Raum. Vier! Blomenkamp leistet mit jedem Kilo Widerstand. Schnitt. Der Parkplatz der Kaserne. Die Soldaten bringen Blomenkamp zu seinem rostigen Volvo. Er schreit sie an, setzt sich in den Wagen, fährt davon. Schnitt.

»Woher hast du den Film?«

»Den Link hat mir gerade jemand auf mein Handy geschickt.«

»Wer denn?«

»Lass uns lieber über den Inhalt reden.«

»Blomenkamp hat Stress gemacht, und Stahlke hat sich Hilfe geholt. Die werfen ihn raus. Fertig.«

»Ich dachte, er hat gesundheitliche Probleme. Das haben sie doch behauptet.«

»Hat er auch. Er ist verrückt. Schau mal, wie er rumtobt.«

»Geht man so mit jemandem um, der gesundheitliche Probleme hat?«

Ich winke ab. Und ich bin echt besorgt. Mit was für Leuten hängt Noah in der Kaserne ab?

Er verschwindet in der Wohnung. Und ich höre schon wieder diesen Hund irgendwo da draußen. Der jault noch immer. Der hat echt ein Problem. Ich hab nur Hunger. Furchtbaren Hunger.

»Gemüseschnitzel oder Tofuwurst?«, ruft Noah aus der Küche.

Er will mich umbringen! Ich stürme Richtung Küche. »Naturstrom, okay. Aber deswegen musst du ja jetzt nicht komplett durchdrehen.« Ich hab wirklich Kohldampf. »Ist dein Super-Papa jetzt auch noch Tierschützer?« Ich sehe schon die Urkunde vom Landesverband der Vegetarier vor mir: *Tierretter des Jahres!* Irgendwann wird die Wohnung mit solchen Zetteln zutapeziert sein. Was das an gefällten Bäumen kostet, das möchte ich mal wissen.

Noah sagt nichts. Er steht am Herd und schneidet in Zeitlupe eine Tomate in Scheiben, vor ihm brutzeln zwei Steaks in der Pfanne.

Als mein Telefon klingelt, schaut er mich überrascht an. »Deine Mutter?«

Wer sonst? Um halb fünf in der Früh kann es nur meine Mutter sein. Sie hat Schichtdienst und ist einsam. Mitten in der Nacht und am Wochenende ganz besonders. Was sie aber nicht zugibt. Stattdessen tut sie so, als würde sie sich um mich Sorgen machen. Die Standardfragen lauten: »Bist du schon zurück von der Party? Hast du ein Taxi genommen? Wo schläfst du heute?«

Immerhin fragt sie nie, mit wem ich schlafe. Obwohl, wenn sie es wüsste, würde es ihr vermutlich auch nichts ausmachen.

Doch im Display steht nicht *Mum*, da steht: *Offizier Stahlke.*

5

FANA

Samiras Handy klingelt. Schon wieder.

Wir sitzen unter dem Eukalyptusbaum in unserem Lieblingspark direkt neben dem Unigelände. Früher haben wir uns fast jeden Abend hier getroffen. Es ist halbwegs ruhig, und keiner nervt. Von solchen Stellen gibt es nicht viele in Addis.

Samira legt sich auf den trockenen Boden, nimmt ihre Reisetasche als Kissen. Ich streichle ihr über die Wange.

Endlich verstummt ihr Telefon.

»Wieso geht es ausgerechnet heute los?«, fragt Samira.

»Die Regenzeit ist vorbei, deswegen vielleicht.«

»Die ist in einer Woche auch noch vorbei. Wieso heute?«

Ich kann es selbst nicht so genau erklären. Karlas Freund, Tafari, hat mich gestern angerufen. Wenn ich nach Deutschland will, dann sofort. Er sprach von einer »einmaligen Gelegenheit«. Mehr wollte er am Telefon nicht sagen.

Karla hat mir einen Zettel mit Telefonnummern von Freunden in die Jackentasche gesteckt und einen dicken Umschlag mit Geld in die Hand gedrückt. Und dann verließ ich das Krankenhaus und Afar.

Immerhin ein halbes Jahr habe ich dort gearbeitet. Und ich lag falsch. Nicht Karla ist es, die geht. Ich bin es.

»Wieso heute?«, fragt mich Samira noch einmal.

»Vielleicht hat Tafari einen guten Schleuser gefunden. Keine Ahnung.«

Samira und ich haben keine Geheimnisse voreinander. Sie weiß, wer die Flucht bezahlt, wohin die Reise geht. Und sie hält den Plan für lebensgefährlich.

»Du kennst diesen Tafari überhaupt nicht. Hast du denn überhaupt keine Angst?«

»Klar hab ich Angst. Aber ich kenne Karla. Ich muss ihr vertrauen.«

Natürlich habe ich Zweifel. Mehr als das. Aber ich will raus, ich will nicht dabei zuschauen, wie der Hunger unser Land zerstört, ich will eine Chance, und ich will Ärztin werden. Und ja, irgendwann will ich auch den Berliner wiedersehen.

Samira hält mir ihr Handy vors Gesicht und wischt von Bild zu Bild. »Und das hält dich nicht ab?«

Fünf Männer, sie tragen Mundschutz und Handschuhe. Sie ziehen einen schwarzen Sack über nassen Sand. Im Hintergrund die Gischt der Wellen und ein blauer Himmel. Der Sack ist nicht ganz verschlossen, wer genau hinsieht, entdeckt den Toten.

Dann ein anderes Foto. Ein Schiff, das sich seitwärtsneigt, mit viel zu vielen Menschen an Bord, und nicht alle tragen eine Rettungsweste. Manche springen ins Wasser – ob sie schwimmen können, zeigt das Bild nicht. Andere versuchen sich irgendwo festzuklammern.

Und dann das Foto mit diesem Kind: rotes T-Shirt, blaue Hose. Es sieht so aus, als wäre der Kleine erschöpft am Strand eingeschlafen. Das stimmt natürlich nicht. Die Wellen haben ihn angespült. Er ist tot.

Ich nehme Samira das Handy aus der Hand. »Du hast 46 verpasste Anrufe.«

»Du lenkst ab«, sagt sie.

»Du doch auch.«

»Okay. Was willst du wissen?«

»Immer noch die gleichen Sachen wie im Café: Wer ist es? Wie alt ist er?«

»Okay, aber kein Kommentar dazu! Er ist dreißig Jahre älter als ich.«

»Was?«, schreie ich.

Ein paar Jungs schauen zu uns, sie sitzen zwei Bäume weiter.

»Dreißig Jahre, ja«, wiederholt Samira. »Und er hat schon zwei Frauen.«

Dazu fällt mir wirklich nichts mehr ein. Was für ein Wahnsinn! Samira soll einen Typen heiraten, der mehr als doppelt so alt ist wie sie! Sie soll die Drittfrau werden! Ich dachte, so etwas kommt in Addis gar nicht mehr vor. Irgendwo in einem der Dörfer ein paar Hundert Kilometer entfernt vielleicht, aber doch nicht hier bei uns!

Drei Frauen in drei Wohnungen, bald alle mit Kindern, die sich einen Papa teilen. Und überhaupt, Samira als Mama, sie ist doch selbst noch ein Kind.

»Hast du ein Bild?«

»Nein.«

Ich kneife ihr kräftig in die Hüfte.

»Na gut.« Sie zeigt mir ihr Handy.

Ich erkenne das Wohnzimmer bei ihr zu Hause. Ihr Zukünftiger ist zu Besuch, und Samira sitzt neben ihm. Ihre Eltern und seine Eltern umzingeln sie. Nicht einmal Händchen halten sie.

Aber der Kerl ist gar nicht so viel älter als sie. Vielleicht zwei, drei Jahre, wenn überhaupt. Von wegen Drittfrau! Ich schaue Samira böse an.

Sie lacht. »Wenn's um uns Muslime geht, glaubst du aber auch alles, oder?«

Der Typ sieht ganz passabel aus. Aber irgendwie grinst er komisch. Er freut sich wahrscheinlich über sein hübsches Geschenk. Eine eigene Frau. Meine beste Freundin. Einfach so, ohne dass er sich groß Mühe geben musste.

Samiras Telefon klingelt wieder. Sie richtet sich auf, und wir umarmen uns, drücken uns so lange, bis der Anrufer aufgibt.

Dann steckt Samira das Handy in die Reisetasche zu ihrem Hochzeitskleid und den Schuhen mit den lila Schleifen.

Was für ein albernes Kostüm. Für kleine Prinzessinnen im Kindergarten, aber nicht für meine Freundin. Doch es bringt ja nichts, das gehört alles zu der »Traumhochzeit« dazu. Er wird als Prinz verkleidet sein an diesem Tag. Einmal und nie wieder.

Sie hebt die Reisetasche auf. »Ich muss zurück, sonst rufen meine Eltern noch die Polizei.«

»Wie hast du dich überhaupt davongeschlichen?«

Ich stelle mir ihr Zuhause vor, wie sie dort von ihrer Mutter und den Tanten zurechtgemacht wird. Im Einsatz sind tonnenweise Schminke und Haarlack für die abendliche Feier. Und dann haut sie einfach ab. Pellt sich aus dem Prinzessinnenkleid, packt es in die Reisetasche und verwandelt sich in Samira. Die echte Samira. Die Samira, die ich kenne. Und das alles, um sich von mir zu verabschieden.

»Ich habe für meine Flucht immerhin weder einen teuren Schleuser noch ein marodes Schiff gebraucht.« Sie will noch mehr sagen, tut sie aber nicht. Stattdessen sieht sie mich traurig an und gibt mir einen Kuss auf die Wange.

Ich streichle ihr über die Wange. »Hast du ihn schon mal geküsst? Also so richtig?«

»Das kommt heute. In der Hochzeitsnacht.«

Was soll ich dazu sagen? Den Berliner habe ich zum ersten Mal im Nationalmuseum geküsst. Da sind nachmittags vor allem Ausländer, und denen sind küssende Pärchen egal. Und um diese Uhrzeit ist es da nicht so voll. Ich habe ihn an der Hand genommen und ins Untergeschoss gezogen. Das Licht ist dort schummrig. Was wahrscheinlich so sein muss, damit die drei, vier Millionen Jahre alten Knochen unbeschadet ausgestellt werden können. Keine Ahnung. Ich wollte ihm die Knochen zeigen, die Knochen unserer gemeinsamen Vorfahren, von Selam, Ardi und natürlich Lucy. Von Letzterer hatte der Berliner sogar schon etwas gelesen.

Samira weiß nicht einmal, ob ihr künftiger Ehemann küssen kann. Mir wird schlecht, wenn ich daran denke.

»Deinen Eltern hast du noch immer nichts gesagt?«, fragt sie mich.

Sie will das Thema wechseln. Ist okay.

»Nein. Ich melde mich aus Deutschland. Vorher nicht.«

Meine Eltern wissen nicht einmal, dass ich in Addis bin und mich mit Samira treffe. Es ist unser spontaner Abschied, schnell noch ausgemacht, nachdem ich gestern den Anruf bekam. Ein Abschied nur für uns. Obwohl unser Baum hier keine zwanzig Taximinuten von meinen Eltern entfernt steht. Vielleicht habe ich auch Angst davor, ich könnte es mir anders überlegen, wenn ich meiner Mutter gegenüberstehe. Sie werde ich am meisten vermissen.

Meine Eltern glauben, ich arbeite weiterhin fleißig in Afar. Verdiene im Krankenhaus das Geld für ihr Überleben. Fülle die Bierflaschen meines Vaters auf.

Wahrscheinlich ist es ungerecht, wenn ich so denke. Ich will ihnen ja auch helfen. Ich werde ihnen alles zukommen lassen, abzüglich meiner Kosten für Essen, Wohnen und das Studium natürlich.

Samira legt ihre Hand auf meine Schulter. »Überleg doch nur, was deine Eltern alles für dich getan haben, und du lässt sie einfach im Stich.«

Jetzt versucht sie die Tour mit dem schlechten Gewissen. Ihr hoffentlich letzter Versuch, mich zum Bleiben zu überreden.

»Hast du die Busse gesehen?«

»Die mit den Kranken?«

»Nein, es sind Hungernde! Menschen aus dem Umland, wo es nichts mehr zu essen gibt. Sie kommen nach Addis, weil hier noch Lebensmittel aus dem Ausland verkauft werden. Mit ihrem letzten Geld kaufen sich die Leute ein Ticket in die Hauptstadt.«

»Wenn nun also die Katastrophe nach Addis kommt …«

»Was ist dann?«

»Dann lässt du deine Eltern doch erst recht im Stich.« Samira holt eine Wasserflasche aus der Reisetasche, dreht sie auf und reicht sie mir. »Und mich auch!«

»Quatsch! Ich lass dich im Stich, wenn ich es nicht versuche. Wenn ich es in Deutschland schaffe, kann ich dir doch auch helfen. Hier dagegen nicht.«

Samira sticht mit dem Zeigefinger in meinen Bauch. »Vielleicht ist das alles hier aber auch dein Schicksal.«

»Zu verhungern?«

»Nein, hierzubleiben und hier zu helfen.«

Ich würde sie jetzt am liebsten durchschütteln. Sie glaubt leider an so etwas, an Schicksal. Sonst würde sie sich auch nicht auf diesen Prinzessinnen-Wahnsinn mit lila Schleifen einlassen. Sie redet schon wie ihre Mutter.

»Schicksal ist was für Reiche«, erwidere ich.

Samira schaut mich fragend an.

»Na, du weißt doch, was ich dir immer von dem Berliner erzählt habe?«

»Bitte, fang nicht schon wieder mit deinem Berliner an.«

»Er *ist* nicht mein Berliner. Er *war* mein Berliner. Und –«

»Schon gut. Also, was wolltest du sagen? Ich muss jetzt echt los!«

»Wenn der Berliner von Schicksal spricht, ist das okay, weil er Glück hatte: Er ist in Deutschland geboren. Er wird nie hungern, er kann beruflich machen, was er will. Und er wird auch steinalt werden.«

Ich erzähle ihr von der wunderschönen Frau in Afar, keine dreißig Jahre alt. Sie hatte Schmerzen, Kopfschmerzen, schon seit Jahren. Karla wollte einen Tumor ausschließen, sie nach Addis Abeba in den Bus setzen, ein CT machen. So ein Gerät gab es bei uns im Krankenhaus nämlich nicht. Allerdings war in Addis das CT kaputt. Seit zwei Monaten warteten die Kollegen dort auf die Techniker aus dem Ausland! Zwei Monate konnte keiner im staatlichen Krankenhaus der Hauptstadt ein CT machen! Und die privaten Kliniken sind unbezahlbar. Also verschrieb Karla der Patientin starke Schmerzmittel. Die Frau ging und kam nie wieder. In Deutschland hätte sie vielleicht überlebt.

»Und worauf willst du hinaus?«, fragt Samira.

»Wir haben fast nichts. Da wäre es doch total idiotisch, an das Schicksal zu glauben. Beim Schicksal hat man ja keine Wahl, es *soll* schließlich so sein. Aber wir *haben* eine Wahl. Wir können ein anderes Leben leben.«

»Nur nicht hier in Äthiopien. Richtig?«

Um meine Eltern muss sich Samira sowieso keine Sorgen machen. Die nächsten zwei Monate wird Karla mein Gehalt weiter auf das Konto meines Vaters überweisen. Bis dahin muss ich irgendwie selbst Geld verdienen.

Überhaupt vertraut mir Karla viel Geld an. Allein das Flugticket in den Norden Äthiopiens kostet ein Vermögen. Und wenn ich jetzt nicht endlich aufbreche, geht der Flieger ohne mich.

Ich will noch etwas zu Samira sagen. Irgendwas, woran sie sich gern erinnern wird. Ein guter letzter Satz. Zum Abschied. Etwas, das ihr Mut macht. Doch mir fällt absolut nichts ein. Ihr auch nicht. Also bleibt es bei der Umarmung. Unserer letzten vielleicht.

Der Flug nach Humera dauert mit Zwischenhalt knapp drei Stunden. Es ist mein erster Flug überhaupt. Ich bin total fasziniert von der Aussicht. Ich vergesse sogar einen Augenblick, welche Gefahren da unten auf mich warten. Und ich vermisse Samira. Meine tapfere Freundin, die da unten weiterhin ihr Leben bestreitet. Meine Eltern vermisse ich noch nicht, selbst meine Mutter nicht. Aber auch das wird kommen. Familie ist Familie.

Die Wälder und Berge unter uns. Diese Weite! Wir fliegen schon so lange, und noch immer bin ich in Äthiopien, wenn auch gleich an der Grenze zu Eritrea und dem Sudan.

Am Flughafen wartet Tafari auf mich. Karla muss mich gut beschrieben haben, denn er kommt gezielt auf mich zu.

Er ignoriert meine ausgestreckte Hand und zupft an meinem Kopftuch. Es verdeckt offenbar noch nicht genug von mir. »In Addis kannst du so rumlaufen, hier ist das anders.«

Weiß er eigentlich, dass in Addis viele Christinnen kein Kopftuch tragen? Da komme ich ihm eigentlich schon ziemlich entgegen. Immerhin trage ich eins.

Tafari schaut meine Hose an, die Schuhe, die Jacke. Irgendwas gefällt ihm nicht. »Hast du noch einen Pullover dabei?«

Ich nicke.

»Zieh ihn an.«

»Wir haben mindestens 25 Grad.«

»Wer weiß, wie lange du auf der Flucht deine Reisetasche noch hast.«

Also ziehe ich einen Pullover an. Aber nur, damit er zufrieden ist. Ich werde bestimmt nicht die ganze Zeit damit herumlaufen.

»Nur das, was du unbedingt brauchst, stopfst du in die Tasche oder ziehst es an.«

Hat der einen Ton drauf! Aber er will mich nicht ärgern. Das weiß ich. Er will mich vorbereiten, auf das, was kommt.

»Und noch was zum Kopftuch, das ist wichtig.« Tafari fuchtelt mit seinen Händen vor meiner Nase herum. »Wenn du in Europa angekommen bist, zieh es sofort aus. Die Europäer wissen nichts über uns. Die wissen nicht, dass bei uns auch Christen ein Kopftuch tragen. Die haben keine Ahnung. Für die ist jeder Kopftuchträger ein Terrorist. Die sind dort ganz verrückt vor Angst«, sagt Tafari, der noch immer am Kopftuch herumzupft. »Dabei ist es in Europa wahrscheinlicher, von einem Blitz getroffen zu werden, als bei einem Anschlag zu sterben.« Endlich lässt er mein Tuch los. »Aber statt Blitzableitern kaufen sie sich Pfefferspray, um sich vor den bösen Flüchtlingen zu schützen.«

Tafari bemerkt meinen verwirrten Gesichtsausdruck. »Fana, wir sind schwarz. Allein das wird deine Einreise und dein Leben in Europa erschweren. Also mach es bitte nicht noch komplizierter.«

Im Taxi wühlt er meine Reisetasche durch. Mit einem vorwurfsvollen Blick hält er mir einen Bilderrahmen entgegen.

Er ist gar nicht so groß, finde ich.

»Die Tasche muss leichter werden«, sagt er und löst die Klammern. Er zieht das Foto meiner Eltern heraus, faltet es und steckt es mir in die Jackentasche.

Als wir eine Stunde später irgendwo in der Nacht halten, wiegt die Tasche nur noch die Hälfte.

Ich blicke aus dem Fenster. Keine Stadt, kein Dorf weit und breit.

Auf dem Sitz zwischen mir und Tafari liegen die Sachen, die in seinen Augen unnötiger Ballast sind.

Tafari beugt sich zum Taxifahrer vor. »Haben Sie eine Tochter?«

»Drei sogar.«

»Dann gehört das jetzt denen.«

Der Taxifahrer bedankt sich.

Ich schlucke. Eigentlich habe ich damit kein Problem. Nur hätte mich Tafari vorher fragen können.

Wir steigen aus, hier mitten im Nirgendwo.

Ich schaue den roten Rücklichtern des Taxis nach. Wie Katzenaugen leuchten sie in der Ferne. Dann sind sie verschwunden.

Tafari und ich stehen allein am Straßenrand.

»In der Richtung liegt das Flüchtlingslager von Adi Harush.« Er deutet in die Dunkelheit.

Ich erkenne fast gar nichts außer den Umrissen irgendwelcher Berge.

»In dem Lager habe ich Omar kennengelernt.«

»Omar?«

»Ein Flüchtling aus Eritrea. Er schuldet mir einen Gefallen.«

»Wieso einen Gefallen?«

Tafari geht in die Hocke, und ich setze mich neben ihn. »Omar ist eines Nachts schwer verwundet in der Krankenstation aufgetaucht. Ich hatte Schicht und habe in einer Not-OP die Patrone rausgeholt – ein paar Zentimeter von seinem Herzen entfernt.«

Wir haben Zeit, sitzen allein in der Dunkelheit. Ich will noch mehr wissen. »Wer hat auf ihn geschossen?«

Tafari erzählt die ganze Geschichte. Wie Omar aus einem Arbeitslager in Eritrea geflohen ist. Er hatte den Kriegsdienst verweigert. Deswegen musste er dorthin. Die Wachen haben ihn natürlich verfolgt. Sie schossen, und einer von ihnen traf. Omar lebte ein paar Wochen im Untergrund, ließ sich notdürftig verarzten von Menschen, die keine Ärzte waren.

Irgendwo bellen Hunde. Wilde Hunde, die hier draußen leben.

»Und wie geht es Omar jetzt?«

»Gut genug, dass er loswill und dich mitnimmt.«

»Du vertraust ihm?«

»Ich kenne ihn nicht besser als dich.«

Ich schaue die Straße entlang, bis die Dunkelheit den Asphalt verschluckt.

»Ihr beide seid offiziell ein Paar. Ist sicherer für dich.«

Mir ist überhaupt nicht wohl bei dem Gedanken. Tafari vertraute ich, weil Karla ihn kennt. Doch diesen Omar kennt Karla sicher nicht. »Muss das sein?«

Tafari antwortet nicht. Er kramt in seiner Jackentasche. »Und da ist noch etwas.« Er drückt mir eine kleine Packung in die Hand.

Im Dunkeln kann ich die Aufschrift nicht lesen.

»Es ist besser so«, sagt er. »Es kann alles passieren unterwegs.«

Ich verstehe kein Wort und öffne die Packung.

»Speziell dir als Frau.«

Ich ziehe die Tabletten raus. Es ist die Pille.

»Hör zu«, sagt Tafari. »Manchen der Typen ist es egal, ob du mit Omar verheiratet bist oder nicht.«

Mir wird übel. Ich stecke die Packung ein, stehe auf und gehe ein paar Meter weiter ins Dunkle. Tränen laufen über meine Wange. Ich würge und muss mich übergeben. Worauf habe ich mich da nur eingelassen? Natürlich weiß ich, was auf der Flucht alles passieren kann. Doch diese Gefahren waren ewig weit weg. Die Pillenschachtel ändert alles. Aber zurück kann ich nicht mehr. Zu Hause habe ich keine Zukunft.

Nachdem ich mich wieder gefangen habe, kehre ich zurück zu Tafari am Straßenrand. »Wie lange wird Omar mich begleiten?«

»Er will nach Frankreich, er hat einen Cousin dort. Du willst nach Deutschland. Spätestens am Mittelmeer trennen sich eure Wege.«

Das Mittelmeer, natürlich. Ich sehe das kippende Boot vor mir, die Rettungswesten, den schwarzen Sack, den Jungen mit dem roten T-Shirt im Sand.

Das rauschende Meer. So etwas gibt es in Äthiopien nicht. Als Kind habe ich mir immer gewünscht, einmal das Meer zu sehen. Den endlosen Horizont. Auf einer Luftmatratze liegen. Schnorcheln. Was man aus Filmen so kennt.

Auf der Landkarte war das Rote Meer nicht weit, trotzdem unerreichbar für mich. Jetzt fahre ich ans Mittelmeer. Und ich habe einfach nur Angst. Nicht einmal schwimmen kann ich.

Am Horizont flackert Licht. Zwei Autos rollen langsam auf uns zu. Im vorderen Auto sitzen zwei Männer. Beide sind nicht älter als Anfang zwanzig, schätze ich. Einer von ihnen steigt aus.

»Selamno, Fana. Ich bin Omar.«

Ich nicke ihm zu. »Selamno, Omar!«

Er zeigt zum Auto. »Bereit für die große Reise?«

Sein Amharisch ist gut, ich dachte, nur die alten Eritreer können es noch sprechen. Ich hebe die Reisetasche auf. Als er sie mir abnehmen will, ziehe ich sie an mich. Er lächelt.

Der Fahrer steigt ebenfalls aus und öffnet den Kofferraum.

Ich nicke ihm zu. »Erst in den Sudan, dann nach Libyen, von dort über das Mittelmeer nach Italien. Richtig?«

»Vielleicht auch über Ägypten statt Libyen. Oder Griechenland statt Italien. Je nach Situation.« Er wirft seine Zigarette auf den Boden. »Ich bin nur der Fahrer. Und das auch nur für die erste Etappe.«

Ist ja auch egal. Für mich macht die Route keinen Unterschied. Es fühlt sich ohnehin alles ganz unwirklich an.

Der Fahrer winkt uns zum Auto, macht den Motor an. Der will es hinter sich bringen. Uns irgendwo absetzen, sein Geld kassieren und abhauen.

»Hast du Angst?«, frage ich Omar.

Er muss nicht lange überlegen. »Und wie.«

Die Antwort macht ihn mir sympathisch. Kein Macho.

Tafari sitzt schon im hinteren Auto. Ich habe mich gar nicht von ihm verabschiedet. Er fährt zurück ins Lager, zur Krankenstation. Der Wagen mit Omar und mir fährt wohl direkt zur sudanesischen Grenze.

6

ANTON

»Was machst du denn für ein Gesicht? Will Stahlke dich etwa adoptieren?« Noah streut Meersalz auf die zwei Steaks.

»Schlimmer.«

»Er hat dir einen Heiratsantrag gemacht?«

Noah nimmt die Situation nicht ernst. Der ist die Ruhe selbst. Unser Offizier ruft mich mitten in der Nacht an. Am Wochenende. Und Noah hat nur blöde Sprüche drauf.

Er dreht die Herdplatte aus. Dann merkt er endlich, dass mich etwas beschäftigt. »Also, was wollte er?«

»Wenn ich wieder zur Kaserne fahre, soll ich außer der Uniform auch noch einen Rucksack mit normalen Klamotten mitnehmen, die für ein paar Tage reichen.«

Noah schneidet ein Vollkornbrötchen durch, klappt es auf, steckt ein Steak rein, zwei Tomatenscheiben, spritzt Ketchup drüber und drückt es mir in die Hand. »Ist doch kein Problem. Du weißt, wo mein Kleiderschrank steht. Bedien dich einfach.«

»Findest du das nicht seltsam?«

»Was hat er denn noch gesagt?«

»Nichts. Alles andere will er mir am Montag nach Dienstschluss mitteilen.«

»Ein geheimer Auftrag für 007?«

»Ein geheimer Auftrag – genau das hat Stahlke gesagt.«

»Und wieso verkündet er dir das ausgerechnet morgens um fünf?«

»Weil Stahlke nie schläft.«

»Nein. Weil Stahlke ein Wichtigtuer ist.«

Ich beiße ins Brötchen. Es schmeckt würzig.

»Und wo trefft ihr euch?«

»Ist streng vertraulich.«

Noah zieht eine Augenbraue hoch.

»Hat Stahlke echt so zu mir gesagt.«

Noah zieht meine Hand zu sich und beißt in mein Brötchen.

»Hey!«

Ketchup klebt an seinen Lippen. Er merkt es und malt sich damit Vampirzähne. »Sprich! Oder ich sauge dein Blut bis auf den letzten Tropfen aus dir raus.« Er wirft sich über mich, als wollte er mich beißen.

Gut, dass wir den Tequila nicht aufgemacht haben. Noah ist jetzt schon völlig überdreht.

»Im Munitionsbunker, da treffen wir uns«, rücke ich schließlich heraus.

»Gute Wahl.« Er wischt sich mit einem Taschentuch das Vampirgebiss weg. »Der Bunker hat meterdicke Wände. Da hört keiner mit. Und wenn du nach Dienstschluss dort sein musst, ist da auch keiner mehr.« Er schneidet ein zweites Brötchen durch und beißt endlich in sein eigenes Steak. »Wird schon nicht so schlimm.«

»Aber wieso ohne Uniform?«

»Hast du schon mal James Bond in einer Uniform gesehen? Der reist immer im Anzug um die Welt. Von Superbösewicht zu Superbösewicht.«

Um die Welt reisen zu einem Superbösewicht? Ich vergesse zu kauen, ein Brocken Fleisch bleibt mir im Hals stecken. Was mich bei dem Treffen wohl tatsächlich erwartet?

Noah nimmt meine Hand und zieht mich mit sich. »Lass uns noch eine Runde zocken. Am Montagabend weißt du mehr. Vorher findest du eh nichts raus.«

Am Sonntag wollen wir erst abends zur Kaserne zurück. War die falsche Idee – die Bahnfahrt zieht sich unerwartet in die Länge. Der Zug stoppt in einem Kuhdorf. Dort hält er normalerweise nie.

Am Gleis stehen Polizisten, bestimmt hundert. Sie tragen Helme, Schlagstöcke und diese gepolsterte Schutzausrüstung, die sie doppelt so breit aussehen lässt. Mindestens zwei Dutzend von ihnen haben Schäferhunde an der Leine.

Ich denke sofort an die Horde Fußballfans. Die sind vor ungefähr einer halben Stunde eingestiegen und mit leeren Bierkisten grölend durch unseren Wagen gezogen. Egal wie besoffen, das Pfand ist denen wichtig.

Noah hat den gleichen Gedanken. »Ob die hier in dem Kaff genug Ausnüchterungszellen haben?«

Bevor ich antworten kann, knackt der Lautsprecher. »Sehr geehrte Fahrgäste, dieser Zug hält heute aufgrund einer Personenkontrolle außerplanmäßig.«

Personenkontrolle also. Das hier hat gar nichts mit den Fußballfans zu tun, die suchen nach Invasoren. Auch gut. Vielleicht finden sie ein paar von denen, die uns entwischt sind. Dank Noah.

»Wir setzen die Fahrt in Kürze fort. Über Ihre Anschlusszüge werde ich Sie rechtzeitig informieren. Wir bitten um Ihr Verständnis.«

Die Türen unseres Wagens öffnen sich. Zwei Männer und zwei Frauen in Uniform treten ein.

»Polizei. Personenkontrolle«, ruft eine der Frauen.

Die macht es kurz. Versteht ja jeder, dass sie keinen Kaffee verkaufen will.

Gegenüber von uns springt ein Mädchen auf. Die Kleine ist total erschrocken. Sie zupft ihre Freundin am Pullover. Die beiden sind vielleicht vierzehn oder fünfzehn, eine hat rote, die andere blonde Locken. Und sie sind viel zu viel geschminkt. Verängstigt schauen sie zu den Beamten.

Noah und ich blicken uns kurz an. Ich beuge mich zu den Mädchen.

»Ist nur eine Kontrolle. Ihr müsst keine Angst haben. Die wollen nur unsere Ausweise sehen.«

Die eine nickt mir zu, dann flüstert sie der anderen etwas ins Ohr. Die beiden stehen auf und laufen an mir vorbei.

Eine Polizistin bemerkt die Mädchen. »Halt. Moment!« Sie läuft hinter ihnen her.

Die Mädchen rennen. Doch es gibt keinen Ausweg. Weit werden sie in dem Zug nicht kommen. Hier fahren mehr Polizisten als Fahrgäste mit – da können sie so schnell rennen, wie sie wollen.

Ich schaue ihnen nach. Wie soll man die auch als Invasoren erkennen? Besonders auffällig sahen die jetzt nicht gerade aus.

Ich muss an die vom Strand gestern denken. »Rote Haare. Sieht man doch total selten. Wieso eigentlich?«

»Weil sie im Mittelalter diese wunderschönen Geschöpfe alle getötet haben. Diese abergläubischen Trottel.«

»Meinst du echt? Wirkt das so lange nach? Also über zig Generationen?«

»Keine Ahnung.« Noah wirft sich einen Kaugummi in den Mund. »Du bist der Fanatiker von uns beiden. War nur so eine Theorie von mir.«

Ich winke ab. Der kann mich mal.

Draußen auf dem Bahnsteig umzingeln Polizisten drei junge Männer in Handschellen. Marokkaner, schätze ich.

»Wir setzen unsere Fahrt in Kürze fort«, sagt die Lautsprecherstimme. »Bitte entschuldigen Sie die Verzögerung im Betriebsablauf.«

Die restlichen Polizisten strömen aus dem Zug. Hunde bellen. Die zwei Mädchen entdecke ich in dem Gewühl nicht.

»Siehst du die beiden?«

Noah schüttelt den Kopf. Aber vermutlich nicht wegen meiner Frage, sondern wegen der ganzen Situation da draußen.

Unseren Anschlusszug erwischen wir trotzdem. Irgendwo im Nirgendwo wartet ein olivgrüner Bus auf uns. Der pendelt sonntagabends im Stundentakt vom Bahnhof zur Kaserne.

Der dicke Busfahrer empfängt uns mit seinem Goldzahngebiss. »Und, Männer, ordentlich gebumst am Wochenende?«

»Klar doch!«, sagt Noah. »Sie auch?«

Dem Busfahrer gefriert sein Grinsen.

Unsere Stube ist leer. Unsere vier Kameraden kommen immer erst am Montagmorgen. Deren Eltern wohnen hier in der Nähe.

Noah legt sich auf seine Matratze und streckt sich. »Morgen bekommst du deinen geheimen Auftrag!«

»Danke für die Erinnerung. Jetzt kann ich bestimmt richtig gut einschlafen.«

»Mensch, wer weiß, in welchem Land du übermorgen aufwachst.«

»Halt's Maul!«

Noah hat sich schon unter seiner Bettdecke vergraben, doch schlafen kann er auch noch nicht. »Du bist schon stolz, dass Stahlke dich für eine geheime Mission ausgesucht hat, oder? Und nicht Linus, zum Beispiel.«

»Oder dich.«

»Oder mich.«

Klar bin ich das irgendwie. So ein Auftrag ist ein gutes Zeichen.

Mein Antrag auf Verlängerung der Dienstzeit liegt noch bei Stahlke. Ohne seine Unterschrift endet meine Zeit bei der Armee in 32 Tagen. Noah hält von meiner Verlängerung überhaupt nichts. Mir egal. Ich will erst mal mein Konto auffüllen. Nur ein halbes Jahr länger. Das reicht schon. Ich brauche einen kleinen Puffer. Damit ich nicht, so wie meine Mutter, auf einmal total pleite dastehe.

Zugegeben, da haben Noah und sein Lederjacken-Echo vom Strand recht gehabt: Die Sache mit der Privatisierung der Arbeitslosenhilfe, das hätte die Alternative nicht machen müssen. Da steht man nämlich ohne Job echt doof da, die Privaten zahlen viel zu wenig.

Wettbewerb ist gut. Die Schlauen und Starken setzen sich durch. Verstehe ich ja alles. Natürliche Auslese und so. Aber dabei bleiben echt viele auf der Strecke, was dann wiederum auch nicht richtig ist.

Noah gähnt laut. »Wer weiß. Vielleicht ist Cindy bei deinem Auftrag ja dabei. Dann schaue ich dir von oben zu.«

»Nee, also da passe ich lieber selbst auf mich auf.«

Was Noah angeht, bin ich mir gerade nicht so sicher. Er ist momentan nicht so der Zuverlässigste, wenn es in gefährlichen Situationen drauf ankommt. Zu invasorenfreundlich. Der hat alle lieb.

»Du würdest echt alle reinlassen, oder?«

Noah antwortet mit einem lauten Schnarchen.

Na super.

Gegen ein Uhr nachts geht der Alarm los.

Einschlafen konnte ich sowieso noch nicht. Noah pennt weiter, aber in der Stube gegenüber rührt sich wer. Da müssen zwei raus und Invasoren jagen. Immerhin regnet es nicht.

Gegen vier Uhr schlafe ich endlich ein. Eine Stunde bevor der Wecker klingelt.

Der nächste Tag verläuft wie jeder Kasernenmontag: Frühstück, zwei Stunden Sport, zwei Stunden Kontrollgang an der Mauer, Mittagessen, drei Stunden Schießplatz, eine Stunde Waffenreinigen, Abendessen.

»Bis später!«, rufe ich in die Stube und schultere meinen Rucksack.

Keiner der Kameraden ahnt, wohin ich jetzt muss. Der Einzige, der Bescheid weiß, ist nicht da. Noah hockt garantiert wieder irgendwo vor dem Laptop herum. Na ja, ein Abschiedskomitee wäre ja auch übertrieben.

Als ich vor dem Munitionsbunker ankomme, steht da ein schwarzer Mercedes mit normalem Kfz-Kennzeichen. Wie ist der denn aufs Gelände gekommen?

Das Tor zum Bunker steht offen. Stahlke tritt heraus, ich salutiere, er gibt mir die Hand. Hat er noch nie gemacht.

»Sehr gut«, sagt er. »Fünf Minuten vor der Zeit, ist des Soldaten Pünktlichkeit.«

Wir treten in den Bunker, und Stahlke zieht an einem roten Band. Ratternd schließt sich das Tor hinter uns.

Drinnen lagern Kisten über Kisten. Die Regale sind vollgestopft für den Ernstfall. Mitten im Raum steht ein älterer Mann, mindestens siebzig oder so. Er trägt ein kariertes Jackett, blaues Hemd, rote Krawatte.

Er kommt mir bekannt vor. Einer von der Nationalen Alternative? Ich glaube, ich habe ihn schon mal im Fernsehen gesehen.

Der Alte reicht mir die Hand und packt dabei kräftig zu. Vorstellen tut er sich nicht.

»Das ist der Kamerad, von dem ich Ihnen berichtetet habe«, sagt Stahlke.

»Ich bin sehr froh, Sie persönlich kennenzulernen.«

»Danke«, antworte ich. Was soll ich sonst sagen?

Der Alte scannt mich von oben bis unten. Er überlegt vermutlich, ob ich wirklich der richtige Mann bin. Für was auch immer.

Stahlke zieht ein Formular aus einer Mappe. »Fangen wir mit dem Papierkram an.« Er überreicht mir das Blatt. »Sechs Monate Dienstverlängerung.«

»Wow.« Mehr fällt mir dazu nicht ein. Das ist eine echte Überraschung.

»Eine Beförderung erfolgt nach abgeschlossenem Auftrag«, ergänzt Stahlke.

Beförderung heißt mehr Geld. Ich grinse, was sicher superunsoldatisch aussieht.

Der Jacketträger kommt einen halben Schritt auf mich zu. Hätte nicht sein müssen. Im Bunker ist es so schon eng genug. »Die Neue Nationale Alternative. Schon mal davon gehört?«

Ich nicke vorsichtig mit dem Kopf. Soll so aussehen wie: *Vielleicht, ja, doch, doch, da war was, ich kann mich nur gerade nicht so richtig erinnern.* In Wirklichkeit habe ich keinen blassen Schimmer.

»Die Nationale Alternative geht den richtigen Weg«, sagt der Alte. »Aber zu zögerlich. Da wird zu viel diskutiert. Zu wenig gehandelt.«

»Die Neue Nationale Alternative ist also so eine Art Abspaltung?«, frage ich.

»Nein, nein. Gott bewahre. Eher eine Untergruppe. So sehen wir uns.«

»Klingt kompliziert.«

»Ist es nicht. Die Nationale Alternative ist die etwas zu zaghafte Mutter. Wir sind ihre erwachsenen Söhne. Wir handeln eigenständig, mutig und kompromisslos.«

»So etwas wie eine schnelle Eingreiftruppe?«

Der Mann von der Neuen Nationalen Alternative lächelt mich und dann Stahlke an. »Sehr gut gesagt, mein Junge. Eingreiftruppe – ja! Erst haben wir das links-rot-grün-verseuchte 68er-Deutschland zu einem starken Deutschland gemacht« – er holt tief Luft –, »als Nächstes werden wir den nationalen Weg –«

Stahlke legt seine Hand auf die Schulter des Alten. Sieht ganz so aus, als kennen die sich schon lange. »Genug Politik für heute. Wir haben hier einen Soldaten, der auf seinen Auftrag wartet.« Dann blickt er zu mir. »Wie du siehst: Dein Auftrag ist also von höchster Bedeutung.«

Als er mir schließlich von der Mission erzählt, bin ich irritiert. Erst denke ich, es ist ein Test oder so. Dass er einen Witz macht. Doch der Jacketträger schaut viel zu ernst, fast schon traurig. Sowieso ist Stahlke nicht der Typ für Witze.

Was sie da von mir wollen, das ist echt krass. Dürfen die das? Andererseits, da ist der Typ von der Neuen Nationalen Alternative. Und die Beförderung, das macht sich gut im Lebenslauf. Dann das Geld. Und sie haben *mich* ausgewählt! Mich! So eine Chance bekomme ich nie wieder.

Stahlke schaut auf die Uhr. »Noch Fragen?«

Mindestens zwanzig. Aber die meisten davon kann ich nicht stellen. Die würden offenbaren, wie viel Angst ich vor dem Auftrag habe. Und für wie schwer durchführbar ich die Sache halte. »Wieso ich?«

Stahlke muss keine zwei Sekunden überlegen. »Deine Statistik bei den Einsätzen an der Grenze ist klasse. Du bist sportlich. Ein guter und folgsamer Soldat.«

Irgendwie bin ich überrascht, dass ihm das schon reicht. Stahlke merkt das.

»Deine Mutter ist kaum zu Hause. Einen Vater hast du nicht.«

Er weiß mehr, als in meiner Personalakte steht. Aber worauf will er eigentlich hinaus?

Der Typ von der Neuen Nationalen Alternative nickt mir zu. »Offizier Stahlke will damit ausdrücken, dass dir die Armee mehr bedeutet als anderen. Du gehörst zur Armee und somit auch zur Nationalen Alternative. Du bist ein Teil von uns. Wir sind deine Familie.« Der Alte lächelt wieder. Schief sieht es aus, aber ehrlich. »Wir brauchen junge Männer wie dich. Wenn du später mal studierst, bekommst du vielleicht sogar ein Stipendium vom Staat und kannst es weit bringen.«

»Nun?«, fragt Stahlke.

Schon klar, was er erwartet. Er will ein Jawohl. Das bekommt er auch. Ich habe mich längst entschieden. Wenn ich überhaupt je eine Wahl hatte.

»Wann geht es los?«

»Sofort.«

»Aber …« Ich suche nach Ausreden. »Meine Mutter …«

»Deine Mutter rufe ich morgen persönlich an«, sagt Stahlke. »Sie wird stolz sein, dass du an so einem wichtigen Lehrgang teilnimmst.«

Ein Lehrgang, aha, das wird also mein Alibi sein. Ein Lehrgang ohne Feierabend, ohne Wochenende, ohne die Möglichkeit, mich zu melden. Aber meine Mutter wird diesen Blödsinn glauben. Sie hat von der Armee keine Ahnung. Noah wird sich da schon eher Sorgen machen.

»Ich würde gern noch Noah Tschüss sagen. Er ist mein bester –«

»Vergiss Noah.«

Ich schlucke.

Verhandeln ist da zwecklos, ich kenne Stahlke.

»Der hat dir schon genug Probleme bereitet.«

Allerdings. Aber ich würde mich trotzdem gern von ihm verabschieden.

Das Handy des Alten klingelt. Er schaut auf das Display und knöpft sein Jackett zu. »Wir müssen los. Der Pole wartet nicht ewig auf uns.«

7
NOAH

»Wir müssen los. Der Pole wartet nicht ewig auf uns«, sagt der ältere Mann mit Nachdruck. Davor hat er umständlich sein Jackett zugeknöpft.

Stahlke tritt ins Bild. Er reicht Anton die Hand, und darüber wundere ich mich. Das macht er sonst nie. Bei Offizier Stahlke ist normalerweise immer der militärische Gruß angesagt. Umso zackiger die flache Hand den Kopf erreicht, desto glücklicher ist dieser Militarist.

Normalerweise.

Bei Anton spielt er gerade den Blutsbruder. Hoffentlich durchschaut Anton diesen Fake.

Ich klappe den Laptop zu und ziehe mir die Hörer vom Kopf. Die Videodatei ist gespeichert.

Oh Mann. In was für einen Wahnsinn ist Anton da reingeraten? Raus kommt er aus dieser Nummer jetzt nicht mehr so einfach. Der Alte und Stahlke haben ihm ja gar keine Wahl gelassen.

Und was Stahlke von mir denkt, weiß ich jetzt auch. Ist aber keine Überraschung für mich, das hatte ich genau so vermutet.

Ein Schlüssel dreht sich im Schloss der Bibliothekstür.

Die schließen mich ein! Haben die etwas mitbekommen? Ich springe auf und hämmere gegen die Tür. »Hey! Aufmachen!«

Der Schlüssel dreht sich erneut.

Stabsunteroffizier Schulze steht vor mir und grinst mich breit an. »Ach herrje, da is ja noch einer drinne.«

Er hat wohl schon mehr als ein Feierabendbier getrunken, ich schätze, eher ein Feierabend-Sixpack. Vor allem hat er gar keinen Feierabend, sondern Dienstbeginn.

Ich atme durch den Mund und verspüre Mitleid mit Schulze. Der ist seit zwanzig Jahren dabei. Bei dem Job würde ich auf Dauer auch zum Alkoholiker werden.

»Is jetzt Schließzeit.« Er klopft auf seine fette Armbanduhr mit Höhenanzeiger und Barometer. Als ob er jemals irgendeine Funktion außer der Uhrzeit braucht, hier in der Kaserne.

Ich zeige auf meinen Laptop und einen Stapel mit Büchern. Die waren eigentlich nur Tarnung. »Darf ich noch kurz zusammenpacken?«

»Wie denn, das haste auch noch nicht gemacht?« Er drückt mir den Schlüsselbund in die Hand. »Nachher vorbringen, Kamerad. Ich sitz im Glaskasten.«

»Klar doch.«

Wo soll Schulze sonst auch sitzen? Nachtwache am Kaserneneingang. Wie frustrierend.

»Und die alten Schinken wieder einsortieren.« Schulze zeigt auf die Bücher auf meinem Tisch. »Ordentlich! Verstanden?«

»Jawohl!«

Er schwankt summend davon.

Ich klemme mir die Bücher unter den Arm. Ich hatte einfach das halbe Regal zur *Geschichte Asiens* leer geräumt.

Kaum stehen die Bände wieder an ihrem Platz, wundere ich mich über das bücherlose Regal darunter. Das ist mir vorher gar nicht aufgefallen.

Deutsche Geschichte. Zweiter Weltkrieg steht da.

Wenn das Blomenkamp sehen würde, der würde explodieren. Ein zensiertes Regal!

Aber Blomenkamp gibt es nicht mehr, nicht mehr in dieser Kaserne zumindest. Der führt jetzt irgendwo ein richtiges Leben, das wünsche ich ihm zumindest.

Die haben ihn rausgeworfen, weil er Dinge *sagt*, die der Alternative nicht gefallen. Und die Bücher hier werden geschreddert, weil in ihnen Dinge *stehen*, die der Alternative nicht gefallen.

Hitler? Holocaust? Bloß weg damit, sonst merkt noch jemand, dass die markigen Sprüche der Nationalen Alternative an die Anfangszeit der Nazis erinnern.

Ich laufe die Regale ab – mal sehen, was der Alternative sonst noch nicht gefällt.

Ich muss gar nicht lang suchen.

Mein Lieblingsregal ist auch leer: *Reisen, internationale Ziele*. Da werden bestimmt bald andere wundervolle Hochglanz-Fotobücher stehen – *Unsere schöne Heimat* und *Die deutsche Natur* und *Mit Dirndl und Lederhose auf kulinarische Entdeckungstour*.

Ich übertreibe? Klar doch. Und wie! Aber das tun die von der Nationalen Alternative doch auch. Und zwar ständig!

Nur stört es keinen mehr. Alle haben sich an deren aggressives Geschrei gewöhnt. Aber ich nicht! Ganz bestimmt nicht! Und ich bin nicht der Einzige.

Ob ich zur Polizei gehen soll mit der Videodatei? Aber eigentlich habe ich viel zu wenig in der Hand. Stahlke und der Alte haben ja nichts Konkretes von sich gegeben. Das kann alles und nichts bedeuten. Und seinen richtigen Auftrag soll Anton ja erst noch erhalten. Und gezwungen wurde er ja auch zu nichts.

Außerdem habe ich keine Ahnung, ob das alles überhaupt offiziell ist oder nicht. Was ist diese Neue Nationale Alternative genau? Wer steckt dahinter? Neue Alternative, Alte Nationale Alternative, Super Alternative – wie viele Alternativen gibt es denn?

Überhaupt *Alternative*. Was ist das für ein Wort? Als gebe es nur *die* eine Alternative, die eine richtige Richtung, die einzig wahre Wahrheit. Mein Vater hat kurz nach dem Wahlsieg zu mir gesagt: »Wenn jemand behauptet, er kennt die einzige Wahrheit, muss man abhauen. So weit wie möglich.« Kluge Worte. Geblieben sind meine Eltern natürlich trotzdem.

Jetzt heißt es erst einmal abwarten. Abwarten, wie es weitergeht – vor allem, wie es für Anton weitergeht. Bevor ich handle.

Anton rechnet eh damit, mich früher oder später im Gefängnis zu besuchen. Der warnt mich nahezu im Stundentakt. »Deine Kritik ist gefährlich.« Oder einfach nur: »Pass auf!« Oder in direkteren Worten: »Noah, einfach mal die Fresse halten.« Das darf keiner zu mir sagen, er schon.

Er stand mit seiner Mutter vor unserer Tür, da hatten wir gerade erst gelernt, wie schön das Leben ohne Windeln sein kann. Wir waren drei Jahre alt, also weiß ich das meiste aus den Erzählungen meiner Eltern. Erinnern kann ich mich nur an einzelne Bilder. Wie wir auf dem Straßenteppich bei mir im Zimmer saßen. Polizeiautos durch die Gegend schoben.

Anton und ich saßen später in der Schule von der Ersten bis zur Vierten nebeneinander. An die Zeit erinnere ich mich viel besser. An den ganzen Quatsch, den wir gemacht haben. An den Feueralarm in der Schule! Alle versammelten sich brav auf dem Pausenhof. Wir hatten unser Ziel erreicht: Die Matheklausur fiel aus. Erwischt hat uns keiner. Darauf kommt es doch an, oder?

Wir haben beide keine Geschwister und waren als Kinder so etwas wie Brüder füreinander. Als es dann bei ihm zu Hause immer schlimmer wurde, verbrachte Anton viel Zeit bei uns.

Sein Vater fing irgendwann an, Sachen an die Wand zu werfen. Teller, Flaschen – eigentlich alles, was ihm in die Hände geriet. Und jeden Tag wurde gestritten.

Nachdem seine Mutter seinen Vater endlich rausgeworfen hatte, da durfte ich dann auch öfter mal bei Anton übernachten. Wir saßen zu dritt am Tisch. Seine Mutter trank beim Abendessen eine halbe Flasche Rotwein und verschwand anschließend im Schlafzimmer. Wir konnten also bis spät in die Nacht im Wohnzimmer Filme schauen. Der neue Staatssender der Nationalen Alternative war ein Propagandakanal. Doch im Netz war die Auswahl unendlich.

Genug der Nostalgie. Es ist 19 Uhr. Um die Zeit werden in der Kaserne entweder Spiele gezockt oder Bierflaschen geleert – oder beides. Eine gute Gelegenheit, unbemerkt zu verschwinden.

Mit einem Attest vom Bereitschaftsarzt darf ich die Kaserne ausnahmsweise verlassen. Wenn ich Glück habe, hat heute die nette Hübsche Dienst, wenn ich Pech hab, die alte Graukappe.

»Herein!«

Allein die Stimme löst schon Hoffnung in mir aus. Es ist die Hübsche, die, die vermutlich hier ist, weil man bei der Armee so günstig Medizin studieren kann. Denn die Alternative mag sie eigentlich nicht besonders.

Ich trete ein und bleibe vor ihrem Tisch stehen.

Sie beachtet mich gar nicht. Tippt etwas in den Rechner.

Ich mache mein Mir-geht's-ganz-furchtbar-schlecht-Gesicht. »Ich habe –«

»Noah! Es ist Montagabend.« Sie schaut gar nicht auf, tippt weiter. »Montag ist der falsche Tag. Da wollen alle am liebsten wieder ins warme Bettchen nach Hause.«

Zugegeben, ich bin schon ein paarmal hier gewesen. Meistens haben wir uns ein wenig über die Alternative unterhalten. Dass ich auch kein Fan bin, gab eigentlich immer Pluspunkte. Bis heute zumindest.

Sie steht auf und geht zum Fenster.

»Gehen Sie zu einer Demo, oder was haben Sie wirklich vor?« Sie seufzt. »Einen Tag!«

»Was?«

»Sie bekommen einen Tag. Morgen Abend melden Sie sich wieder zum Dienst.« Sie kritzelt etwas auf einen Zettel, haut einen roten Stempel drauf und reicht mir den Wisch.

Mit dem Zettel in der Hand bin ich etwas mutiger. »Darf ich Sie noch was fragen?«

Sie antwortet nicht und schaut auf den Bildschirm.

»Sie sind doch auch nicht für die Alternative, oder? Wieso machen Sie dann mit?«

»Mitmachen? Ich bin in der Armee. So wie Sie auch übrigens.«

»Ich musste. Wehrpflicht.«

Sie schüttelt den Kopf, widmet sich wieder ihrer Tastatur.

Ich gehe zur Tür.

Sie sagt leise, aber laut genug, dass ich es verstehe: »Da machen Sie es sich aber verdammt einfach.«

Ich drehe mich zu ihr. »Wie meinen Sie das?«

»Was die Alternative macht, finden Sie zu radikal.«

»Stimmt.«

»Die vereinfachen Ihrer Meinung nach zu sehr.«

»Ja.«

»Die sehen nur die eine Seite, nur Schwarz oder Weiß, nichts dazwischen.«

»Genau.«

»Noah.«

»Was denn?«

»Ich bin noch nicht lange da, aber Sie sind Stammgast bei mir. Und wir diskutieren jedes Mal.«

»Na und?«

»Noah, ist Ihnen klar, dass Sie genauso sind?«

Zehn Minuten später stehe ich am Straßenrand. Natürlich trage ich noch die Uniform. So hält auch schneller jemand. Aber erst muss hier mal einer vorbeifahren. Endlich sehe ich ein paar Scheinwerfer.

Ich strecke den Daumen raus, ein silberner Opel hält. Am Steuer ein Typ um die sechzig, mit Glatze und dicken Brillengläsern. Das wird wohl eher eine gemütliche Fahrt.

Auf der Autobahn dreht er das Radio lauter. Country-Songs in Disco-Lautstärke.

Ich halte mich an die heilige Mitfahrer-Regel und ertrage alles kommentarlos.

Immerhin hört man so nicht die Autos, die an uns vorbeidonnern. Ein Tempolimit gibt es dank der Alternative ja nicht mehr auf der Autobahn. Ein paar Hunderttausend Idioten haben die Partei garantiert nur deswegen gewählt.

Wir fahren an Fabrikhallen vorbei, eigentlich sind es mehr Ruinen. Vor ein paar Jahren hat die Region hier noch geboomt. Denn was kann man auf dem flachen Land hervorragend machen? Natürlich Windräder aufstellen! Wieso also nicht gleich hier die Geräte testen, massenhaft bauen und in alle Welt verkaufen? Als ich die Strecke vor einem Jahr gefahren bin, da hat der ganze Horizont rot geblinkt. Ein Windrad neben dem anderen. Doch dann strich die Alternative alle Fördermittel, die Betriebe gingen pleite. Denn erneuerbare Energien – davon hält die Partei nichts. Klimawandel? Gibt es nicht. Tja, so einfach ist das.

An einer Tankstelle endet die gemeinsame Tour. Mein Fahrer will weiter zur Küste. Ich muss dagegen bei der nächsten Ausfahrt von der Autobahn runter.

Eine Viertelstunde laufe ich von Lkw zu Lkw. Von Fahrer zu Fahrer. Um die Zeit sind offenbar hier draußen nur noch Männer unterwegs. Und sie alle wollen weiter zur Küste.

Hilft nichts, dann laufe ich eben auf dem Standstreifen weiter. Vielleicht hat unterwegs jemand Mitleid mit mir.

Hat keiner.

Die Ausfahrt erreiche ich eine halbe Stunde später. Ich kürze über eine nasse Wiese ab. Endlich lohnt es sich mal, die klobigen Stiefel anzuhaben.

Ich überquere gerade eine Brücke, die Straßenlampen des Dorfes leuchten bereits am Horizont, da kommt ein leerer Autotransporter zischend neben mir zum Stehen. Das sieht aus wie ein Angebot.

Ich öffne die Tür und blicke zu einem schlanken Kerl mit kurz rasierten Haaren hinauf.

»Strastwoi!«, ruft er.

Ein Russe, der sich mit Igor vorstellt. Die nächsten Kilometer werden sicherlich lustig. Russisch hatten Anton und ich als Leistungskurs am Gymi.

Igor erzählt von seinen nächtlichen Touren. Er transportiert Schrottautos.

Dunkel erinnere ich mich an den Autohändler im Dorf. »Ich glaube, es ist zu spät für Geschäfte.«

»Quatsch! Nicht Geschäfte – Freunde! Ich schlafe heute bei einem Kumpel.«

»Ein Russe?«

»Der hat eine Deutsche geheiratet.«

Über der riesigen Frontscheibe hängt ein Schal. Ich erkenne im Strickmuster Putin, Trump, Le Pen und natürlich den Kanzler. Der Chef der Alternative grinst zufrieden. Alle stehen Arm in Arm nebeneinander.

Bis gerade eben war mir Igor sympathisch.

Ich zeige auf den Schal. Aber bevor ich etwas fragen kann, biegt ein Meer an Blaulichtern um die Ecke. Die fahren genau auf uns zu.

Igor bremst scharf und fährt rechts ran. Zwei Polizeiwagen, Mannschaftswagen.

Fünf Lastwagen folgen. Ein Dutzend kleiner Fensterscheiben. Alle abgedunkelt.

»Gefangene?«, fragt Igor.

Meine Antwort wird ihm, wie allen auf seinem Schal, gefallen.

»Garantiert Flüchtlinge. Hier draußen gibt's kein Gefängnis.«

»Aber Flüchtlingsheime?«

»Nein. Viele Flüchtlinge leben hier in Sozialwohnungen.«

»Sozialwohnungen?«

»Dort leben die, die nicht genug Geld haben.«

Der letzte Laster rollt an uns vorbei.

Wie Atommüll-Transporte, die fahren auch nur nachts. Keiner soll davon etwas mitbekommen.

Hinter dem Laster rollen vier Geländewagen vom Militär. Fünf Tonnen wiegt so eine Kiste. Die können angeblich über Minen fahren und die Insassen überleben es.

Ich ducke mich ein wenig, als würde es irgendeinen der Kameraden interessieren, dass ich hier neben Igor sitze und nicht in der Kaserne bin.

Auf den Jeeps sind Maschinengewehre befestigt. Rechnen die hier draußen wirklich mit Widerstand? Eine Gegendemo oder so etwas? Eine Befreiungsaktion? Oder wollen die nur Stärke zeigen?

Fünf Minuten später hält Igor vor dem Betonbau, in dem Antons Mutter wohnt.

Im Küchenfenster brennt noch Licht. Ich kann also ohne schlechtes Gewissen so spät klingeln.

Ich kenne die Wohnung so gut wie die meiner Eltern. Die sind erst an die Küste gezogen, als Anton und ich zur Armee gegangen sind. Bis dahin wohnten wir in einem Reihenhaus keine fünf Minuten von hier. Anton hat schon immer in dieser Wohnung gelebt. Erst mit seinen Eltern, später dann nur noch mit seiner Mutter.

An der Bushaltestelle neben dem Haus klebt ein Plakat. Ein Mann um die dreißig und eine etwas jüngere Frau grinsen mich an. Vor ihnen stehen ein ebenfalls grinsender Junge und ein grinsendes Mädchen. So sieht das grinsende Glück aus, na klar doch.

Der Vater im Anzug ist gerade von der harten Arbeit im Büro nach Hause gekommen – sicher tut ihm noch der Hintern weh vom vielen Herumsitzen. Die Frau trägt keine Schürze, hat aber den Tag definitiv am Herd verbracht. Unter der grinsenden Familie steht der allseits präsente Slogan: *Mut zur Tradition! Die Nationale Alternative.*

Die Straßen sind zugepflastert mit solchen Plakaten. Seit dem Wahlsieg. Damals drehten sich die Plakate auch noch um andere Themen.

Die Fotos zeigten zum Beispiel Menschen aus verschiedenen Ländern oder einfach Deutsche, die keine weiße Hautfarbe haben. Darunter in Großbuchstaben: *KEINE DURCHMISCHUNG*. Was für ein Witz. Seit Millionen von Jahren geschieht nichts anderes auf der Erde.

»Hallo?« Antons Mutter klingt hellwach.

»Noah hier.«

»Du?« Die Tür summt.

Ich schleppe mich die drei Etagen hoch und merke erst jetzt, wie müde ich bin.

Antons Mutter steht in ihrer blauen Uniform im Türrahmen. *Security* steht in Leuchtschrift auf dem Pullover.

»Was ist passiert? Ist was mit Anton?«

»Nein, nein.« Ich umarme sie, und unsere Uniformen knistern bei der Reibung.

»Alles okay?«

»Klar.«

Sie führt mich in die Küche, holt einen kleinen Topf aus dem Kühlschrank und stellt ihn auf den Herd. »Hühnersuppe«, sagt sie. Das ist keine Frage. Ich hab immer Hunger.

Sie schneidet ein Stück Bauernbrot in dicke Scheiben. Stellt es auf einem Brett mit selbst gemachter Kräuterbutter auf den Tisch.

Ich muss an das Plakat draußen vor dem Haus denken.

»Kommst du von der Arbeit, oder musst du los?«, frage ich und beiße ins Brot, bevor die Suppe fertig aufgewärmt ist.

»Gleich Nachtschicht«, sagt sie. »Wie geht's Anton?«

»Super. Echt. Aber er wird sich in den nächsten Tagen vermutlich nicht groß bei dir melden. Die haben ihn zu einer Zusatzausbildung geschickt.«

»Davon hat er mir gar nichts erzählt.«

»War ganz spontan. Da ist ein Platz frei geworden.« Ich hoffe, sie ist ein wenig stolz auf ihren Sohn. Auf keinen Fall werde ich ihr etwas von dem geheimen Auftrag erzählen. Sie würde sterben vor Angst.

»Deswegen hat Anton mich gebeten, ihm ein paar Sachen nachzuschicken.« Ich muss improvisieren. Und was Besseres ist mir nicht eingefallen.

»Hätte ich doch auch machen können.«

»Computersachen. Also von der Wechselfestplatte Spiele kopieren, und dann liegen da noch USB-Sticks –«

»Okay, da bist du der Experte.« Antons Mutter schaut auf ihr Handy. »Ich muss los.«

Ich will aufstehen zum Abschied, aber sie drückt mich in den Stuhl.

»Lass den Quatsch. Du gehörst doch zur Familie. Keine Förmlichkeiten. Und gute Nachrichten: Antons Bett ist sogar frisch bezogen.« Sie füllt einen tiefen Teller mit dampfender Suppe und überreicht ihn mir. »Ich bringe Brötchen zum Frühstück mit.«

»Ich mach dann den Kaffee!«

Nachdem sie gegangen ist, widme ich mich meiner Suppe und betrachte die gerahmten Bilder an der Wand. Auf jedem einzelnen ist Anton zu sehen. Wie es ihm jetzt gerade wohl geht, auf der anderen Seite der Grenze, in Polen?

Total satt gehe ich in sein Zimmer und ziehe die Vorhänge zu. Ich setze mich an den Schreibtisch und fange mit meiner Arbeit an. Es gibt schließlich einen Grund, wieso ich hier bin.

8
FANA

Polen. Endlich Polen. Die Grenze zu Deutschland ist angeblich nur noch einen halben Tag entfernt. Das behauptet zumindest der Schleuser, der sich Jack nennt. Allerdings meint er einen halben Tag mit dem Auto. Und so etwas haben wir nicht. Noch nicht.

Wir übernachten seit drei Tagen im Wald. Wir sind 61 Menschen. 49 Männer, acht Frauen, vier Kinder. Aus allen möglichen Ländern. Der slowakische Schlepper hat uns hier einem polnischen übergeben. Der kassierte dann noch einmal von jedem 2000 Dollar für die letzte Etappe, die Deutschland-Fahrt. Und darauf warten wir jetzt in diesem Wald.

Reifen quietschen. Die Straße ist nicht weit weg. Ob das unsere Fahrzeuge sind?

»Yalla!«, schreit jemand von dort. »Yalla! Yalla!«

Schleuser-Jack springt vom Lagerfeuer auf und rennt mit winkenden Armen zur Straße.

Zehn Männer kommen auf uns zu, keiner älter als Mitte zwanzig. Sie tragen Rucksäcke und Reisetaschen, Schlafsäcke und zusammengerollte Decken.

Keine Fahrer, die uns von hier wegbringen – weitere Flüchtlinge wie wir.

»Syrer, die kommen alle aus meinem Land«, sagt eine Frau neben mir. Sie ruft ihren Mann und geht mit ihm zu den Neuen.

Jetzt sind wir also 71 Menschen. Wie viele müssen noch kommen, bevor dieser Jack genug Geld zusammenhat? Bevor es endlich weitergeht nach Deutschland?

»Fana!«, ruft er.

Ich kann mir schon denken, was er will.

Einer der neuen Männer hat einen Verband. Der ist nur noch an den Rändern weiß, sonst verdreckt und blutverschmiert.

»My name is Ali«, sagt er.

Meinen kennt er ja schon, so laut, wie ihn Jack herumgeschrien hat.

Ali ist nervös, redet ununterbrochen. Sein Englisch ist sehr gut. Immerhin.

Ali und die anderen kommen aus dem Norden Syriens. Sie sind auf der Flucht vor allem Möglichen: vor der Armee des Diktators, vor den Rebellen, vor den Dschihadisten.

Alis alter Verband klebt an der Wunde fest. Der muss komplett ab. Ich ziehe, Ali beißt die Zähne zusammen. Kaum ist der Verband entfernt, redet er weiter.

Kampfjets haben sie auf der Flucht beschossen. »Keine Ahnung, aus welchem Land.« Bei dem Angriff starben zehn Menschen aus seiner Gruppe. Seine eigene Verwundung stammt jedoch von der türkischen Grenze. Ein Soldat feuerte dort auf die Gruppe. Ein Türke. Damit hatten sie nicht gerechnet. Sie dachten, an der Grenze seien sie sicher.

Ich schaue mich im Lager um. Mit was verbinde ich den armen Kerl jetzt?

Ali hat bemerkt, wie besorgt ich seine Wunde betrachte. »It's nothing«, sagt er und will die Verletzung kleinlächeln.

Ich stehe auf und werfe den Verband ins Lagerfeuer. Als ich zurückkomme, ist Ali ziemlich blass geworden. Er hat seine Wunde vermutlich seit Tagen zum ersten Mal gesehen. Sie ist eitrig, entzündet, schmutzig.

Aber wir haben hier nichts mehr. Keine Mullbinden, Pflaster, Medikamente oder Desinfektionsmittel. Genauso wenig wie Essen, Seife oder sonst was. Alles aufgebraucht.

»Wait a second.«

»Where are you going?« Ali will offenbar mit seiner Wunde nicht allein bleiben.

Ich suche Salva. Er ist gestern zu uns gestoßen. Am Lagerfeuer hat er uns seine Geschichte erzählt – von seinem Weg vom Südsudan hierher. Es haben die zugehört, die Englisch können. Und die, die solche Fluchtgeschichten noch hören wollen. Jeder hatte schließlich seinen eigenen Albtraum mitgebracht.

Kaum war Salva zu uns gestoßen, hat er eine Flasche Schnaps aus seinem Rucksack geholt und herumgegeben. Damit machte er sich bei manchen beliebt, bei anderen weniger.

Salva liegt im Schlafsack und döst vor sich hin. Er will seine Ruhe, aber das geht jetzt nicht.

Ich knie mich neben ihn auf den Boden. »Hast du noch eine Flasche?«

»Du und deine Vorurteile. Denkt ihr in Eritrea alle, die Sudanesen von nebenan saufen?«

»Salva, bitte …«

»Das war die letzte Flasche.« Er schaut sich um. »Wer braucht überhaupt was?«

»Ein verletzter Syrer.«

»Von den Neuen? Die Syrer denken also auch, der Sudanese da im Schlafsack, der hat Alkohol.«

»Nein. Die kennen dich doch gar nicht.«

Ali entdeckt mich und kommt mit wackeligen Beinen zu uns. Die Wunde klafft rot und klebrig.

»Ich hole die Flasche«, sagt Salva und springt auf.

Für eine richtige Desinfektion ist es viel zu spät. Ich kann nur oberflächlich reinigen. So eine Wunde kann über Nacht zu einer Blutvergiftung werden. Ali braucht einen Arzt. Das muss ich ihm nicht sagen, das weiß er selbst.

Er setzt sich unter einen Baum und lehnt den Kopf gegen den Stamm. Die Augen kann er nur mühsam offen halten.

Salva gibt mir ein weißes Shirt. Es sieht sauber aus. Ali lächelt. Besser als nichts. Ich reiße es in Streifen und wickle es um die gereinigte Wunde.

Salva hält Ali die Flasche an den Mund. Der schüttelt im Halbschlaf den Kopf.

»Mensch, jetzt trink halt ein paar Schlucke.«

»Haram!«, sagt Ali.

»Verboten?«, fragt Salva.

Ali nickt, Salva zuckt mit den Schultern und geht wieder zum Lagerfeuer. »Dann trinke ich jetzt auf dich und deinen Arm!«

»Hunger?«, fragt mich einer aus Alis Gruppe. Er zeigt zum Waldrand.

Da parkt ein Auto. Zu klein für 71 Menschen. Der Kofferraum steht offen. Es sind Verkäufer. Polen. Die werden uns nicht bei der Polizei melden. Mit uns lässt sich zu viel Geld verdienen. Ein belegtes Brot für zehn Dollar, eine Flasche Wasser für fünf. In einen Supermarkt können wir ja nicht gehen, wir halten uns hier illegal auf.

Ich hole meine Brusttasche heraus und zähle das Geld von Karla. Vielleicht noch 150 Dollar. Das ist nichts. Ich muss sparen, also schüttle ich den Kopf.

Der Syrer drückt mir ein Käsebrot in die Hand und stellt eine Flasche Wasser neben mich. Salva bringt er ebenfalls ein belegtes Brot und eine Flasche. Er selbst isst und trinkt nichts.

Ich bleibe bei meinem neuen Patienten. Ali schaut mich aus glasigen Augen an. Ich halte meinen Handrücken an seine Stirn. Er glüht. Meine Flasche will er nicht.

»Haram!«, sagt er.

»Verboten? Weil ich eine Frau bin?« Ich muss ziemlich empört klingen.

»Nein, nein«, er lächelt etwas. »Ramadan.«

Ich denke an Samira. Sie fastet an Ramadan auch. Aber immer nur, wenn sie in der Nähe ihrer Eltern ist. Ob ihr Mann fastet? Ob sie mit ihm fastet?

Ich erinnere mich an das, was ich von Samira weiß, und zeige mit meinem Finger auf Alis Wunde. »Wenn du krank bist, darfst du essen und trinken. Und du hast sogar Fieber. Du *musst* etwas trinken.«

»Ich bin nicht krank.« Er winkt ab. »Nur diese kleine Wunde. Sie tut kaum noch weh.«

Es wird mir zu anstrengend mit Ali. Ich lege sachte meine Hand auf den Verband.

Ali schreit auf, und die anderen schauen vom Lagerfeuer besorgt zu uns.

»Ein bisschen tut sie aber schon noch weh, oder?«

Er nimmt die Wasserflasche. »Du bist eine gute Ärztin.«

Ich will das gerade abstreiten, da hören wir ein lautes Rufen.

»Come, people! Come! Come!« Es ist Schleuser-Jack. »We now start. Come! People!«

Salva kommt auf uns zu. »Geld hat der von uns genug bekommen. Wieso investiert er nicht ein paar Scheine in einen Englischkurs?«

Vermutlich will Schleuser-Jack mit uns weiter in den Wald. Den Platz wechseln. Ist vielleicht sicherer.

Doch er winkt uns zur Straße.

Endlich! Unsere Fahrzeuge sind da! Es geht nach Deutschland!

Ich packe aufgeregt meine Reisetasche zusammen. Ali wird von zwei seiner Leute gestützt. »Du musst in Deutschland sofort zum Arzt.«

Salva wirft eine löchrige Decke über das Feuer.

Auf dem Waldparkplatz steht nur ein kleiner Laster. Von wegen mehrere Fahrzeuge. Ein einziger Minilaster! Weiß lackiert, an der Außenwand wird eine riesige Wurstscheibe mit der Gabel aufgespießt. Und ein weißes Huhn ist noch drauf, das uns anschaut.

Der Laster macht mir Angst. Unter dem Huhn steht eine slowakische Adresse.

»Ein Kühlwagen also«, sagt Salva.

»Gut oder schlecht für uns?«, frage ich.

»Auf jeden Fall zu klein«, sagt Ali.

»Ich schätze, so fünfzehn Quadratmeter.«

Salva ist Bauingenieur. Der kann so etwas gut schätzen. Als der Bürgerkrieg im Südsudan wieder aufgeflammt ist, hatte er die Wahl zwischen Kämpfen und Abhauen.

Der neue Schlepper entriegelt die Tür. Massive Metallstäbe sichern alles. Das gefällt mir nicht. Wer da drin ist, der kommt nur raus, wenn das von draußen jemand will. Wir sind eingesperrt.

Die Ersten klettern rein. Keiner weiß, ob noch ein weiterer Laster kommt. Und keiner will länger im Wald schlafen.

Salva tritt zu mir. »Wir warten, bis alle drin sind. Besser, wir stehen an der Tür hier vorne.«

»Bekommst du die im Fall der Fälle auf?«

»Klar.«

»Von drinnen?«

»Kein Problem.«

Das schafft er nie im Leben. Wieso zwinge ich Salva, mich anzulügen?

Bestimmt fünfzig Leute stehen inzwischen im Laderaum. Da passt keiner mehr rein.

Der Fahrer klopft auf das Foto mit der riesigen Wurstscheibe. »Come! Come! People! Police! Police! Come!« Er hat wohl den gleichen Sprachkurs wie Schleuser-Jack besucht. Er steigt in den Laderaum und spricht dabei immer weiter von »Police, police«. Einem der Männer zieht er den Rucksack aus und legt ihn auf den Boden.

Alle verstehen, was er will. Sie legen ihre Taschen, Decken, Schlafsäcke und Rucksäcke ebenfalls ab und stellen sich drauf. Eine wackelige Sache, doch es ist so eng, keiner kann umkippen. Der Fahrer kennt sich aus.

Drei Leute stehen noch draußen: Salva, Ali und ich.

»Ich will da nicht rein«, sage ich.

»Das will keiner. Darum geht's jetzt nicht. Wir müssen hier weg.«

Also klettern wir in den Kühllaster. Die Tür knallt zu. Es wird dunkel.

Eigentlich ganz logisch, aber trotzdem erschrecken alle.

Ein Ruck, und der Laster fährt los.

Taschenlampen hat keiner. Mein Handy ist längst leer. Ali und die anderen Syrer haben noch Akku. Die haben die letzten Tage offenbar in keinem Wald geschlafen.

»Macht das aus«, sagt Salva. »Vielleicht brauchen wir später noch Licht.«

Ali ruft etwas laut auf Arabisch. Die Handys gehen aus. Es wird wieder dunkel. Und ruhig.

Bald haben wir es geschafft. Einen halben Tag müssen wir noch durchhalten.

Es ist zu warm und stickig. Die Leute sprechen leise miteinander. Die Lüftung rattert und rattert. Doch das reicht nicht. Der Raum ist für totes Hühnerfleisch gemacht, nicht für Menschen. 71 Menschen, die atmen wollen. Das schafft die Lüftung nie und nimmer.

Nach einer gefühlten Stunde riecht es nach Urin. Die Kinder müssen zuerst. Einige Zeit später die ersten Erwachsenen. Hinsetzen können wir uns nicht. Es ist nur Platz zum Stehen. Wer es nicht aufhalten kann, lässt es einfach laufen. Es ist dunkel. Und es gibt Schlimmeres.

»Amira!«, schreit ein Mann. »Amira!«

Ali leuchtet mit dem Handy. Ich sehe nur die Männer und Frauen, die vor mir stehen. Verschwitzt, bleich und nass.

»Amira!«

Amira kenne ich vom Lagerfeuer. So viele Frauen gibt es in unserer Gruppe ja nicht. Keine Ahnung, wo sie in dem Gedränge steht. Ich ahne, was als Nächstes gerufen wird.

»Fana! Fana!«

Die Leute drücken mich an sich vorbei, schieben mich in die Ecke, aus der die Rufe kommen. Zwei der Syrer leuchten mit ihren Handys in die Richtung. Ich sehe Amira. Sie hängt in den Armen eines Mannes.

Ich fühle den Puls. Ihr Herz schlägt schnell, es will mehr Sauerstoff durch den Kreislauf pumpen. Die dünne Luft und die Hitze. Wasser wäre gut. Hat keiner mehr. Wieso habe ich meine letzten 150 Dollar nicht in Wasserflaschen investiert?

Die Lüftungsgitter sind auf der anderen Seite. Dorthin müssen wir Amira bringen. Doch das schaffen wir nicht zu zweit.

Ich klopfe einem Typen auf die Schulter, der mit dem Rücken zu uns steht. Er ist kräftig gebaut. Er hat zwei starke Hände, die anpacken können.

Doch er reagiert nicht. Ich klopfe noch einmal auf seine Schulter. »Could you help, please?«

Er dreht sich um. Ein Zombiegesicht. Bleich und blutverschmiert. Die Haare kleben an seiner Stirn. Vermutlich Nasenbluten. Er konnte die Blutung aber stoppen, mit der Hand. Und er schiebt Panik, er hat unglaubliche Angst – Platzangst vielleicht. Und seine Hose ist nass.

Ich zeige auf Amira und in die Ecke zu den Lüftungsgittern.

Er nickt und drückt Amira zusammen mit ihrem Mann an den anderen vorbei. Sie treten auf Füße, stolpern über Taschen.

Keiner hat mehr Kraft, sich aufzuregen. Wer kann, geht ein paar Zentimeter zur Seite. Bei der Lüftung lehnen sie Amira an die Wand.

Das Zombiegesicht kehrt nicht zurück. Die Luft tut auch ihm gut. Wem nicht, in diesem stickigen Loch.

Ich zwänge mich wieder zur Tür durch, zu Ali und Salva.

Plötzlich bremst der Laster hart, der Motor geht aus. Ich denke mal, wir stehen im Stau. Allerdings brummen Fahrzeuge an uns vorbei. Vielleicht von der Gegenfahrbahn.

»Police«, sagt eine Frau neben mir.

Alle schweigen. Nur nicht auffallen. Keinen Lärm machen. Vielleicht werden wir durchgewinkt.

Minute um Minute vergeht. Ich fühle mich leicht benebelt. Die Frau neben mir kippt um.

Langsam kapiere ich es. Die anderen auch: Der Motor ist aus, die Lüftungsanlage auch.

Die Leute werden immer nervöser.

Ich habe das Gefühl, keine Luft mehr zu bekommen. Mein Herz rast. War es das jetzt? Endet meine Reise hier in diesem Kühllaster?

Panik bricht um mich herum aus. Ich höre Menschen weinen. Beten.

Salva versucht, die Tür einzutreten. Einer neben mir schreit, er kratzt mit seinen Händen die Wand entlang. Die Fingernägel brechen ab. Er blutet. Ein anderer schlägt mit den Fäusten auf die Tür ein. Kleine Dellen. Mehr nicht. Jemand ritzt mit einem Taschenmesser das Metall entlang. Nur Kratzspuren. Keine Risse. Salva übergibt sich. Und dann geht Alis Handy aus.

Egal wo wir sind. Wir müssen raus. Sofort.

Ich fange nun auch an zu weinen, dann zu schreien. Vielleicht hört uns jemand. Andere stimmen mit ein.

Im Krankenhaus habe ich den Tod schon so oft gesehen. Nun weiß ich, wie er sich anfühlt, wenn er langsam auf einen zukommt.

Ich lehne meinen Kopf an die Tür. Manche hämmern mit den Fäusten dagegen. Mein Kopf wackelt bei jedem Schlag. Immer mehr Menschen sacken in sich zusammen.

Ich erinnere mich an die Überfahrt mit dem Schiff. Dort war auch alles viel zu eng. Zu stickig. Zu laut. Wir wussten nicht, wo wir waren. Es war dunkel.

An der Küste hatte mir ein Libyer eine Schwimmweste verkauft. Im Schiff saß ich dann zwischen zweihundert Menschen eingeklemmt unter Deck. Im Falle eines Unglückes hätte mir die Schwimmweste überhaupt nichts gebracht. Das Schiff war in Wahrheit ein im Wasser treibender Sarg. Wären wir gekentert, wäre ich mit dem Schiff einfach in die Tiefe abgetaucht.

So wie jetzt im Laster.

Immer tiefer tauche ich.

Bis zum Meeresgrund.

Da unten ist es schwarz.

Nichts lebt.

Ruhig ist es.

Und friedlich.

Ganz leicht wird alles.

Oder, halt.

Da ist was.

Licht?

Ein heller Spalt.

Er wird größer.

Salva und Ali fallen dem Licht entgegen

»Oh mein Gott!«, sagt jemand auf Deutsch.

Ich hole tief Luft.

Ich blinzle in die Helligkeit.

Ali und Salva sind weich gelandet, auf anderen Menschen. Menschen mit Uniformen.

Die Menschen hinter mir drücken sich gegen mich, alle, die noch bei Bewusstsein sind, wollen raus.

Ich stürze aus dem Laster.

Ich knalle auf den Asphalt.

Dunkelheit.

Als ich aufwache, ist es Nacht. Blaulicht blendet mich. Mein Kopf tut weh. Ich liege am Straßenrand auf einer Decke. Eine Kanüle steckt in meinem Arm. Der Infusionsständer ist nicht rostig.

Krankenwagen fahren vor, laden Verletzte ein und fahren weiter. Eine Frau in Weiß geht von Liege zu Liege. Sie misst den Puls, leuchtet mit einer Taschenlampe in Augen, schaut sich Salvas Bein an.

Ein Mädchen trägt eine Halskrause. Die Ärztin zeigt auf sie und winkt zwei Sanitäter herbei. Sie wird als Nächstes weggebracht. Wenn ich hier liegen bleiben darf, ist das ein gutes Zeichen. Keine schlimmen Verletzungen. Alles in Ordnung.

Doch als ich aufstehen will, tanzt das Blaulicht um mich herum, die Welt dreht sich.

Auf einer Trage entdecke ich Ali. Ob er der Ärztin seinen Streifschuss gezeigt hat?

Er entdeckt mich und hält stolz seinen Arm hoch. Ich sehe den neuen, sauberen Verband. Dann fällt mein Blick auf Zombiegesicht. Das Blut in seinem Gesicht hat jemand weggewischt. Kreidebleich ist der Typ aber immer noch. Er zittert am ganzen Körper. Der steht unter Schock.

Autos fahren an uns vorbei. Langsam. Sehr langsam. Langsamer, als sie sollten. Ein Polizist hat einen blauen Leuchtstab in der Hand. Er versucht, die Autos zur Weiterfahrt anzutreiben. Keine Chance.

Wir sind großes Kino für die Deutschen. Eine Frau in den Fünfzigern hält ihr Handy aus dem Fenster. Vielleicht sendet sie live. Sie winkt uns zu. Ich mache nichts. Was erwartet sie? Soll ich jubeln? Sie angrinsen? Auch winken?

Ich hänge an einer Infusion. Meine Hose ist nass. Ich bin schmutzig, wäre fast erstickt. Ich sitze auf dieser Decke und warte. Das Letzte, was ich will, ist, von zehntausend Leuten angeglotzt zu werden.

Die Handyfrau ist schon wieder weg. Jetzt rollt ein weißer BMW vorbei. Fahrräder stehen auf dem Dach. Ein Mädchen mit zwei blonden Zöpfen starrt aus dem Fenster. Deutschland ist ein Autohaus.

Hinter dem BMW schleicht ein riesiges Wohnmobil her. Grau lackiert und mit vier goldenen Sternen. Eine Luxuskiste. Zwei Grauhaarige sitzen vorne. Ihr Wohnmobil für den Urlaub ist größer als unsere Hütte, in der ich mit meinen Eltern seit achtzehn Jahren lebe.

Mama, denke ich und schlucke den Kloß in meinem Hals hinunter. Tränen steigen mir in die Augen. Wie gern wäre ich jetzt bei ihr zu Hause. Gut, dass sie nicht ahnen kann, was ich gerade durchmache. Sie würde sterben vor Kummer.

Die Frau im Wohnmobil kurbelt das Fenster runter, sie schreit den Polizisten mit dem Leuchtstab an. »Raus! Raus mit dem Gesindel.«

Doch er reagiert nicht.

Eine seiner Kolleginnen steht plötzlich vor mir. In der Hand Kugelschreiber und Block. »English?«

»Wir können auch Deutsch miteinander reden.«

Sie öffnet kurz den Mund, dreht sich um. »Kommt mal her.«

Und da kommen dann gleich noch drei weitere Polizisten. Und mit der Erholung ist es erst mal vorbei.

Bevor die mich was fragen, will ich erst mal etwas wissen. »Haben alle überlebt?«

Einer der Polizisten nickt. »Alle 71 Menschen. Das ist ehrlich gesagt ein Wunder bei dem Laster.«

9

ANTON

Ich sehe, wie die Schwarze, die mich im Kühllaster angesprochen hat, mit den Polizisten redet. Keine Ahnung, was sie denen erzählt. Autos schleichen an uns vorbei. Gaffer. Zu sehen gibt's hier eine Menge: Polizeiautos. Krankenwagen. Und uns. Die Invasoren. Die auf dem Seitenstreifen Gestrandeten. Nicht zu vergessen: der Kühllaster, diese Scheißkiste.

Ich bin immer noch fix und fertig von der Fahrt. Hätten Stahlke und der Alte mir vorher was gesagt … nicht einmal für eine Million Mark hätte ich da mitgemacht. Die hätten mich in den Kühllaster prügeln müssen.

Auf eins der vorbeifahrenden Autos sind zwei Kanus gebunden. Ein Wohnmobil kommt vor mir fast zum Stehen.

Weiter hinten, dort, wo die Schwarze steht, hat eine Frau was aus ihrem Wohnmobil gebrüllt. Ich hab's nicht richtig verstanden. Klang aber eher nicht nach einem Willkommensgruß. Wieso auch. Wir sind Illegale.

Die Schwarze quatscht jetzt mit den Ärzten. Ich halte lieber erst mal die Klappe. Ich muss mich erst noch an meine Rolle gewöhnen und darf auf keinen Fall auffliegen.

Meine Tarnung sieht so aus: Ich bin ein wortkarger Ostukrainer auf der Flucht.

»Wieso Ukrainer?«, hab ich den Alten im Munitionsbunker gefragt.

»Weil so gut wie keine Ukrainer noch zu uns kommen, seitdem die Russen ihr Land komplett besetzt haben. Die Grenzen sind dicht. Da kommt so schnell keiner mehr durch.«

»Wieso bin ich dann einer, der eigentlich gar nicht mehr durchkommt?«

»Die perfekte Tarnung«, sagte Stahlke. »So fällt keinem auf, dass du eigentlich gar kein Ukrainer bist. Weil du keinem echten begegnen wirst, der dich überführt.«

Nach dieser Horrorfahrt ist der wortkarge Ukrainer noch wortkarger geworden – eben traumatisiert. Das spiele ich problemlos. Obwohl von Spielen eigentlich nicht die Rede sein kann. Im Laster sind Menschen vor meinen Augen in Ohnmacht gefallen. Einfach so. Eine hieß Amira. Ich hab sie bis zur Lüftung geschleppt, nur um dort festzustellen, dass es keine Luft mehr gab. Ihr Mann und ich haben sie festgehalten und aufgepasst, dass keiner auf sie fällt oder auf ihr steht. Aber wir haben nicht lange durchgehalten. Dann standen wir selbst auf denen drauf, die keine Kraft mehr hatten, die auf dem Boden lagen. Platz war keiner da. Ging nicht anders.

Das Schlimmste waren die Schreie. Und der Gestank.

Nach unserem Treffen im Bunker hat mich der Alte von der Neuen Nationalen Alternative nach Polen gefahren. Vom Munitionsbunker bis zum Wald dauerte es vier Stunden. Von einer Fahrt in einem Kleinlaster hatte er da aber nichts gesagt. Natürlich nicht.

Dieser Jacketträger weiß darüber garantiert nicht Bescheid. Der kennt nur das Parteiprogramm. Wie es tatsächlich aussieht auf so einer Flucht, davon will der doch gar nichts wissen.

Okay, ich bin sauer, richtig sauer auf den Typen und auf Stahlke – wie konnten die mich bloß in eine solche Situation bringen? Das war ein Viehtransport! Wobei bestimmt nicht mal Tiere in Deutschland so transportiert werden dürfen. Ich hätte draufgehen können! Oder hätten sie mich rechtzeitig rausgeholt?

Ich hätte in den Deal erst gar nicht einschlagen dürfen. Mich als Flüchtling auszugeben, um mich so unbemerkt ins letzte Aufnahmelager einzuschleusen – das ist doch verrückt. Und den nächsten Schritt, den kenne ich auch noch nicht.

Vielleicht war das alles aber auch nur ein Test. So nach dem Motto: Wie schlägt er sich? Ist er loyal? Haut er ab?

Ich bin noch da. Den Test hab ich bestanden. Und jetzt muss ich was trinken.

Neben einem der Krankenwagen entdecke ich einen Kanister mit Wasser. Plastikbecher türmen sich davor. Ich stehe auf und merke, wie ich zittere. Mein ganzer Körper bebt. Alles dreht sich. Und irgendetwas sticht in meiner linken Hand. Ein fieser, ziehender Schmerz. Was zur Hölle?

Da ist eine Kanüle. Eine Kanüle? Ich gehe einen Schritt weiter und sehe den Infusionsschlauch zu spät, den ich mit mir mitziehe. Der Ständer kippt auf mich, der Beutel mit irgendeiner Flüssigkeit klatscht gegen meinen Kopf. Ich will wieder aufstehen, aber das geht nicht. Mann, ist mir ist schlecht.

Als ich wieder zu mir komme, kniet die Schwarze neben mir. Klasse.

»Danke!«, sagt einer von den Ärzten auch noch zu ihr.

»Kein Problem. Ich habe in Eritrea im Krankenhaus gearbeitet.«

»In einem deutschen?«, fragt der mit der Notarzt-Jacke. »Dein Deutsch ist perfekt.«

»Nein, aber eine Ärztin kam aus –«

Doch der Arzt ist schon beim nächsten Patienten.

Die Schwarze führt einen Plastikbecher zu meinem Mund. »Da wolltest du hin, richtig?«, fragt sie mich auf Englisch. »Du hattest Durst.«

Ich bleibe stumm.

»Zum Wasserkanister wolltest du.«

Ich nippe.

»Langsam trinken, okay?«

Ich huste.

»Du stehst unter Schock. Stehen wir wahrscheinlich alle.« Sie hält ihre Finger an mein Handgelenk. »Immerhin kommt dein Kreislauf langsam wieder in Schwung.«

Mich hat noch nie eine Schwarze berührt. Wie auch? Im Kindergarten hatten wir nicht mal Türken. Von denen gibt es zwar viele in Deutschland. Aber vor allem im Westen und in der Hauptstadt. Da soll's Klassen ganz ohne Deutsche geben.

In der Schule, da waren zwei Tschetschenen in meiner Klasse. Die waren in Ordnung. Zwei Ausnahmen eben.

Ich schließe die Augen. Vielleicht geht sie dann ja weg.

Wieder spüre ich die Hand dieser Möchtegern-Ärztin. Sie legt etwas Weiches unter meinen Kopf. Und sie tupft etwas Kaltes auf meine Stirn. Okay, fühlt sich alles gut an. Auch ihre Hand.

»... Zett ... zum Raum A4 ...«, schallt es undeutlich auf Englisch aus den Lautsprechern.

Ich liege in einer Halle, ich erinnere mich nur noch dunkel, wie ich hierhergekommen bin. In einem Krankenwagen bin ich kurz aufgewacht. Da diskutierten zwei Typen in Weiß.

»Der ist traumatisiert. Der muss behandelt werden«, sagte der eine. Und der andere: »Das sind alle, die hier ankommen.« Damit war die Sache offenbar erledigt.

Ich richte mich auf und sehe mich um. Ventilatoren surren an der Decke. Die bringen überhaupt nichts. Mir wird übel von der dicken Luft.

Ich muss an den Kühllaster denken. Aber Vorsicht, keine Panik schieben. Ich liege in einer Halle mit großen Toren, sie gehen auf und zu. Ich stecke in keinem abgeschlossenen Laster fest.

Feldbetten stehen überall. Zweihundert vielleicht? Mein Bett grenzt direkt an eine Trennwand. Dahinter höre ich Frauen und Kinder. Überall hängen bunte Zettel. Menschen laufen auf und ab. Stehen in kleinen

Gruppen zusammen, sitzen im Kreis auf dem Boden. Sie sprechen Französisch, Arabisch, Englisch und was sonst noch alles.

Na also. Angekommen. Im Aufnahmelager. Das letzte, das es in Deutschland noch gibt. So weit wäre ich schon einmal. Nun muss ich warten, bis mir einer von der Neuen Alternative den nächsten Schritt mitteilt.

Plötzlich sehe ich Ali, den ich im polnischen Wald kurz kennengelernt habe. Ich erkenne den Syrer sofort an seinem Verband. Er schreibt etwas auf einen roten Zettel.

Was will Ali überhaupt in meinem Land? Einen Terroranschlag verüben? Wäre ja nicht der Erste. Was schreibt er da auf? Er wird ja hoffentlich nicht gleich zum Dschihad aufrufen.

»Ali!«

Er dreht sich nicht um.

»Ali!«, rufe ich noch lauter.

Keine Reaktion.

Vielleicht denkt er ja gerade an seine fünfhundert Jungfrauen, die ihn da oben erwarten, nach dem Anschlag. Als göttliche Belohnung.

Er geht summend an mir vorbei. Da sehe ich die Knöpfe in seinem Ohr.

Die meisten im Lager kommen aus Syrien, aus Afghanistan, aus dem Irak. Hat mir der Typ von der Neuen Nationalen Alternative erzählt. Und aus Afrika, daher kommen auch viele. Er hat »aus Afrika« gesagt, als wäre das ein Land.

Im klimatisierten Mercedes hat mir der Alte von diesem Lager berichtet. »Das letzte große Lager in Deutschland. Nach der Gesetzesänderung machen wir es auch dicht. Wir wollen keine Flüchtlinge. Wir wollen keine Durchmischung des Volkes.«

Überhaupt, dieser klimatisierte Wagen. Der Alte müsste mal eine Stunde in der schwülen Halle hier schwitzen. Den Laster hätte er keine zehn Minuten überlebt. Dieser Laster … immer dieser Laster. NICHT daran denken!

»… Zett … zum Raum A4 …«

Was sagen die? Ich richte mich auf. Es ist so heiß hier! Mein T-Shirt klebt an meinem Körper. Das heißt … das ist gar nicht meins. Jemand hat mir saubere Sachen angezogen.

Star Wars steht auf dem dunklen Shirt. Darunter Darth Vader mit einem roten Lichtschwert. Na toll, die haben mich in Nerd-Kleider gesteckt. Die Jeans gehört auch nicht mir, sie sieht abgewetzt aus. Auf dem linken Knie ist ein blauer Aufnäher mit weißer Aufschrift: *NASA*. Vermutlich alles direkt vom Altkleidercontainer. Wo wohl mein Rucksack abgeblieben ist?

Ich entdecke den Lautsprecher in einer Ecke an der Wand, stehe auf und stelle mich davor.

»Anton Zett. Kommen Sie zu Raum A4.«

Jetzt kapiere ich es endlich. Mann, bin ich vielleicht neben der Spur.

Anton Zett. Das bin ich. Heute. Die nächsten Tage.

Das *Zett* muss erst mal jemand verstehen. Klar, die rufen keine Nachnamen aus. Datenschutz. Oder die Aussprache ist einfach zu kompliziert. Und mein ukrainischer Nachname fängt eben mit einem Z an.

Ich suche nach einem Hinweisschild. Nichts. Nur ein Flur voller Türen. An einer steht: *23 – Zahnarzt/Dentist*. Darunter kleiner: *Vorab Überweisungsformular Ü9 in Raum L3 beantragen*. An der nächsten Tür: *B2*. Mehr nicht.

Keine Ahnung, wo es zu Raum A4 geht – oder wie hieß der doch gleich?

Der Gang ist voll mit Flüchtlingen. Manche sitzen auf dem Boden. Andere diskutieren in kleinen Gruppen. Am Ende führt eine Tür nach draußen. Davor stehen zwei glatzköpfige Schränke in Uniform. Die kennen sich bestimmt aus. Das sind meine Leute. Echte Deutsche.

Ich laufe in ihre Richtung. Beide haben ein Funkgerät und einen Knüppel am Gürtel, dazwischen hängen Handschellen. Die sorgen hier also für Recht und Ordnung in dem bunten Haufen. Dann kann ich immerhin ruhig schlafen. Ich nicke den beiden zu.

Der eine Schrank rammt dem anderen Schrank den Ellenbogen in die Seite. »Guck mal, der Kanake macht einen auf Schtar Wooors.«

Einatmen, ausatmen, einatmen. Cool bleiben. Er ist einer von meinen Leuten. Nur hat er einfach keine Ahnung, wer vor ihm steht. Soll er auch nicht. »Could you please –«

»Halt's Maul. Wir sprechen kein Ausländisch.«

Ich starre die beiden an.

Der Alte aus dem Bunker hat mich darauf vorbereitet, was mich alles im Aufnahmelager erwartet. Syrische Gotteskrieger, irakische Massenmörder, stehlende Afrikaner, albanische Betrüger. Aber von den zwei gehirnamputierten Schwachköpfen vom Sicherheitsdienst hat er nichts gesagt.

»Do you know …«

Einer der Sicherheitsleute tritt zu mir. Ich rieche Knoblauch. »Wir nix ausländisch. Du müssen gehen. Auf, auf!«

Ein gezielter Schockschlag – das wäre jetzt genau das Richtige. Mit der flachen rechten Hand. Ich suche die Stelle in seinem Gesicht und hole Luft. Nahkampf. Tausendfach in der Kaserne geübt.

Aber bevor ich etwas Dummes anstelle, zupft jemand an meinem Shirt.

Ich lasse mich mitziehen, immer noch fassungslos angesichts dieser Idioten. Die machen doch alles kaputt! Über die muss ich unbedingt mit dem Alten sprechen. Nein, mit Stahlke! Aber das ist erst mal nicht möglich.

Ich drehe mich um – die Schwarze zieht inzwischen nicht mehr an meinem Shirt.

»Hatten die keine T-Shirts mehr mit blauen Lichtschwertern?«, fragt sie mich auf Englisch.

Wir stehen vor einer Tür. *A4 – Erstgespräch.*

Die Schwarze klopft an.

»Woher weißt du, dass ich hierher –«

»Ich habe in deiner Hose den ukrainischen Ausweis entdeckt. Du warst total weggetreten. Und die haben gefragt, woher du kommst. Jetzt wissen sie es, und ich kenne deinen Namen.«

Ich halte ihr meine Hand hin. »Gib mir meinen Ausweis zurück!«

Sie klopft noch einmal an der Tür. »Du bist vielleicht komisch drauf.« Sie dreht sich um und geht.

»Mein Ausweis!«, rufe ich. »Hey!« Die hat den echt geklaut. Vielleicht schon längst verkauft.

Sie bleibt stehen. »Das sind doch die Guten, oder?«

Ich stehe auf dem Schlauch. Sie merkt es.

»Die mit den blauen Lichtschwertern meine ich.«

»Ja, und?«

»Rotes Lichtschwert passt vielleicht doch ganz gut!«

»Verdammt! Ich will –«

»Schau mal in der Hosentasche nach«, sagt sie und verschwindet.

Tatsache. Da ist er. In der neuen Hose.

Jetzt klopfe ich.

Hier draußen ist es viel zu laut. Ich verstehe nicht, ob drinnen jemand reagiert. Also mache ich die Tür einfach auf.

Ein Tisch, zwei Typen. Einer sitzt mir gegenüber, der andere daneben, an der kurzen Seite des Tisches.

Der eine wendet sich an den anderen: »Klopft man in der Ukraine immer zwanzigmal an, bevor man eintritt?«

»Privit«, sagt der. Das ist also der Übersetzer.

Bevor er mehr sagen kann, sage ich etwas gebrochen: »Ich spreche Deutsch. Wir brauchen keinen –«

»Setzen Sie sich bitte«, sagt der Typ vor mir. Er hält einen Kugelschreiber in der Hand und fängt schon mit dem Schreiben an, bevor ich auch nur ein weiteres Wort sage. Das macht mich ziemlich nervös.

»Wo haben Sie Deutsch gelernt?«

»In der Schule. Und …« Ich halte inne, der hört gar nicht zu.

Er schaut sich meinen Pass an, scannt ihn ein, blickt zum Bildschirm, nickt dreimal. Offenbar eine sehr gute Fälschung.

»Bestimmt das Goethe-Institut, nicht wahr? Die machen ja überall großartige Arbeit.«

»Wie bitte?«

»Die Deutschkurse, sicher beim Goethe-Institut besucht. In … in …«

»Kiew«, sagen der Übersetzer und ich gleichzeitig.

»Ich kann gehen?«, fragt der Übersetzer.

Der Befrager winkt ihn weg.

Der Übersetzer steht auf. »Buvay!«

»Tschüss«, sage ich.

Er geht. Der Befrager und ich sind allein.

Ich atme auf. Hier drinnen enttarnt mich heute keiner mehr.

»Wir hatten schon lange keine Ukrainer mehr im Lager.« Der Befrager lehnt sich zurück und legt den Kugelschreiber auf den Tisch. »Also erzählen Sie mal: Wie sind Sie nach Deutschland gekommen?«

Ich hab die Route auswendig gelernt. Mein Auftraggeber und ich haben im Auto diese Anhörung geübt, immer und immer wieder:

Von der Ostukraine nach Weißrussland. Von dort nach Polen. Der Alte kannte alle Fragen. Und alle Antworten. Keine Ahnung, woher. Immerhin, in der Sache war er gut vorbereitet.

Mein Befrager steckt den Kugelschreiber in die Hemdtasche und verschwindet im Nebenraum.

Der Alte hatte mir auch das erklärt: Um das Verfahren abzukürzen, gibt es nur noch dieses eine Gespräch. Wer Chancen auf eine Aufenthaltsgenehmigung hat, der wird danach noch einmal richtig in die Mangel genommen. Dokumente müssen vorgelegt werden, weitere Befragungen finden statt und so weiter.

Stempel knallen im Nebenraum. Vermutlich erwartet mich eine Ablehnung. Doch das war zu erwarten. Das ist egal. Ich soll ja nicht lange hierbleiben.

Der Befrager setzt sich wieder zu mir. Das gestempelte Papier legt er zwischen uns auf den Tisch. Er liest es vor: »Ihr Antrag auf Asyl wird hiermit abgelehnt. Sie sind über ein sicheres Drittland eingereist.« Er schaut zu mir hoch. »Polen ist sicher.« Mit beiden Händen schiebt er das Dokument zu mir. »Dorthin geht es zurück.«

»Wann werde ich abgeschoben?«

»Bald.«

Draußen erwartet mich schon mein neuer Schatten. »My name is Fana by the way.«

»Good for you.« Ich gehe an ihr vorbei. Zwei, drei Schritte. Dann werde ich langsamer. Wieso bin ich eigentlich so fies zu ihr? Sie hat mir geholfen. Mehr als einmal. Aber ununterbrochen eine Rolle zu spielen ist verdammt schwer, ich würde echt gern mal kurz durchschnaufen. »Was willst du eigentlich ständig von mir?«, frage ich.

»Nichts! Ich … ich … wir sind doch zusammen angekommen …«, stottert sie.

Was soll's. Ich strecke ihr die Hand entgegen. »Hallo, Fana. Ich bin Anton, wie du ja schon weißt.«

»Uiiiiii…«, sagt einer hinter mir.

Ich muss mich nicht umdrehen. Die Stimme gehört einem der zwei Sicherheitstypen. »Jetzt hat der Kanake ganz schwarze Finger.«

Fana sagt nichts, ich reiße mich zusammen und tue so, als ob ich nichts verstanden hätte.

Ja, Fana gehört nicht in mein Deutschland. Ali auch nicht. Doch die zwei quadratischen Securitymänner würde ich zuallererst abschieben.

10
NOAH

»Du willst *was*?«, fragt mich mein Vater.

Natürlich hat er mich verstanden, er kann es nur nicht fassen.

Er umklammert seine Kaffeetasse und schaut zu meiner Mutter. »Was denkst du darüber?«

Bei meiner Mutter sammeln sich Tränen in den Augen. Aber sie bleibt tapfer. Sie hält meine Hände fest und nickt fast in Zeitlupe. »Noah tut das einzig Richtige, wenn er untertaucht.«

Wir sitzen in einem Rentnercafé ein paar Hundert Meter von ihrer Wohnung entfernt. Die betagten Kurgäste löffeln ihre Sahnetorte, blicken ins Meer – und das Wichtigste: Sie beachten uns nicht. Außerdem konnte ich ungesehen hierherkommen. Auch wenn die Alternative in den Städten die Videoüberwachung massiv ausgebaut hat, so ist der Küstenstreifen davon befreit. Die wenigsten wollen schließlich in Badehose und Bikini gefilmt werden.

Ich weiß nicht, welchen Aufwand die Armee betreibt, um einen Fahnenflüchtigen zu fassen. Aber vielleicht ahnen sie bei der Alternative außerdem, was ich sonst so in den letzten Monaten gemacht habe. Und wenn sie auch nur einen winzigen Verdacht haben, dann arbeitet die Gesichtserkennungssoftware auf Hochtouren. Dann reicht ein Blick in eine der Straßenkameras, und sie wissen, wo sie mich finden.

Mein Vater hat seinen Kaffee nicht angerührt. »Wohin willst du?«

»Erst mal zu Freunden.«

Meine Eltern wissen, was das bedeutet, und fragen nicht nach. Und sie wissen auch, wieso ich für einige Zeit von der Bildfläche verschwinden muss.

»Können wir dir irgendwie helfen?«, fragt mein Vater.

Vor den Panoramafenstern des Cafés marschieren drei Polizisten. Mit Maschinenpistolen. Sie gehen bis zum Wasser, dort laufen sie den Strand entlang. Vorbei an leeren Strandkörben und ein paar im Sand spielenden Kindern, die in dicke Jacken eingepackt sind. Es ist zu kalt und windig für einen Badeausflug. In der Ferne glitzert das Metall eines Patrouillenbootes.

»Was das alles kostet«, regt sich mein Vater auf. Er schiebt mir seinen Kaffee rüber, ich kann gut einen zweiten gebrauchen. »Als ob an der Ostsee Flüchtlingsboote stranden würden.«

»Vielen hier drinnen wird das vermutlich gefallen.« Meine Mutter schaut auf die Grauhaarigen um uns herum. »Denen machen die Nachrichten Angst. Die fühlen sich von den vielen Polizisten auf der Straße gut beschützt.«

Von wegen Nachrichten – das sind nichts als Fake News! Egal was auf der Welt geschieht, die Alternative verdreht die Informationen so, wie es ihr passt.

Erst letzte Woche wieder, da wurde so eine »Nachricht« millionenfach angeklickt. Ein Junge wurde angeblich von einem Moslem schwer misshandelt. Weil er die Augen eines Ungläubigen hatte. Blau! Deswegen. Dazu ein Foto des Jungen. Das arme Kind sah furchtbar aus. Da tobten sie aber im Internet. Und nicht nur dort: In zahlreichen Städten fanden Brandanschläge auf Moscheen statt.

Bis herauskam: Das mit dem Jungen war gar kein Moslem gewesen, sondern ein Rottweiler! An der ganzen Geschichte stimmte nichts. Selbst der angebliche Junge war in Wahrheit ein Mädchen. Und der fiese Köter lebt vermutlich noch immer.

Das Problem: So eine Falschmeldung verbreitet sich wie ein Grippevirus. Doch die echte Geschichte dahinter, die schafft es nicht. Die bleibt eher ein leises Husten. Und weil so viele Leute totalen Mist ins Netz stellen, hat dieses Husten keine Chance.

Das heißt, eine Chance gibt es: Die Leute müssten ein bisschen mehr nachdenken, kritischer sein. Stattdessen trauen sie sich kaum noch aus dem Haus. Investieren in Alarmanlagen und Handfeuerwaffen.

Der Kellner kommt zu uns, meine Mutter bezahlt. »Hast du genug zum Anziehen? Brauchst du Geld?«

»Ich komme zurecht.«

Meine Mutter packt ihre Geldbörse wieder ein. »Und wann sehen wir uns wieder?«

»Wenn Endland wieder Deutschland ist.«

»Endland«, wiederholt mein Vater sehr leise.

Dann verabschieden wir uns, und ich verlasse das Café. Meine Eltern sollen noch ein paar Minuten warten.

Ich gehe die Küste entlang bis zum nächsten Parkplatz. Als ich an einem Kiosk vorbeikomme, kaufe ich eine Lokalzeitung. Ich stecke sie in meinen Rucksack zu dem ganzen Technikkram, den ich bei Anton mitgenommen habe – Festplatten, USB-Sticks, Laptops. Ich versuche, keine Spuren zu hinterlassen. Weder was Anton betrifft noch meine Gruppe.

Einer von ihnen wartet auf dem Parkplatz auf mich.

Ich steige in den roten Mazda und packe die Zeitung aus. Mein Blick fällt auf die Titelseite. Darauf ein Bild vom Parteichef der Alternative, dem Endland-Kanzler. Er steht vor einem Dutzend Mikrofone. Was natürlich nicht in dem Käseblatt steht: Kritische Journalisten hat die Alternative ausgeladen. Unter dem Bild steht in fetten Lettern: *Abschiebung für alle Invasoren?*

11
FANA

Anton hatte im Schlaf geredet. Ich war total schockiert! Denn er hatte nicht Ukrainisch gesprochen, sondern akzentfreies Deutsch!

Er hat sich nach unserer Ankunft fiebrig in seinem Bett herumgewälzt. Da die Ärzte keine Zeit für ihn hatten – schließlich gab es viele, die der Kühllaster noch mehr mitgenommen hatte –, habe ich mich um ihn gekümmert. Habe seinen Puls gefühlt, ihm nasskalte Tücher auf die Stirn gelegt.

Was soll ich davon halten?

Er hat doch einen ukrainischen Pass. Aber er ist eindeutig Deutscher.

Wer ist Anton wirklich? Was macht er hier im Lager? Soll er uns Flüchtlinge beobachten? Herausfinden, ob wir bei der Befragung die Wahrheit sagen? Vielleicht finde ich ja mehr heraus, wenn ich ihn unauffällig im Auge behalte.

Abgesehen von Anton und mir können im Lager nur wenige Deutsch. Doch ein Wort kennen hier alle: Abschiebung. Seit meiner Ankunft höre ich es ständig. Gerüchte gehen um. Angeblich will die Regierung das Lager schließen. Endgültig. Was aus uns Flüchtlingen werden soll? Das weiß keiner.

Jetzt in dieser Ungewissheit vermisse ich den Berliner mehr denn je. Wir leben nun im gleichen Land. Wie damals, als er in Äthiopien war.

Nur ist das hier seine Heimat. Wir sind uns gerade so unfassbar nah. Allerdings bisher nur auf der Landkarte.

Ich könnte ihm mit dem Handy eine Nachricht senden. Aber was dann? Er kann mich hier auch nicht rausholen.

Was meine Handynutzung angeht, bin ich außerdem sehr vorsichtig geworden. Als ich nach meiner Ankunft Samira schreiben wollte, hat mir eine Syrerin mein Handy aus der Hand genommen. »Die kriegen alles mit!«

»Wer?«

»Na die, die über deinen Antrag entscheiden.«

Und dann redete sie auf mich ein, minutenlang. Um die tatsächlichen Herkunftsländer der Flüchtlinge herauszubekommen, würden Anruflisten kopiert, Mails mitgelesen, Fotos und Filme angeschaut.

»Die Behörden hacken sich also in die Handys?«

»Nenn das, wie du willst«, meinte die Syrerin und warf mir mein Handy in den Schoß. »Aber pass lieber auf!«

So furchtbar das ist, aber das mit Samira muss bis später warten. Wenn ich bleiben darf, hier raus bin. Dann suche ich mir ein Internetcafé. Im Umkreis des Lagers gibt es nicht einmal einen Supermarkt.

Natürlich denke ich oft an meine Freundin. Ich hoffe, es geht ihr gut – mit ihrem Mann. Ich will unbedingt ein anderes Leben als sie. Selbstbestimmt. Momentan bin ich in diesem Lager genauso gefangen wie sie in ihrer Ehe.

Wenn doch Omar hier wäre! Mit ihm könnte ich über all das reden. Über Anton, über meine Sorgen. Wir waren ein wirklich gutes Team während unserer Flucht.

In dem Moment läuft Anton an mir vorbei, offenbar tief in Gedanken versunken. Er hat noch immer sein albernes Shirt an, die gleiche NASA-Hose.

»Wait a minute«, sage ich, und er bleibt tatsächlich ganz brav stehen. Ich gehe schnell zu meinem Bett und komme mit einer Tüte zurück. »Follow me!«

Anton folgt mir den Gang entlang.

»Wohin gehen wir?«

»Ist eine Überraschung.«

Anton lässt das gelten. »Wie lief eigentlich deine Anhörung?«

»Noch habe ich keine Ablehnung bekommen. Der Typ von der Behörde hat gesagt, dass es eine weitergehende Prüfung geben würde.«

»Eine weitergehende Prüfung? Du bist doch auch über Polen gekommen. Sicheres Drittland und so.«

Das ist in der Tat das Problem von uns allen, die wir im Laster saßen. Wir konnten keine andere Route erfinden, keine gefälschten Flugtickets vorzeigen. Die Polizei hat uns schließlich auf der Autobahn aufgesammelt, nur ein paar Kilometer von der polnischen Grenze entfernt. Sie mussten nur eins und eins zusammenzählen.

»Die Behörde macht Ausnahmen. Zum Beispiel, wenn sie in Deutschland dringend Fachkräfte brauchen.«

»Wieso sollten die *dich* brauchen?«

Das klingt ganz schön abfällig. Würde er mich das auch fragen, wenn ich weiß wäre?

»Ich kann zum Beispiel gut Kranke und Verletzte versorgen, schon vergessen? Sie suchen wohl händeringend Pflegepersonal.«

Er bleibt stehen und starrt auf den Boden, als stünde da sein Text, den er vorlesen muss. Da steht aber nichts.

Ich ziehe ihn weiter, wir sind noch nicht da. »Die brauchen in Deutschland Pfleger für Kranke und für Alte. Du glaubst nicht, wie viele alte Menschen in Deutschland leben.«

Anton bleibt stumm.

Wir biegen in einen anderen Korridor ab, auch hier sind die Wände, wie in der großen Halle, mit Zetteln tapeziert. Manche suchen Verwandte, Landsleute, Babykleider oder brauchen einfach nur ein Ladegerät für ihr Handy. Manche Zettel sind rot, Alis Zettel vermutlich. Der hat sich wirklich Mühe gegeben.

»Auch wenn ich eigentlich gar keine Pflegerin werden will.«

»Sondern?«

»Ärztin.«

»Brauchen die bestimmt auch in Deutschland.«

»Danke, dass du mir Mut machen willst, aber woher willst ausgerechnet du das wissen?«

»Hab ich mal gehört. Die meisten Ärzte wollen nicht aufs Land, nicht in die Dörfer. Da brauchen sie aber welche. Ist doch überall so.«

Wir kommen bei der Tür mit der Aufschrift *Duschen/Showers* an. Ich drücke ihm die Tüte in die Hand. »Ein Badetuch und ein Duschgel.«

Er nimmt sie und verschwindet ohne einen weiteren Kommentar im Duschraum.

Ich denke an mein Zuhause in Addis. Dort haben wir auch kein eigenes Bad. Wenn ich duschen wollte, musste ich quer durch unser Viertel laufen. Ayana heißt die Frau, die den Duschraum betreibt. Sie ist eine nette alte Dame. Meistens musste ich auf einem der Plastikstühle vor ihrer Duschhütte warten, bis eine der Kabinen frei wurde. Und warmes Wasser war natürlich teurer als kaltes.

Kaum ist Anton verschwunden, laufe ich zu Salva. Der Südsudanese hilft seit einigen Tagen im Container vor der Halle, im Spendenraum.

Salva schaut mich an. »Für Anton?«

Die Klamotten lagern unsortiert in blauen und weißen Plastiksäcken. Auf den weißen Säcken ist ein rotes Kreuz drauf. Ist ja eine super Ordnung hier. Ich frage mich, was Salva die ganze Zeit gemacht hat.

Nach fünf Minuten habe ich ein paar Sachen gefunden. Ich drücke Salva einen Stapel mit Socken, einer Unterhose, einer Jeans und einem karierten Hemd in die Hand. »Bitte. Du musst es nur zu ihm in den Duschraum bringen.«

Salva schüttelt den Kopf. »Keine Zeit.«

»Gut. Dann gehe ich eben in den Duschraum der Männer.« Ich knalle die Tür des Containers hinter mir zu.

Auf dem Weg zur Dusche holt mich Salva ein. »Okay. Ich mache es ja.«

Ich warte vor dem Duschraum. Kurz darauf kommt Salva wieder heraus und streckt einen Daumen hoch. In der anderen Hand hält er einen zusammengeknoteten Stapel Wäsche. Er wirft mir das Bündel zu. Eine Socke rutscht raus.

Ich schleudere die Wäsche zu ihm zurück. Ich will die dreckigen Sachen genauso wenig haben wie er. In dem Moment springt die Tür auf, und Anton stürmt heraus, ein Badetuch um die Hüften. Er zeigt auf Salva. »Meine Kleider! Du hast meine Sachen geklaut.«

Salva steht mit dem Wäschebündel da und zeigt Anton einen Vogel.

Zwei Syrer aus Alis Gruppe bleiben vor uns stehen. »Problems?«

»Everything is alright!«, sage ich.

Salva wirft die Wäsche auf den Boden und dreht sich um.

»Er hat dir neue Sachen gebracht«, erkläre ich.

Anton schaut Salva nach und verschwindet dann wieder im Duschraum. Keine drei Minuten später kommt er wieder raus. Die neuen Klamotten kleben ihm am Körper. Das Bündel mit den alten Sachen hebt er wortlos auf.

»Wenn du willst, kann ich dir den Kleidercontainer zeigen«, sage ich.

»Salam aleikum, Fana!«, ruft uns Aischa im Container entgegen. Sie kommt aus Mali und sortiert jeden Abend die neu eingetroffenen Schuhe und Kleider. Gut, dass Salvas Schicht im Container zu Ende ist.

Aischa und ich teilen uns im Lager ein Feldbett. Denn an Betten mangelt es hier im Lager. Und nicht nur an Betten. Auch die Essensversorgung ist spärlich, und was die Sauberkeit angeht … Das hatte ich mir, ehrlich gesagt, anders vorgestellt – dass in Deutschland überhaupt solche Zustände herrschen können …

Aischas Kinder teilen sich das Bett ein paar Meter von uns entfernt. Sie sind mit dem Flugzeug gekommen, also nicht über die polnische Grenze. Wenn sie abgeschoben werden, dann per Flieger direkt in ihr Heimatland. Das macht die Sache auch nicht besser.

»What is your shoe size?«, fragt Aischa.

Bevor Anton antworten kann, wirft sie ihm ein Paar braune Schuhe vor die Füße, die zu seinem neuen karierten Hemd und den Hosen passen.

»Where is Salva?«, frage ich.

Vielleicht will sich Anton ja bei ihm entschuldigen.

»Salva? Works now with Ali. At *Ali Baba.*«

Anton schaut mich mit großen Augen an. »Ali Baba?«

»Lesen kannst du schon, oder? Hast du Alis rote Zettel nicht gesehen?«

»Alis rote Zettel? Die sind ja nicht zu übersehen. Damit hat er das Lager zugeklebt! Aber ich kann kein Arabisch.«

»Wieso Arabisch?« Ich ziehe einen der Zettel aus meiner Hosentasche und halte ihn Anton hin. Der scheint sich wirklich zu wundern, dass da etwas auf Englisch steht. »Dachtest du, er ruft auf Arabisch zum Dschihad auf?«, frage ich und lache.

Anton lacht nicht. »Wäre doch nicht der Erste, oder?«

Ich lese Anton den Zettel vor. »You need a car? Come to *Ali Baba.*«

»Ali Baba?«, wiederholt Anton, als müsste er die Eine-Million-Frage bei einer Quizsendung lösen.

»... und die vierzig Räuber.«

»Und was hat das mit Autos zu tun?«, fragt Anton.

»Na ja, wahrscheinlich, weil es sich irgendwie reimt.«

»Autos, hier, im Lager?«

»Ist doch 'ne lustige Idee.«

»Woher hat er die Autos?«

»Von seinen Räubern natürlich.«

Anton grinst gezwungen.

Ali empfängt uns mit ölverschmierten Händen. »Ahlan wa sahlan!«

Anton und ich schauen uns fragend an.

»Ist Arabisch und heißt: Willkommen!«

An seinem Gürtel hängen zwei Schraubendreher, ein Hammer und Werkzeug, von dem ich den Namen nicht mal in meiner Muttersprache kenne. Er hat seine Werkstatt zwischen dem Kleidercontainer und den Wäscheständern aufgebaut. Das Angebot ist überschaubar: Zwei Plastikeimer mit rostigen Ersatzteilen, ein Eimer mit Schrauben, und auf einer Konstruktion aus zwei Holzkisten und einem Brett steht ein umgedrehtes Fahrrad ohne Vorderrad.

Anton dreht sich im Kreis. Er sucht noch immer nach den Autos.

»Einmaliges Angebot! Nur zehn Mark«, sagt Ali und zeigt auf das einrädrige Fahrrad vor ihm. »Ihr könnt auch in Euro zahlen.«

Als ob man damit in Deutschland noch was kaufen könnte.

Anton schüttelt den Kopf. Spielverderber. Er weiß nicht, wie wichtig das alles für Ali ist.

»Zehn Mark ist doch ein guter Preis«, sage ich.

»Vorausgesetzt, du bekommst noch irgendwo ein passendes Vorderrad her.«

»Ali hat früher als Automechaniker gearbeitet.«

»Na und?«

»Der muss einfach was machen. Sonst wird er hier noch verrückt.«

Anton zuckt mit den Schultern.

»In Syrien haben sie Ali von zu Hause abgeholt, tagsüber. Damit es jeder sieht. Dann haben sie ihn in einen Keller verschleppt.«

Anton will das anscheinend nicht hören. Er geht einfach.

Ich rede laut genug, damit er mich weiterhin hört. »Sie haben seinen Körper in einen Autoreifen gezwängt. So konnten sie ihn besser auspeitschen und verprügeln. Und er konnte sich nicht dagegen wehren.«

Anton bleibt kurz stehen.

»Ali meinte, die Elektroschocks waren am schlimmsten, vor allem, wenn sie ihn vorher mit Wasser übergossen hatten. Und die Zange, mit der sie ihm …«

Anton ist weg.

Ich gehe zurück zu Ali. »Kann ich mit Dollar bezahlen?«

»Klar!« Natürlich nimmt Ali auch Dollar, er würde auch sudanesische Pfund akzeptieren.

»Kommst du mal, Ali?«, ruft eine Frau. »Ich bin mit dem Anhänger da. Hilfst du mir?«

Es ist Eva. Ich habe sie gar nicht kommen sehen. Sie ist eine der Deutschen, die regelmäßig im Lager helfen. Dafür bekommt sie kein Geld. Sie macht das einfach so. Sie bietet zusammen mit anderen Helfern abends auch Deutschkurse an. Aber die sind nichts für mich. Da sitzen die Teilnehmer im Kreis und lesen einfache Sätze von der Tafel ab.

»Ist Aischa auch da?«, fragt Eva.

Ich zeige zum Container.

»Ich habe noch drei Nähmaschinen und einen Sack mit Bettwäsche dabei.«

Ali schiebt strahlend ein verrostetes Mountainbike mit platten Reifen und ohne Kette vom Anhänger.

Als alles ausgeräumt ist, kommt Eva zu mir. »Ich bin heute zum letzten Mal hier.«

»Was? Wieso das denn?«

»Wir dürfen nicht mehr rein. Jede Art von Flüchtlingshilfe ist ab jetzt verboten. Ich konnte den Typen an der Pforte gerade noch überreden, dass ich den Anhänger ausladen darf.«

»Du darfst nicht mehr helfen? Aber wieso denn so plötzlich?«

»Es gab heute wieder einen Anschlag, ein Selbstmordattentäter. Er ist mit einem Lastwagen –«

»Habe ich gehört.«

»Der Terrorist ist als Flüchtling getarnt aus Syrien nach Deutschland gekommen.«

»Ali ist auch Syrer, viele hier im Lager sind Syrer. Und das sind keine Terroristen. Auch wir anderen nicht! Man kann uns doch nicht alle dafür bestrafen, dass es auf der Welt Terroristen gibt.«

Eva fährt sich mit der Hand durch die kurzen Haare. Sie nimmt die Brille ab und reibt sich die Augen.

»Entschuldigung«, sage ich.

Sie kann ja nichts dafür. Natürlich nicht. Sie arbeitet als Lehrerin –

Deutsch und Geschichte. Ihre Tochter lebt in Brasilien. Seit dem Wahlsieg der Alternative kommt sie nicht mehr zu Besuch. Sie hat Angst. Sie ist mit einem Brasilianer verheiratet, und ihre Kinder, also Evas Enkel, sind keine Deutschen.

»Die Nationale Alternative will bald alle abschieben. Gerade jetzt nach dem Anschlag kann es noch schneller gehen.«

Abschiebung. Da ist es wieder, das Wort.

»Gibt's bei deinem Antrag inzwischen eine Entscheidung?«, fragt sie mich.

Ich schüttle den Kopf.

Evas Mann hatte schon drei Tage nach meiner Ankunft eine passende Stelle für mich gefunden. Damit wollte er meinen Antrag auf Asyl beschleunigen. Ein Sterbehospiz. Die suchen dringend Personal. Hilft aber nichts. Ich bekomme keine Arbeitsgenehmigung. Erst muss mein Antrag bewilligt werden. So ist die Reihenfolge. Da können die Leute im Hospiz noch so einsam sterben. Das ist der Nationalen Alternative egal.

Eva beugt sich zu mir. »Du kannst zu uns. Ich hab mit meinem Mann geredet. Du wohnst bei uns zu Hause, hast dein eigenes Zimmer, so lange, bis diese verrückte Regierung weg ist.«

»Glaubst du, das geht so schnell?«

»Die zerlegen sich selbst. Interne Streitereien. Absplitterungen. Radikalisierungen. Da herrscht Chaos.«

Ein Wachmann ruft zu uns herüber: »Auf jetzt! Fahren Sie endlich mit der Kiste raus!«

Eva zieht die rote Abdeckung über den Anhänger, auf dem nur noch leere Kisten stehen. Sie klopft auf den Kunststoff. »Komm mit!«

»Jetzt?«, frage ich.

Sie schaut zu dem Wachmann. Der glotzt auf sein Handy. »Wann sonst? Es ist die letzte Chance. Noch mal lässt der mich nicht rein.«

Was soll ich machen?

Eva lehnt sich an den Anhänger. Sie hebt das rote Verdeck etwas nach oben – ein Spalt, gerade groß genug, damit ich mich durchquetschen kann.

Der Wachmann schaut noch immer auf sein Handy.

Ich blicke auf den Anhänger. Mein Körper reagiert sofort: Meine Hände zittern und werden feucht. Ich spüre mein Herz bis zum Hals, ich atme zu schnell. Ich sehe die fremden Hände, die Fingernägel, die an der Metallwand abbrechen. Ich höre die Schreie. Ich fühle die Hitze, die furchtbare Angst davor, zu ersticken.

Ich schüttle den Kopf. Ich kann nicht mitfahren. Auf keinen Fall. Nie wieder zwänge ich mich irgendwo auf eine Ladefläche.

Eva legt ihre Hand auf meine Schultern.

Ich drücke meine Hand auf ihre. »Ich kann da nicht rein. Der Laster, mit dem ich hierhergekommen bin –«

Der Mann am Tor hat sein Handy eingesteckt und kommt auf uns zu. »Wird's jetzt bald! Oder muss ich das Auto abschleppen lassen? Das geht dann aber auf Ihre Kosten.«

Eva befestigt die Plane – jetzt ist es sowieso zu spät.

»So, die Damen. Ich rufe jetzt die Polizei. Aus Sicherheitsgründen kommt hier kein Helfer mehr rein!«

Sicherheit, ich hasse dieses Wort. Damit begründet die Alternative einfach alles.

Der Mann knallt mit der Hand auf Evas Autodach.

Sie drückt mich ein letztes Mal, steigt in ihren Wagen und fährt davon.

Der Typ holt sein Handy wieder hervor, macht ein Selfie vor Alis Autoladen. Dann geht er lachend davon.

12
ANTON

Dieser Autoladen ist ein Witz. Ali kann einem leidtun. Wie er da zwischen dem rostigen Zeug steht. Für ein paar Mark kaputte Fahrräder verkauft. Und Fana freut sich über das alte Rad, als wäre es ein Porsche. Die muss echt jedem helfen.

Alis Geschichte ist krass. Sehe ich ja ein. Wegen der Scheiße, die er in Syrien erlebt hat. Von der Foltermethode habe ich schon mal gehört. Jetzt kenne ich also einen, der das überlebt hat.

Aber immerhin hat Ali eine Beschäftigung, während ich immer noch auf weitere Anweisungen warte. Das nervt.

Diese Eva ist mit ihrem VW und mit dem Anhänger weggefahren. Das war dann also ihr letzter Auftritt. Solche Typen wie sie kommen nun nicht mehr rein.

Die haben ein totales Helfersyndrom. Sie schreien immer: »Willkommen! Willkommen!« Aber weiter denken die nicht. Gutmenschen eben.

Noah entwickelt sich auch in diese Richtung. Aber wir können nicht alle reinlassen. Sonst ist Deutschland irgendwann nicht mehr deutsch.

Bloß, wie soll man das solchen Leuten wie Fana, Ali, Aischa oder Salva erklären? Die versuchen es ja trotzdem.

Am Eingang zum Lager steht jetzt einer mit Kapuzenpulli, zerrissenen Hosen und dickem Wanderrucksack. Die Kapuze hat er sich tief ins

Gesicht gezogen. Sieht eher aus wie ein Penner als wie ein Flüchtling. Allerdings sahen die Menschen, die in den letzten Tagen mit dem Bus hier abgeladen wurden, auch nicht viel besser aus.

Der Kapuzenmann redet mit zwei Wachleuten. Die lachen und schubsen den Mann durch das Tor. Der fällt hin, einer der Syrer hilft ihm hoch.

Okay, angenommen, ich dürfte entscheiden. Was würde ich machen? Die Flüchtlinge, also … äh … Invasoren aufnehmen oder nicht?

Ali dürfte hierbleiben, wegen der Sache mit der Folter und so. Auch wenn die Alternative da anders denkt. Laut Gesetz müsste er nach Polen zurück. Denn über das Land ist er ja eingereist. Von mir aus könnte er ja irgendwo in Deutschland eine Werkstatt aufmachen oder so was. Solche Leute braucht man immer. Vom Dschihad will er ja offenbar nichts wissen.

Der Kapuzenmann verschwindet in der Halle. Der lässt sich sicher registrieren und braucht dann erst mal eine Dusche. Ob es überhaupt noch freie Plätze gibt? Selbst auf dem Boden liegen die Menschen nachts inzwischen dicht zusammengedrängt.

Neben meinem Bett liegen zwei Afghanen, sicher keine sechzehn Jahre alt. Die sind nach mir ins Lager gekommen. Sonst würden die in meinem Bett schlafen und ich auf dem Boden.

Wenn der Neuankömmling Glück hat, findet er jemanden wie Fana. Ohne sie wäre ich echt aufgeschmissen gewesen. Muss ich zugeben. Die Fahrt im Laster hat mich ziemlich aus der Spur geworfen.

Aber darf Fana deswegen bleiben? Sie will doch in einer Klinik arbeiten oder so. Also das fände ich schon irgendwie ein gutes Argument. Hilfsbereit ist sie auf jeden Fall. Die hat ein gutes Händchen für so was.

Machen wir vielleicht doch was falsch, wenn wir so gar niemanden reinlassen? Könnte man das nicht auch anders lösen? Aber zum Glück muss ich solche Entscheidungen nicht treffen, sondern die Leute von der zuständigen Behörde. Die kennen sich da besser aus.

Der Kapuzenmann kommt schon wieder aus der Halle – geduscht hat der so schnell bestimmt nicht. Dafür hat er offenbar einen Platz zum Schlafen gefunden. Zumindest schleppt er seinen Rucksack nicht mehr herum.

Er schaut suchend über den Platz vor der Halle, der sich zunehmend mit Flüchtlingen füllt.

Ali ruft etwas auf Arabisch. Klingt eher nicht so nett.

Ein paar Männer haben sich einfach Bretter aus seinem Laden genommen. Das Fahrrad ohne Vorderrad liegt auf dem Boden. Die Eimer mit den Ersatzteilen sind umgekippt. Ein Mann hebt gerade eine Metallstange auf und schließt sich den anderen an. Ali schreit ihnen hinterher.

Die haben seinen Laden geplündert!

Mindestens fünfzig Männer stehen inzwischen auf dem Platz. Sie brüllen sich an.

Fana kann ich nirgends sehen. Auch die anderen Frauen sind verschwunden.

Wieder schreit einer was.

Plötzlich gehen die Männer aufeinander los. Um die Security kümmern die sich gar nicht. Und die schauen auch erst mal bloß zu. Ein Streit unter den Flüchtlingen. Keine Ahnung, wegen was. Um eine der Lebensmittelkisten, um Zutritt zum Spendencontainer, um ein freies Bett, religiöse Konflikte – es gibt tausend mögliche Gründe. In den letzten Tagen hat es immer wieder geknallt. Jetzt explodiert das Ganze. Vielleicht weil Eva rausgeworfen wurde, keine Helfer mehr reingelassen werden. Jetzt bekommen die Leute Panik.

Und ich stehe genau zwischen zwei Gruppen, die sich offenbar hier draußen verabredet haben. Es hagelt Steine, die Männer stürmen aufeinander los, und ich stecke mittendrin.

Ich muss hier raus! Aber in welche Richtung? Ich drehe mich um, und etwas knallt gegen meinen Kopf. Eine Metallstange? Meine Lippe platzt auf. Ich schmecke Blut.

Jemand packt mich an der Schulter. Ich versuche ihn abzuschütteln, da schlägt mir ein anderer mitten ins Gesicht.

Erst einmal den Kopf schützen. Und hoffen, dass ich hier irgendwie wieder rauskomme. Ein plötzlicher Tritt ans Schienbein, ich falle hin.

Dann spüre ich erneut den festen Griff an meiner Schulter. Ich werde irgendwohin geschoben. Ein weiterer Schlag gegen meinen Kopf. Ich presse meine Arme vor Augen und Nase.

Die Hiebe und das Gebrüll werden weniger – jemand zieht mich raus. Aus der Gefahrenzone. Das Stimmengewirr und die Schreie werden leiser. Stolpernd entfernen wir uns von der Schlacht.

Die Containertür knallt zu, das Chaos verstummt vollständig. Mein Retter atmet schwer.

»Danke«, sage ich und sehe mich um.

Ali sitzt verschwitzt und mit Blutflecken auf dem Hemd neben mir. Er zeigt auf Fana. Schon klar, es war ihre Idee.

Hier drinnen fühle ich mich einigermaßen sicher. Keiner sagt etwas. Draußen fallen Schüsse. Die Wachleute. Die Polizei. Wer auch immer.

Sirenengeheul. Mindestens zwei, drei Krankenwagen fahren vor. Wir hören, wie Menschen sich etwas zurufen. Wir schweigen uns an, bis draußen endlich Ruhe herrscht.

»Wie komme ich zu der Ehre?«, frage ich. Ali hat viel riskiert, um mich zu retten. »Wieso ich? Da waren Dutzende Flüchtlinge draußen.«

»Du gehörst zu keiner der Gruppen, die da streiten.«

Ich kapiere es nicht.

Ali merkt es und erklärt: »Du wurdest zur Party nicht eingeladen!«

Zur Party. Was für eine Umschreibung für diese Schlacht da draußen.

»Ich sehe das vom medizinischen Standpunkt«, sagt Fana.

»Vom medizinischen Standpunkt?«, frage ich.

»Je weniger du verletzt bist, desto weniger machst du den Ärzten Arbeit.«

Ist eigentlich gar nicht so lustig, aber ich muss trotzdem lachen.

Fana wird davon angesteckt.

Schließlich lacht auch Ali mit.

Schon klar, so witzig war das nicht, doch da löst sich was. Der Stress der letzten Tage. Für uns alle. Wann habe ich das letzte Mal so gelacht?

Plötzlich reißt jemand die Tür auf. Ein Mann steht vor uns in zerrissenen Hosen.

Es ist der Kapuzenmann. »Privit«, sagt er.

Der Kapuzenmann kann nicht mehr außer Hallo auf Ukrainisch sagen. Da bin ich mir sicher.

Der Kapuzenmann ist Stahlke.

Er winkt mich nach draußen. Neben dem Container bleiben wir stehen.

»Scheint ja sehr lustig zu sein, hier im Lager«, sagt Stahlke. »Neue Freunde gefunden, was?«

»Nein, keine Freunde, aber –«

»War doch nur Spaß.« Stahlke lacht laut. »Freunde haben – ist doch eine gute Tarnung.«

Stimmt eigentlich.

»Wir haben uns Sorgen gemacht.«.

»Wieso?« Kurz überlege ich, ob sie angenommen haben, dass ich jemandem etwas verrate.

»Wegen der Einreise«, erklärt Stahlke. »Da ist etwas nicht ganz nach Plan gelaufen.«

Nicht nach Plan gelaufen? Das ist ja wohl die Untertreibung des Jahres für diesen Horror im Kühllaster.

»Der Schleuser hat viel zu viele in den Laster gepackt. Das wussten wir nicht. War so nicht abgesprochen. Wir haben erst in den Nachrichten davon erfahren.«

Ich muss mich schwer zusammenreißen. »Dem war es scheißegal, wie viele Leute draufgehen.«

Stahlke schaut sich um. Keiner beobachtet uns.

Ali ist damit beschäftigt, seine Bretter und Werkzeuge wieder zusammenzusuchen. Er will seinen Laden wieder aufbauen. Und er sieht nicht einmal sonderlich enttäuscht aus. Muss er vom Krieg in Syrien gewohnt sein. Zerstörtes wieder aufbauen. Und warten, bis es wieder zerstört wird.

Die Männer vom Sicherheitsdienst stehen wieder auf ihren Posten am Tor. Krankenwagen parken dort. Fana wird vermutlich irgendwo helfen.

Mir ist klar, was nun kommt: meine weiteren Befehle. Nur deswegen ist Stahlke hier. Bisher hieß es nur abwarten. Offenbar ist jetzt die Zeit gekommen für alles Weitere.

Stahlke flüstert. »Um 23 Uhr wird es eine Explosion geben. Eine halbe Stunde zuvor wirst du das Lager verlassen. Dann ist es stockdunkel.« Er drückt mir einen Umschlag in die Hand. »5000 Mark für den Fall der Fälle. Um die Lager treiben sich dubiose Leute herum. Wenn du aufgehalten wirst, zahl, was immer nötig ist, und sieh zu, dass du weiterkommst.«

Ich schaue in den Umschlag: Da ist echt ein fettes Bündel mit Scheinen drin.

»Du machst dich auf den Weg zur Kaserne, aber nicht direkt. Deinen ukrainischen Ausweis lässt du natürlich im Lager bei deinen Sachen.«

Stahlke sagt das so, als wäre das alles das Normalste der Welt. Mir schwirren zig Fragen durch den Kopf: Was für eine Explosion? Woher weiß Stahlke davon? Wieso warnt er nur mich? Was wird aus den anderen? Was ist das überhaupt für ein Auftrag – einfach nur abhauen?

Ich fange vorne an. »Was für eine Explosion?«

»Ein Anschlag. Du hast doch heute gesehen, dass die Lage hier zunehmend eskaliert. Die bringen sich alle noch gegenseitig um.«

»Wer verübt den Anschlag?«

»Ein ukrainischer Flüchtling. Wenn die Spurensicherung gute Arbeit macht, werden sie sehen, dass die Bombe in einem Rucksack unter seinem Feldbett detoniert ist.«

Ein ukrainischer Flüchtling.

Mein Ausweis bleibt hier.

Ich gehe.

Stahlke hat die Bombe in seinem dicken Rucksack reingeschmuggelt.

Ich bin der Attentäter.

»Deswegen bin ich hier?«

»*Du* bist nicht hier. Ein ukrainischer Flüchtling ist hier. Schon bald bist du wieder in der Kaserne, zurück vom Lehrgang.«

»Wieso dieser Aufwand?«

Stahlke presst seine Hand ungeduldig auf meine Schulter. Soll wohl kameradschaftlich sein. Ist aber unangenehm. »Junge, um die Lager komplett zu schließen und alle auszuweisen, ist eine Änderung des Grundgesetzes nötig. Da müssen auch die Altparteien mitmachen, nicht nur die Nationale Alternative. Sonst reichen die Stimmen nicht.«

Stahlke sieht mir wohl an, dass mir das als Begründung nicht reicht. Befehl ist eigentlich Befehl. Zweifeln ist nicht erlaubt.

Ich versuche meine Schulter zu entspannen. Stahlke drückt ganz schön zu. »Aber um 23 Uhr, da sind alle in der Halle. Und schlafen.«

»Richtig!«, sagt Stahlke. »Die Medien sollen ja auch was zu berichten haben. Je lauter der Knall, je mehr Opfer, desto größer die Schlagzeilen. So funktioniert die Lügenpresse.«

»Sie wollen all diese Menschen opfern?«

»Jetzt reiß dich aber mal zusammen! Kollateralschaden, schon mal davon gehört? Du bist Soldat!« Stahlke lässt meine Schulter los. »Die nationale Aufgabe kostet Opfer. So ist das immer schon gewesen. Und diese Flüchtlinge sind für unser Land gefährlich!«

Ein Ukrainer als Täter. Ein Flüchtling. Anschläge von Flüchtlingen auf Flüchtlingsunterkünfte hat es ja schon gegeben. Aber nie in diesem Ausmaß. Die Bevölkerung denkt dann: Klar doch, die Ausländer wieder. Tickende Zeitbomben. Die bringen sich inzwischen sogar gegenseitig um. Sind unberechenbar und gefährlich. Und dann kommt die lautstarke Forderung auf, das Grundgesetz zu ändern. Keinen mehr reinzulassen. Alle raus. Für immer. Weil Deutschland sonst nicht mehr sicher ist. Das Grundrecht auf Asyl wird abgeschafft.

Stahlke kommt mir mit seinem Gesicht ziemlich nah. Ich spüre seinen Atem. Er schaut mir in die Augen. Was will er da sehen? Er kennt mich seit dem Beginn meines Wehrdienstes, seit neun Monaten.

Er stand in der ersten Woche neben mir, als ich mit dem G36 einer grünen Pappfigur die Schultern weggeschossen hab. Ich wollte einfach nicht aufhören zu feuern. So wie Noah neulich im Wald. Nur hat der in den Himmel gezielt. Ich habe mir dagegen vorgestellt, die Pappfigur sei mein Feind, ein Illegaler, ein Invasor. Ein Flüchtling.

Im Zeltlager, am Ende der Grundausbildung, saßen Stahlke und ich als Letzte bis zum Morgengrauen am Grubenfeuer. Als der Überraschungsüberfall kam, von den anderen Ausbildern, blieben wir einfach sitzen. Alle Kameraden in den Zelten haben sie als Geiseln genommen. Wir beide konnten uns in Seelenruhe über der Glut Wasser für unseren Kaffee kochen. Uns beachteten die Angreifer gar nicht. Haben sich vermutlich nicht getraut, einen Offizier gefangen zu nehmen. Auch wenn es nur zum Spaß war. Die hat Stahlke deswegen später ordentlich angeschissen.

Stahlke drückt schon wieder meine Schulter, diesmal mit beiden Händen. Er schraubt mich regelrecht an die Metallwand des Containers. »Junge, denk an die Zukunft unserer Heimat.« Er nickte mit dem Kopf zur Halle. »Die gehören nicht zu uns. Wir sind nicht das Sozialamt …«

»… der Welt«, beende ich den Satz. Ich klinge wütend. Merke ich selbst. Wieso muss ausgerechnet ich das hier machen?

Stahlke hält seinen Kopf schräg. Ich habe ihn unterbrochen. Zum ersten Mal, seit ich in der Armee bin.

»Gibt es vielleicht eine Lösung, die weniger Opfer kostet?«

Er gibt mir keine Antwort, drückt nur fester gegen meine Schulter. Dann, endlich, löst er den Griff.

»Kollateralschaden, sagte ich.« Er sieht zum Tor. »Ich vertraue dir wie keinem in der Gruppe.« Und dann schaut er mich mit einem Blick an, den ich gar nicht von ihm kenne. Überhaupt nicht ernst, nicht kalt. Sondern warm. »Deswegen habe ich dich ausgewählt, mein Junge. Du kannst es mal weit bringen. Aber du musst vorsichtiger sein.« Er überreicht mir noch einen Umschlag.

Ich mache ihn auf.

Darin befinden sich zwei Fotos.

Noah und ich im Wald, irgendwo hinter der Kaserne. Wir liegen auf dem weichen Boden aus Moos. Wir küssen uns.

Das zweite Foto. Noah und ich bei mir zu Hause. Wir liegen eng umschlungen auf dem Sofa.

»Du solltest wirklich besser aufpassen, mein Junge. Sonst ruinierst du dir alles. Die Neue Alternative hat ihre Augen überall. Was ist dir wirklich wichtig im Leben? Wirf deine Chancen doch für so was Abnormales nicht weg.«

Die Arschlöscher haben meine Webcam gehackt und uns beobachtet! Die wissen, dass Noah und ich ein Paar sind! Mir wird schlecht. Richtig schlecht. Ich rutsche an der Containerwand runter und lasse mich auf den Boden sinken.

Stahlke beugt sich zu mir. Er klingt überhaupt nicht wütend, sondern einfach nur enttäuscht. »Wir bekennen uns zur traditionellen Familie. Sie ist das nationale Leitbild.«

Ob Noah die Fotos kennt? Womit drohen sie ihm? Wie geht es ihm?

»Eine Familie besteht aus Vater, Mutter und Kind.«

Wieso waren wir nicht vorsichtiger? Aber wir haben echt höllisch aufgepasst. Keine Berührungen in der Öffentlichkeit. Beste Freunde, einfach nur beste Freunde! Das waren wir für alle. Nur Noahs Eltern wussten Bescheid. Dachte ich.

»Eine Familie besteht nicht aus zwei Vätern. Nicht aus zwei Müttern. Das ist nicht normal. Das sind kranke Ideen. Willst du dafür alles aufs Spiel setzen, mein Junge? Unsere Kameradschaft, unsere Ideale?« Stahlke klopft mir auf die Schulter, soll wohl väterlich sein. »Keine Sorge, ich werde mich um diese Fotos kümmern. Wir sehen uns dann in der Kaserne.«

13
NOAH

»Wie geht's deinem Freund?«, fragt Finn. Er ist der älteste von uns. Und derjenige, der uns alle zusammengebracht hat. Im echten Leben macht er gerade seinen Doktor in Physik.

Ich ziehe die Schultern hoch. »Keine Ahnung.«

»Vermisst du Anton nicht?«, fragt Sophie. Sie ist vor einem Jahr zur Gruppe gestoßen.

»Klar, und wie! Ändert aber auch nichts.«

»Ist Anton noch in dem Flüchtlingslager?« Jetzt muss Lukas auch noch mitmachen.

»Denke schon.«

Julia beugt sich zu mir. Sie legt ihre Hand auf mein Knie. »Und du hast nicht mal versucht, Kontakt herzu-«

In dem Moment kommt Lara rein, und alle verstummen. Endlich! Jetzt sind wir vollständig und können anfangen.

Lara setzt sich auf einen freien Sessel.

Ein Ventilator dreht sich über uns. Bringt aber kaum was, es ist stickig und warm in diesem Kellerloch.

Ich hole eine Flasche Club-Mate aus der Kiste. Lara fängt sie auf und hebelt den Deckel an der Tischkante ab. »Mit welchem Thema gehen wir zuerst raus?«

»Wehrpflicht«, schlägt Lukas vor. »Wieso nicht die Soldatensachen?«

Lukas ist unser Mann für das Grobe, er beschafft die Technik, organisiert unsere Treffen. Sein Vater hatte früher einen Versandhandel für Computer.

»Soldatensachen? Keine gute Idee«, sagt Lara und trinkt einen kräftigen Schluck.

»Wieso?«

»Wen wollen wir erreichen?«

»Alle Bürger.«

»Falsch!«

»Wen dann?«

»Die deutschen Wähler.«

Lara bringt es natürlich auf den Punkt. Selbst wenn wir ein paar Millionen Teenager auf unsere Seite bringen, haben wir nichts gewonnen. Es geht um die, die entscheiden dürfen. Die, die eine Stimme bei den Wahlen haben.

»Und? Die Wehrpflicht, die gilt doch für Erwachsene. Das sind doch Wähler.« Lukas ist ein Dickschädel.

Mir ist klar, was Lara mit *deutschen Wählern* meint. »Die Jungen, also all die, die die Wehrpflicht betrifft, spielen keine Rolle. Acht von zehn Deutschen sind älter als zwanzig.«

Sophie tippt etwas in ihren Rechner. »Ich habe darüber mal eine Reportage geschrieben. Deutschland ist ein Altersheim. Jeder Vierte ist sogar über sechzig.«

Finn lässt sich auch eine Flasche zuwerfen. »Denen ist es scheißegal, ob wir Kanonenfutter sind oder nicht.«

»Warte mal«, sagt Lukas, »da sind ja auch Mütter und Väter dabei, denen ist es doch nicht egal, ob ihre Kinder –«

»Andere Themen?« Lara will vorwärtskommen. In diesem Keller haben wir schon stundenlang über alles Mögliche diskutiert. Dafür ist jetzt keine Zeit mehr. Wir müssen diesen Treffpunkt auflösen. Er ist zu riskant geworden. In Frankreich haben sie Leute wie uns gerade wegen Landesverrats verurteilt. Die werden für Jahrzehnte weggesperrt! Finn und Sophie standen mit denen in Kontakt. Da müssen die Behörden nur eins und eins zusammenzählen. Unser Plan: untertauchen.

»Also, wie können wir den deutschen Wählern erklären, dass die Alternative einfach nur Schrott ist? Welches Thema ist am nächsten an ihrem Alltag dran?«

»Die Klimapolitik«, schlage ich vor. »Auf Dauer kostet die das doch –«

Im Keller bricht ein Orkan los. Finn und Lukas klatschen grölend. Julia und Sophie albern rum.

Lara hält sich einfach nur die Hände vor die Augen. »Noah! Das ist ja echt eine Obsession bei dir! Kannst du mal von was anderem reden?«

»Wir haben Autos, Gefriertruhen, immer Warmwasser und eine Heizung. In vielen Ländern haben sie nichts davon! Aber trotzdem bezahlen sie die Rechnung für unseren Luxus: extreme Dürre, Mega-Unwetter, das ganze Programm. Wir verursachen den Klimawandel maßgeblich und –«

»Amen«, sagt Lara. »Damit rüttelst du kaum einen deutschen Wähler wach.«

Auf sie hören alle. Sie ist unsere Leitwölfin. Und sie ist wie ich Autodidakt, was das Hacken angeht. Eigentlich studiert sie Medizin.

»Der Klimawandel ist sowieso Quatsch. Das ganze Thema ein Irrweg«, zitiert Finn die sogenannten Experten der Nationalen Alternative. »Und zu viel Kohlendioxid ist nicht schädlich!«

Draußen heulen Sirenen.

»Brennt's irgendwo?«, fragt Sophie.

Wir schauen Lukas an. Das ist der alte Lagerraum seines Vaters.

»Kein Feuer. Das mit der Sirene machen die hier seit ein paar Tagen. Wie die Polen drüben. Sobald –«

»Leute!«, ruft Lara in den Raum. »Wir brauchen jetzt echt ein gutes Thema, mit dem wir loslegen können.«

Wir schweigen uns an. Und dann meldet sich Tom. Die ganze Zeit saß er im Schneidersitz auf einem Haufen schrottreifer Laserdrucker. Ich dachte, er meditiert da oben oder ist eingeschlafen.

»Das eigene Geld«, sagt er. Mehr nicht.

»Die Wirtschaftspolitik meinst du?«, fragt Sophie.

»Nein. Ich habe nur ›das eigene Geld‹ gesagt. Wirtschaftspolitik, da schläft man ja beim Lesen schon ein, so langweilig ist das Wort.«

Das eigene Geld. Widerspruch gibt es nicht. Tom ist der Experte in Sachen Kohle. Er hat früher als Programmierer für eine Bank gearbeitet. Bis sie auch dort massiv Stellen streichen mussten.

Und Tom hat recht. Das Thema interessiert jeden. Der eigene Geldbeutel. Was hat die Alternative da verändert?

Jetzt geht's im Keller wild durcheinander.

»Die Steuern!«

»Wer ein paar Millionen erbt, zahlt dank der Alternative keine Steuern mehr.«

»Und die Vermögensteuer! Die ist auch vom Tisch.«

»Von alldem profitieren doch die meisten überhaupt nicht!«

»Also werden die Reichen noch reicher …«

»Schlanker Staat! Das hat die Alternative doch auch durchgesetzt.«

»Ja, die Steuern sind runtergegangen. Alle haben sich riesig gefreut. Doch wenn der Staat zu wenig Einnahmen hat, kann er auch nichts mehr ausgeben. Und was war dann? Dann kam die Überraschung!«

»Stimmt. Jetzt soll jeder für sich selbst sorgen. Der Staat hat kein Geld mehr für die, die abrutschen, arbeitslos werden, krank oder alt sind. Wer nichts auf die Seite gelegt hat, ist am Ende.«

Lara fasst das alles auf ihre nüchterne Art zusammen: »Okay, aber so richtig spannend klingt das noch nicht.«

»Dann müssen wir eben zeigen, wo gespart wird.«

»Und dass die Kürzungen die Mehrheit der Bürger betreffen! Und das sind die, die keine Millionen erben oder eine Villa haben. Es fahren viel weniger Busse und U-Bahnen, an öffentlichen Schulen fehlt es an allem, Krankenhäuser sind nicht mehr auf dem neuesten Stand, Sportplätze marode, Museen, Konzerthallen, Theater mussten dichtmachen …«

»Was wäre ein Slogan?«

»Nur wer einen Swimmingpool im Garten hat, braucht kein öffentliches Schwimmbad!« Das war Lukas. Wir schauen ihn irritiert an.

»Wenn der Staat kein Geld mehr für öffentliche Einrichtungen hat, dann ist das doch den Reichen egal.«

Ich will einen Schritt weiter denken. Bevor wir uns heute trennen und längere Zeit nicht mehr sehen. Bevor wir uns nur noch verschlüsselte Nachrichten zusenden können. »Wir brauchen Medien, die mit uns zusammenarbeiten.« Ich schaue Sophie an. Sie ist für die Kontakte zu Journalisten zuständig.

Kaum habe ich meinen Satz beendet, erhalte ich augenblicklich einen Link von ihr auf mein Handy.

»In echt jetzt?« Ich kann's gar nicht glauben. Die Fernsehsendung kennt jeder in Deutschland. »Und die spielen mit?«

»Die wollen nicht spielen«, sagt Sophie. »Die wollen viel mehr.«

Eine Stunde später ist die Getränkekiste leer. Alles ist besprochen.

»Wir bleiben in Kontakt«, sagt Tom.

Wie das klingt. Als würden wir uns einfach mal so auf einen Kaffee treffen können. Ab jetzt treffen wir uns nur noch auf Chat-Seiten im Darknet. Bis dieser Endland-Wahnsinn ein Ende hat. Erst dann kommen wir wieder aus diesem Loch.

Jetzt heißt es also erst einmal Abschied nehmen. Von meinen Freunden. Von Gleichgesinnten.

Und es gibt noch einen weiteren Menschen, dem ich Lebewohl sagen muss. Ohne den wäre ich nicht der Mensch, der ich bin. Dieser Abschied muss sein! Egal, wie riskant das jetzt wird.

14

FANA

Anton sitzt neben dem Container und starrt vor sich hin.

Ich trete zu ihm und helfe ihm auf. »Ich muss mit dir reden! Sofort!«

Anton dreht sich zur Halle. Er massiert sich die Schläfen. »Mit mir reden? Über was denn?«

Ich zeige zum Spendencontainer, gehe hinein und lasse die Tür hinter mir offen. Ali hämmert in seinem *Ali Baba* nebenan an irgendeinem Stück Metall.

Mit Schlagstöcken könnte er zurzeit im Lager mehr Geld verdienen als mit Fahrrädern. Die Leute hier sind fix und fertig mit den Nerven.

Vor mir im Container liegt eine Kiste mit Kinderbüchern, Stiften und Buntpapier. Wenn keiner der Helfer mehr zu uns ins Lager darf, ist der Container morgen leer. Alle kommen hier mit so gut wie nichts an. Eine Tasche mit zerrissenen, schmutzigen Kleidungsstücken, zerfetzte Kuscheltiere – je nachdem, was übrig geblieben ist von der Flucht.

Und ein Handy natürlich. Mit den Nachrichten und Fotos von zu Hause. Mit Spielen, die ablenken. Mit einer Uhr, auf die man schaut und hofft, dass die Zeit vergeht. Bis endlich eine Nachricht von der Behörde kommt. Bis man erfährt, ob man bleiben darf oder abgeschoben wird. So wie bei mir.

Aber ich darf mich nicht beschweren. Ich mache das jetzt erst seit ein paar Tagen mit. Das ist nichts. Aischa wartet mit ihren Kindern seit eineinhalb Jahren.

Ich werfe einen Blick nach draußen: Anton steht noch immer völlig verloren auf dem Platz. Der ist einfach nur fertig mit der Welt.

Die albanische Familie läuft an ihm vorbei. Sie kochen mit den wenigen Zutaten, die uns hier im Lager zur Verfügung stehen, jeden Tag etwas und laden mich fast immer zum Mittagessen ein. Und sie sind Muslime, was die Sache für mich einfacher macht.

Wir essen in Äthiopien kein Schweinefleisch, auch wir Christen nicht. So bin ich aufgewachsen. Ich bin nicht religiös. Aber Schweinefleisch kann ich nicht riechen.

Anton spricht die albanische Familie an. Da hat er kein Glück. Liljana, ihr Mann und die vier Kinder sprechen kein Englisch. Das wiederum macht das gemeinsame Essen immer etwas kompliziert.

Jetzt kommt Anton mit langen Schritten zum Container. »Woher kommen die?«

»Aus Albanien. Wieso?«

Anton schüttelt den Kopf. »Das ist verrückt.«

»Albanien? Warum? Die albanische Mafia hat die Familie –«

»Die sechs hab ich im Wald gesehen.« Anton schaut der Familie hinterher. »Femije!«

»Was?«, frage ich.

»Das ist Albanisch und heißt ›Kinder‹.«

Aus Anton soll einer schlau werden. »Ohne den Albaner würde hier im Lager nichts funktionieren.«

Er schaut mich fragend an.

»Er hilft dem Hausmeister, der total überfordert ist. Es leben einfach viel zu viele Menschen hier.«

Anton tritt zu mir in den Container und setzt sich auf die Kiste neben den Kinderbüchern. Sie ist leer, die Seiten und der Deckel reißen ein, und er landet auf dem Boden.

Ich muss mich beherrschen, damit ich nicht loslache. »Heute ist nicht dein Tag, was?«

Anton bleibt auf dem kaputten Karton sitzen. »Was weißt du schon von meinem Tag?«

»Du erinnerst dich vielleicht dunkel, dass ich Deutsch kann.« Ich klopfe mit der Hand auf die Lüftungsschlitze in der Containerwand.

Anton fährt erschrocken auf. Und dann redet er zum ersten Mal in seiner Muttersprache mit mir. »Du hast alles gehört?«

»Wortfetzen. Der andere war ein Deutscher. Du bist ein Deutscher. Ein Soldat. Was soll das alles?«

Sein Gesicht ist wieder so blass wie damals im Laster. Er ist wieder das Zombiegesicht.

»Dass du Deutscher bist, ist mir schon länger klar, aber –« Ich höre Stimmen näher kommen und verstumme abrupt.

Aischa kommt herein. Hinter ihr stehen zwei Mädchen. Sie tragen dicke Winterpullis. Viel zu warm für die Jahreszeit. Und sie haben leere Plastiktüten in der Hand.

»Aischa muss hier weitermachen«, sage ich und ziehe Anton aus dem Container.

Wenn das überhaupt sein richtiger Name ist.

Die Sache mit dem Dach war Antons Idee. Ist übrigens sein richtiger Name. Sagt er. Und ich glaube ihm.

Wir klettern über die Mülltonnen hinauf. Er ist zuerst oben und streckt mir die Hand entgegen. Die brauche ich nicht. Klettern kann ich gut.

Wir gehen bis zur Mitte des Flachdachs und setzen uns auf die Kieselsteine.

»Bist du oft hier oben?«, frage ich.

»Auf diesem Dach war ich noch nie. Aber mit geheimen Plätzen kenne ich mich gut aus.« Anton macht eine lange Pause und sammelt Kieselsteine. »Noah und ich haben uns immer an solchen Orten getroffen.«

Noah. Ein schöner Name.

»Ein Freund von dir?«

Anton schüttelt den Kopf. »Viel mehr.« Er holt einen Briefumschlag hervor und zeigt mir zwei Fotos.

Jetzt verstehe ich endlich, was der Typ mit dem Kapuzenpulli vorhin meinte – von wegen traditionelle Familie und so.

Ich muss an Hawi denken, einen jungen Mann aus unserem Viertel. Alle wissen es, keiner spricht darüber. Was nicht sein darf, das gibt es auch nicht. Als wäre es so einfach mit der Liebe. Mir hat Hawi immer leidgetan. »In Äthiopien ist das strafbar.«

»Du kommst aus Äthiopien?« Anton klingt erstaunt. »Noah meint, wenn das so weitergeht mit der Nationalen Alternative, ist es in Deutschland auch bald verboten.«

»Noah ist also gegen die Alternative, und du bist dafür?«

»Na ja, zumindest finde ich fast alles gut und Noah fast alles schlecht.«

»Da habt ihr beide ja immer ein Gesprächsthema.«

Anton findet das anscheinend nicht lustig. Er sammelt weiter Kieselsteine.

»Und es stört dich nicht, dass die gegen euch beide als Paar sind?«, frage ich.

Anton schweigt. Wahrscheinlich hat er sich darüber bisher zu wenig Gedanken gemacht. Oder wollte es nicht wahrhaben, hat es verdrängt, hat vielleicht gehofft, die Alternative könnte sich da noch ändern. Bis dieser Typ im Kapuzenpulli aufgetaucht ist.

Anton lässt die Kieselsteine wie den Sand in einer Sanduhr aus seiner Hand tropfen. Und dann erzählt er: von ihrer Beziehung, von der kaum jemand weiß. Von der Zeit in der Kaserne. Und schließlich von Stahlke, dem Mann mit dem Kapuzenpulli, seinem Offizier. Er schaut mich dabei kein einziges Mal an.

Er richtet die Kieselsteine zu einer Linie aus. Stapelt eine weitere Schicht Steine obendrauf. Es sieht aus wie eine Mauer. Als sie hoch genug ist, lässt Anton sich nach hinten fallen und schließt die Augen.

Ich forme aus den Kieselsteinen eine Welle. Das Meer. Obwohl das für mich auch wie eine Mauer war. Schlimmer sogar. Im Meer kann man ertrinken. Eine Mauer hält einen nur auf. Man muss über sie klettern oder ein Loch suchen. Das Meer bietet bloß zwei Möglichkeiten: Leben oder Tod.

Ich lege mich neben Anton und schaue in den Himmel. Dunkelgraue Wolken schieben sich langsam über uns hinweg. Regenwolken. Bei uns zu Hause regnet es selbst in der Regenzeit zu wenig. Dann folgt wieder monatelang absolute Dürre. So etwas kennt Anton gar nicht.

»Und was denkt Noah über uns Flüchtlinge?«

Anton antwortet sofort. »Der würde euch allesamt einbürgern.«

»Noah ist mir sympathisch. Immerhin hast du bei der Partnerwahl einen guten Geschmack.«

»Fana, es geht einfach nicht. Wir haben nicht für alle Menschen auf der Welt Platz. Und ganz Afrika –«

»Ich bin nicht ganz Afrika. Hör auf mit den Verallgemeinerungen!«

»Gut, wenn wir also Menschen wie dich in Massen reinlassen, dann sind wir Deutschstämmigen –«

»Deutschstämmig? Benutzt deine Alternative echt dieses Wort?«

»Was ist daran falsch? Klar!«

»Wo fängt denn dein Stammbaum an? Bei deiner Mutter, bei deinen Großeltern oder Urgroßelt–«

»Jetzt komm bloß nicht mit so einem Satz wie: Wir stammen alle aus Afrika.«

Ich vermisse Karla. Sie ist wegen solcher Menschen wie Anton nach Äthiopien gegangen. Der macht sich die Welt zu leicht. »Eine deutsche Freundin von mir hat mal gesagt, dass sich die Deutschen die Augen zumauern. So fühlen sie sich sicher. Doch draußen herrscht weiterhin das Chaos. Es gibt Kriege, Massenmorde, Vergewaltigungen und Vertreibungen, Hunger, Seuchen, verschmutztes Wasser …«

»Ja, und?«, fragt Anton.

»Mit eurer Nationalen Alternative wird doch keins dieser Probleme gelöst!«

Anton schaut mich nicht an. »Eure Probleme nicht. Unsere schon.«

Er muss merken, wie wütend ich werde. Trotzdem macht er weiter. »Es ist eine *nationale* Alternative. Keine *globale.*«

»Du redest wie ein Diktator. Du kannst doch nicht darüber bestimmen, wer überleben darf und wer nicht. Dein Deutschland ist aus lauter Angst vor Terroristen selbst zum Terrorstaat geworden!«

Anton richtet sich auf. »Mal ehrlich, Fana, stell dir vor, du kommst als Deutsche auf die Welt. Du hast eine Krankenversicherung, einen Kühlschrank, eine Wohnung, vielleicht sogar ein Auto. Bist du dann so wie Noah oder so wie ich? Ist doch klar, dass viele von uns nicht alles aufgeben wollen für euch. Oder?«

Wäre ich Anton oder Noah? Keine Ahnung. Ich kann es ehrlich nicht sagen. Aber es ist auch die falsche Frage. Ich schaue auf die Kieselsteine.

»Das spielt keine Rolle. Du bist doch nur Deutscher, weil du einfach Glück hattest. Du hast nichts dafür getan. Du hättest genauso in Äthiopien auf die Welt kommen können. Wärst du dann nicht auch so wie ich? Würdest du bleiben? Oder würdest du abhauen, in ein Land, in dem du eine echte Chance hast?«

Anton antwortet mir so wenig, wie ich ihm auf seine Frage geantwortet habe. Wir können uns nicht ineinander hineinversetzen, vielleicht wollen wir es auch nicht.

Wir schweigen uns lange an.

Als ich aufstehen will, hält Anton mich am Arm fest. »Willst du wissen, was mein Auftrag ist?«

15
ANTON

Fana ist sprachlos. Zum ersten Mal, seitdem wir uns kennen, fällt ihr nichts ein. So krass ist das, was ich ihr erzähle.

Ich spüre ein paar Regentropfen auf dem Gesicht. Die Wolken ziehen schnell vorbei, kurz sehe ich ein Stück Blau am Himmel.

Fana richtet sich auf und findet dann doch noch Worte. »Und was tust du jetzt?«

»Vor ein paar Wochen war ich noch der richtige Mann für diesen Auftrag. Für mich waren Flüchtlinge Invasoren, Sozialschmarotzer, Volksfeinde.«

»Und jetzt?«

Jetzt kenne ich Menschen wie Fana, wie Ali, wie Aischa und wie Salva. Ich kenne das Lager, den Kühllaster, ich weiß, was die Flüchtlinge auf sich nehmen. Und ahne, wie schlimm es bei ihnen zu Hause sein muss, wenn man sich auf so etwas einlässt. Jetzt sind Flüchtlinge kein Punkt im Parteiprogramm mehr. Mit einem Mal sind sie verdammt real. Und ich werde keinesfalls so viele Menschen einfach sterben lassen!

»Und jetzt?«, fragt Fana noch einmal.

»Jetzt brauche ich schon wieder deine Hilfe.«

Fana und ich klettern vom Dach runter – wir haben einen Plan!

Doch als ich von der Mülltonne springe und mich umdrehe, blicke ich in den Lauf einer Pistole.

Einer der Securityleute hat sich vor mir aufgebaut. »Hände hoch, du Scheißverräter! Und du auch, du Schlampe!«

Ich schaue mich um, doch da sind nur die Tonnen für Müll, für Glas und Papier. Kein Mensch weit und breit in Sicht.

Der Typ dirigiert Fana und mich mit der Waffe zu einer nahe gelegenen Eisentür. *Heizungsraum* steht da. Der Mann holt einen Schlüssel aus der Tasche und öffnet die Tür. Er zeigt mit dem Kopf hinein.

Scheiße! Was soll das? Ich schaue zu Fana, die völlig verängstigt aussieht.

Die Tür knallt hinter uns zu, und wir stehen vor einer Treppe, die in einen dunklen Keller führt.

Der Wachmann deutet mit der Waffe zu den Stufen.

Kurz überlege ich, sie ihm aus der Hand zu schlagen. Doch er ist zu weit weg.

»Denk nicht mal dran!«

Was soll das Ganze? Was will er von uns? »Hat Stahlke Sie geschickt?«

»*Offizier* Stahlke. Nein. Der hat aufs falsche Pferd gesetzt. Ich habe einfach nur gute Ohren. Und jetzt runter da!«

Am Fuße der Treppe schließt sich ein schmaler Flur mit mehreren Abzweigungen an.

»Links!«

Ich gehe langsam. Vielleicht kommt er näher. Nur einen Meter! Dann würde ich es riskieren.

Doch er hält ausreichend Abstand.

Also hat die Neue Nationale Alternative sich abgesichert und mich beobachten lassen. Die wollten auf Nummer sicher gehen.

»Stopp!« Er zeigt mit der Pistole zu einer Tür.

Lagerraum lese ich.

»Rein da!«

Ich drücke die Klinke nach unten. Stockdunkel ist es da drinnen.

Bevor ich mich umdrehen und weitere Fragen stellen kann, gibt der Mann mir einen Tritt, und ich stürze in die Finsternis. Fana fällt neben mich. Dann knallt die Tür hinter uns zu.

Ich springe sofort auf, doch der Typ hat schon abgeschlossen. Ich hämmere und trete gegen die Tür. Immer wieder. Nichts tut sich.

»Das kannst du vergessen«, sagt Fana leise.

Wir tasten uns zueinander.

»Und jetzt?«, frage ich.

»Jetzt warten wir, bis über uns die Bombe explodiert.«

»Fana!«

»Keine Ahnung, Anton. Mit was wird in Deutschland geheizt? Mit Öl, Gas? Wenn die Bombe explodiert, haben wir hier unten keine Chance.«

»NEIN!«, brülle ich und haue wieder auf die Tür ein. Minutenlang. Die vibriert nicht mal. Ich suche nach einem scharfen Gegenstand, einem Hammer oder irgendwas, das helfen könnte. Ich suche blind den Boden ab, aber da ist nichts, gar nichts.

Ich lehne mich gegen die Tür und brülle, bis ich heiser bin. Dann übernimmt Fana den Job. Doch wer soll uns hier unten schon hören?

Erschöpft und verschwitzt lehne ich mich neben Fana an die Wand. Unsere Hände finden sich.

»Hast du eigentlich jemanden?«, frage ich.

»Ja.«

»Geht's noch ausführlicher?«

Geht es. Und Fana erzählt stockend.

Wir hatten beide echt noch einiges vor in unserem Leben. Und jetzt endet alles in diesem Kellerloch.

Ein Schlüssel dreht sich im Schloss. Die Tür springt auf, Licht blendet uns. Vor uns ein Mann.

Ich springe hoch und stürze mich auf ihn, wir fallen beide um. Ich will schon ausholen zum Faustschlag, da erkenne ich den Mann.

Ich blicke in die dunkelbraunen Augen des Albaners. Er ist zu Tode erschrocken. Nie im Leben hat der mit uns in diesem Lagerraum gerechnet. Neben ihm liegt sein Werkzeugkoffer, Hammer und Nägel verteilt auf dem Boden.

Als er mich erkennt, flucht er, sicher auf Albanisch.

Ich stehe auf, reiche ihm meine Hand. Hätte ich ihn damals im Wald auf seiner Flucht erschossen, wäre ich jetzt auch tot. Er hat Fana und mir das Leben gerettet. Und vermutlich nicht nur uns.

Uns bleibt noch eine Stunde. Hauptsache, wir laufen dem Wachmann nicht über den Weg.

Vor Alis Fahrradladen stehen die Leute Schlange. Was ist da los?

Ich entdecke Ali hinter seiner Werkbank. Doch darauf steht kein Fahrrad mehr, sondern eine Herdplatte. Und Ali schöpft mit einem Sieb hellbraune Bällchen aus einem Topf, in dem ein Kind baden könnte, so groß ist er. Heißes Öl tropft auf den Tisch. Er legt die dampfenden Kugeln auf ein Stück Küchenrolle.

Ali Baba ist also zum Falafel-Laden geworden.

Die Idee ist prima. Auch wegen unseres Plans. Je mehr Leute hier draußen sind, desto weniger befinden sich in der Halle. Mindestens fünfzig Leute stehen hier. Nicht alle in der Schlange, die meisten schauen einfach nur zu, quatschen, rauchen, unterhalten sich. Viel passiert ja sonst nicht im Lager.

Fana kommt auf mich zugerannt und drückt mir ein Feuerzeug sowie eine Packung Zigaretten in die Hand.

Ich sehe Noah vor mir, als Grundschüler. Wie wir den Feueralarm ausgelöst haben. Das war Schwachsinn, weil die Matheklausur einfach einen Tag später stattfand. Hoffentlich geht unser Plan diesmal wenigstens auf.

Fana holt aus ihrer Jacke noch eine Spraydose. Sie hat an alles gedacht.

»Wo hast du die denn aufgetrieben?«

»Aus Alis Werkstatt.« Sie lächelt mir zu, umarmt mich und rennt Richtung Halle.

Ich suche mir eine Stelle an der Wand. Sie ist von der Straße und der Einfahrt aus gut sichtbar. Trotzdem strahlen die Scheinwerfer nicht direkt hierhin. Keiner der Wachleute kann mich auf den ersten Blick entdecken.

Ich schüttle die Spraydose. Es klickert.

Ich fange mit einem großen *W* an. Schwarze Farbe. Wieso nicht. Ich spraye den Satz menschengroß an die Wand.

Nun setzt der Feueralarm ein. Fana hat also losgelegt. Ich muss mich beeilen, bevor die Leute aus dem Gebäude stürmen.

Zwei der Securityleute rennen zum Eingang der Halle. Einer schreit aufgeregt: »Alle raus! Sofort. Raus!«

Mann, können die nicht mal das auf Englisch schreien?

Die Erde bebt.

Ein Lichtblitz.

Ein donnernder Knall.

Und dann fliege ich durch die Luft.

Mein Gesicht schrammt über Gras und Steine, ich überschlage mich und lande auf dem Rücken. Als ich an meine Wange fasse, klebt an meinen Fingern Blut.

Es riecht verbrannt, und es pfeift in meinen Ohren. Nur dieses Pfeifen, mehr höre ich nicht. Es tut höllisch weh und treibt mir Tränen in die Augen. Hitze schlägt mir entgegen.

Fana, was ist mit Fana? Wieso ist diese Scheißbombe jetzt schon hochgegangen?

Überall Rauch und Feuer.

Ich muss Fana suchen!

Dutzende rennen mir schreiend entgegen, viele davon sind verletzt. Fana sehe ich nirgends. Ich suche den Eingang zur Halle, finde ihn nicht – er ist nicht mehr da. Die Fassade ist weggesprengt, zerfetzte Möbelstücke liegen auf Glassplittern.

Dann entdecke ich Ali. Drinnen, im Gebäude. Oder was davon eben übrig ist. Er kniet vor einem leblosen Körper. Fana?

Ali hebt seine Arme, senkt den Körper, bis der Kopf den Boden berührt. Ich kapiere sofort, was er da tut. Zum ersten Mal sehe ich Ali beten.

Aus dem zerstörten Gebäude kommen immer mehr Menschen. Schließlich gelingt es mir, mich bis zu Ali durchzukämpfen.

Doch vor ihm liegt nicht Fana, sondern der Albaner.

In der Halle ist alles verqualmt, keiner ist richtig zu erkennen. Ich huste, halte mir mein zerrissenes Hemd vors Gesicht. Die Hitze brennt auf der Haut. Vor mir eine glühende Feuerwand. Da komme ich nicht durch. Ich renne wieder zurück, und da steht sie.

Mitten im rauchenden Geröll. Sie blutet am Bein, stützt einen Wachmann ab.

Fana schreit irgendwas. Ich sehe jedoch nur, wie sie ihre Lippen bewegt. Das Einzige, was ich höre, ist das Pfeifen in meinem Ohr. Sie scheucht mich weg. Ich soll abhauen. Jetzt.

Natürlich. Das war der Plan. Sofort weg. Untertauchen, bis die Medien darüber berichten, wer wirklich hinter der Tat steckt. Aber da wussten wir ja noch nicht, dass die Bombe zu früh hochgeht. Jetzt gibt es Verletzte, Tote. Und ich bin daran mit schuld.

Blaulicht flackert von draußen herein. Ich kann jetzt niemandem mehr helfen. Ich muss abhauen. Fana hat recht.

Sie zieht den verletzten Wachmann mit sich, schreit ihm irgendwas ins Gesicht, damit er mithilft und nicht aufgibt. Hinten rauscht die Betondecke runter. Staub überall.

Fana und der Wachmann stehen jetzt nahe der Wand mit meiner Parole darauf, den menschengroßen Buchstaben.

Vor mir auf dem Boden liegt ein Handy, keine Ahnung, wem es gehört.

Ich hebe es auf und mache ein einziges Foto. Ich teile das Bild mit allen 532 Freunden des Handybesitzers.

Dann werfe ich das Handy in die Flammen, schaue noch einmal zu Fana und zögere. Sie winkt mich noch immer weg.

Und dann renne ich. Keiner beachtet mich in dem Chaos.

Doch plötzlich prescht eine Gestalt hinter dem Pförtnerhäuschen hervor. Es ist der Wachmann, also der, der uns eingesperrt hat. »Bleib stehen!«, brüllt er und stürzt sich auf mich.

Doch dieses Mal bin ich schneller, voller Wut stoße ich ihm mein Knie zwischen die Beine, und er geht schreiend zu Boden.

Ich rapple mich auf und renne los. Renne weiter, immer weiter.

Eine gefühlte Ewigkeit laufe ich durch den Wald, keine Ahnung, wohin. Der Waldweg führt geradlinig zwischen den Bäumen durch. Mein Kopf dröhnt noch immer. Egal. Es kommt jetzt auf die Füße an.

Ich denke an nichts, ich will nur weg, weit weg von dem Lager.

Irgendwann sagt mein Körper dann doch, es geht nicht mehr. Ich lasse mich ins Unterholz fallen. Mein Herz rast. Ich schnappe nach Luft und denke an die menschengroßen Buchstaben.

16
NOAH

Ich spüre meinen Herzschlag bis zum Hals. Anton hat recht: Ich muss unbedingt mehr Sport machen. Zumindest einmal die Woche zusätzlich joggen gehen. Ich komme viel zu schnell aus der Puste. Doch immerhin habe ich das Stück durch den Wald zu Fuß geschafft. Ich bin über umgefallene Baumstämme geklettert und habe zugewucherte Sträucher zur Seite gerissen. An meinen Schuhen klebt jetzt ein halbes Kilo Erde.

Der uralte Roller von Lukas liegt gute drei Kilometer entfernt am Waldrand. Die Schrottkiste ist viel zu laut, da hätten mich die an der Pforte sofort gehört.

Ich stehe auf der Rückseite des grauen, vierstöckigen Gebäudes. Was vorne am Eingang steht, weiß ich, es gab Zeiten, da war ich mindestens einmal die Woche hier: *Residenz Sonnenblick.* Darunter in kleinerer Schrift und verschnörkelt: *In Würde altern.* Na ja, schön wär's. Ich kenne die Realität dort drinnen sehr gut.

Gebückt warte ich hinter einem Brombeerstrauch. Doch hier, in dem kleinen Park hinter dem Gebäude, tut sich nichts. Eine alte Frau sitzt in einem Rollstuhl am Goldfischteich und wirft Brotstücke ins Wasser. Die wird schon keinen Alarm schlagen.

Ich entdecke eine offene Terrassentür, auch wenn es das falsche Zimmer ist. Hinter den großen Fenstern der anderen Zimmer ist nichts zu sehen. Jetzt oder nie!

Ich renne am Teich entlang zur Tür, bin nur noch zwei Schritte von meinem Ziel entfernt – da höre ich die Frau im Rollstuhl rufen.

»Er schläft!«

Ich halte inne und drehe mich zu ihr. Ihr Rollstuhl brummt gemächlich auf mich zu und an mir vorbei durch die Terrassentür.

»Kommen Sie rein, Noah!«

Ich folge ihr in das Zimmer. Der Fernseher läuft in voller Lautstärke. Ein Tiger auf Jagd, jede Bewegung wird von einem Experten kommentiert. Dann schnappt das Raubtier zu, und die Knochen seines vierbeinigen Opfers knirschen.

Ich versuche mich an den Namen der alten Frau zu erinnern. Komme aber nicht drauf. »Woher wissen Sie, dass ich Noah heiße?«

»Weil im Zimmer Ihres Großvaters überall Bilder von Ihnen hängen.« Sie stellt sich einen Obstkorb auf den Schoß, rollt zu dem Tisch neben mir und positioniert ihn darauf. »Und weil er ständig von Ihnen erzählt.«

Ich muss los. Ich habe nicht viel Zeit, jede Sekunde kann jemand hereinkommen. »Ich will nicht unhöflich sein, aber –«

»Er liebt Sie über alles. Deswegen macht er sich so große Sorgen.«

»Ich weiß.«

Sie zerteilt einen Apfel und reicht mir ein Stück. »Sie sind doch noch Soldat, nicht wahr?«

Klar, dass sie das von ihm weiß. Für ihn gibt es nur zwei Themen, meine Armeezeit und seine Kindheit, die auch von Soldatengeschichten geprägt war. Er kam 1935 auf die Welt und hat erlebt, wie alle Männer in den Krieg zogen. Auch sein Vater. Doch der kam nie zurück. Seither hasst er Kriege wie kein anderer.

»Ja, ich bin Soldat. Also, ich war es.«

Die alte Frau schaut auf meine schmutzigen Schuhe. »Sie haben was ausgeheckt, stimmt's?«

Ich streife die Schuhe ab, das ist mir jetzt peinlich. Ich nehme sie in die Hand. »Ich muss jetzt wirklich los. Tut mir leid.«

»Keiner hat mehr Zeit für uns Alten. Die Pfleger sehe ich auch kaum noch.«

»Sind wieder welche gegangen?« Ich bereue die Frage sofort. So bringe ich das Gespräch nie zu einem Ende.

»Gegangen? Abgehauen sind die! Und ich verstehe das sogar. So etwas darf eine Regierung nicht machen. Man muss solche Arbeit wertschätzen. Doch die hat man allesamt rausgeekelt.«

»Ich –«

»Doch, doch, geekelt! So richtig gemein war das. Erst das Kopftuchverbot. Dabei habe ich früher, als junge Frau, auch Kopftücher getragen. Und in der Generation meiner Mutter, da taten das ganz viele Frauen in Deutschland. Also auf dem Land … Und heute machen die so ein Theater deswegen.«

»Ich weiß, aber jetzt –«

»Die Pflegerinnen, die waren doch so fleißig, so herzlich. Erst sind die muslimischen Frauen gegangen, und dann haben sich auch die anderen bald nicht mehr wohlgefühlt.«

Ich gehe langsam zur Tür.

»Es wird ja nur noch gehetzt gegen alle, die keine *echten* Deutschen sind. Was ist das überhaupt? Ein *echter* Deutscher? Mein Vater ist gebürtig aus Polen.«

Ich drücke die Klinke nach unten. Ich könnte stundenlang mit ihr über die Alternative reden. Auch darüber, wie sie alles Soziale kaputtgespart hat.

»Schon gut«, sagt sie plötzlich. »Sie müssen los, so sind die jungen Leute, immer auf Zack.«

Der Flur ist menschenleer, irgendwo piept ein Gerät, aus den Räumen dringt das Stimmengewirr von Talkshows, Kochsendungen und Naturdokus in Endlosschleife. Ich schlüpfe rasch in meine Schuhe und schleiche den Gang entlang. Da vorn links abbiegen, und dann müsste ich schon beim richtigen Zimmer sein.

Als ich vorsichtig um die Ecke schaue, steht genau vor mir eine Frau in weißem Kittel und mit einem Tablett voller Plastikbecher in den Händen.

Wir erschrecken beide. Ihr kippt das Tablett aus der Hand, und wir versuchen es gemeinsam aufzufangen. Klappt natürlich nicht. Die Becher klappern und rollen den Boden entlang. Na super, da hätte ich auch mit einer Trompete durch den Eingang marschieren können.

»Mein Gott! Sie haben mich vielleicht erschreckt. Sind Sie der neue Praktikant?«

Ich schaue sie für einen Moment verwundert an. »Ja, genau.«

»Na denn, willkommen. Wir dachten, sie kommen erst in einer Stunde. Umso besser!« Sie deutet den Flur entlang. »Der Umkleideraum ist rechts vom Eingang.«

»Gut, dann …«

»Ich dachte, Sie sind ein Schwarzer.«

»Wie bitte?«

»Es kommen eigentlich nur noch Schwarze zu uns. Sonst will keiner mehr freiwillig den Job machen.«

»Schwarze?«

»Ja, Afrikaner. Die lassen sich nicht einschüchtern von der ausländerfeindlichen Stimmung. Die haben ja nur die eine Wahl: verhungern oder hier arbeiten.«

»Verstehe.« Ich laufe los, nicht dass der echte Praktikant doch noch früher auftaucht.

Endlich stehe ich vor dem Zimmer meines Großvaters. Dort hängt ein neuer Spruch, ich erkenne seine Handschrift: *Es ist über so viele schlimme Dinge Gras gewachsen. Man kann keiner grünen Wiese mehr trauen.* Jedes Mal, wenn ich hier bin, steht etwas anderes da.

Ich klopfe an und öffne die Tür.

Im Fernseher flimmern Bilder aus dem Irak oder Afghanistan oder Syrien. Ich erkenne nur zerbombte Geisterstädte, Männer ohne Schutzwesten, aber mit Kalaschnikows. Der Nachrichtenkanal läuft bei meinem Großvater immer, Tag und Nacht. Kein Wunder, dass er sein Kriegstrauma nicht loswird.

Seine Augen funkeln. »Was verschafft mir die Ehre?«

»Du glaubst nicht, was da draußen los ist.«

»Ich sehe es jeden Tag«, sagt er, kratzt sich an den grauen Bartstoppeln und zeigt auf den Fernseher. »Und, musst du jetzt auch los? Ruft die Nationale Alternative schon zum totalen Krieg auf?«

»Opa!« Es ist echt erstaunlich mit ihm. Es dauert keine drei Sekunden, und schon wieder sind wir in seiner Welt angekommen.

Ich gehe zum Nachttisch und hole zwei Gläser aus der Schublade. Zu unserem Ritual gehört nicht nur die hohe Politik, sondern auch ein Kräuterschnaps. Ich packe die Flasche aus dem Rucksack aus. Ein Dreiviertelliter, nicht wie sonst zwei Mini-Fläschchen.

Mein Großvater reißt die Augen gespielt weit auf, er grinst. »Willst du mich umbringen? Die schaffen wir doch nie.« Dann schaut er mich an und sieht augenblicklich ganz traurig aus. »Du kommst so schnell nicht wieder.«

Ich erwidere nichts, sondern setze mich zu ihm und streichle ihm über die Altersflecken auf seiner riesigen Hand. Es ist vielleicht das letzte Mal.

Er schaut an mir vorbei zum Fernseher, irgendetwas passiert da. »Schalte mal bitte lauter.«

Unter der Nachrichtensprecherin steht *EILMELDUNG*. Sie selbst sagt: »… Einsatzkräfte vor Ort. Dutzende Flüchtlinge liegen noch unter den Trümmern begraben. Die Täter hinterließen eine Botschaft an der Mauer. Das folgende Foto wurde unmittelbar nach dem Anschlag in den sozialen Netzwerken verbreitet.«

Mein Großvater schüttelt empört den Kopf.

Mir dreht sich der Magen um. Hat Anton das überlebt? Steckt er womöglich hinter dem Anschlag?

17
FANA

Wir hassen euch raus! Die Idee mit der Parole kam von Anton. Eigentlich sollte darunter noch *Neue Nationale Alternative* stehen. Das hat er nicht mehr geschafft.

Vielleicht ist das auch besser so. Es hätte doch keiner geglaubt. Und wer weiß, wer wirklich hinter den Anschlägen steckt? Radikale Politiker sind nicht dumm – passiert etwas, waschen sie ihre Hände in Unschuld. Und Bomben legen immer die anderen. So viel habe ich seit meiner Ankunft in Deutschland verstanden. Dank Anton. Und er hat es dann selbst auch noch kapiert.

Ich betrachte mich im Spiegel. Seit fünf Minuten pinselt eine Visagistin mein Gesicht ab. Sie tut ihr Bestes. Und sie merkt, wie ich zittere.

»Sie müssen nicht aufgeregt sein.«

Ich drücke meinen Rücken gegen den Sitz, lasse langsam den Kopf kreisen. »Es ist die beliebteste Talkshow im Land. Sie wird live ausgestrahlt. Und ich war noch nie im Fernsehen.«

Die Frau lacht. Sie streicht sich eine graue Strähne aus dem Gesicht. Wahrscheinlich macht sie diesen Beruf schon seit Jahrzehnten. Sie hat Tausende vor dem Schminkspiegel zittern sehen.

Sie legt den Pinsel zur Seite und betrachtet mein Gesicht im Spiegel. »Die Moderatorin steht hinter Ihnen.«

»Und wieso?«

»Weil sie die andere Seite verabscheut.«

Die andere Seite. Genau darum geht es in Deutschland. Entweder man ist für die Nationale Alternative oder gegen sie.

Die Partei spricht immer vom deutschen Volk, vom Staatsvolk. Also von *dem einen Volk*. So als wären alle gleich und vereint. Dabei haben die Typen von der Alternative das Land erst so richtig gespalten. Da ist nichts mehr vereint.

Die Visagistin dreht die Puderdose zu. »Die Alternative bezeichnet alle Journalisten, die kritisch berichten, als Lügenpresse.«

Ich selbst werde heute allerdings nicht als Kritikerin der Alternative auftreten. Ich habe etwas anderes vor.

Die letzten Tage habe ich bei Eva gewohnt, der freiwilligen Helferin. Eigentlich sollten alle Flüchtlinge in die Notunterkunft, in die Zelte neben dem abgebrannten Lager. Doch Eva hat mich da schnell rausgeholt.

Durch das Foto bin ich über Nacht zur Heldin geworden. Der Anschlag war der Aufmacher in allen Zeitungen. Antons Bild wurde innerhalb von einem Tag millionenfach im Netz geteilt.

Da war ich nun für alle die Schwarze, die den deutschen Wachmann gerettet hat.

Und dann unser Spruch an der Wand. In den Nachrichten hieß es: »Die Behörden schließen einen fremdenfeindlichen Hintergrund nicht aus.« Was sollte denn *Wir hassen euch raus!* sonst auch bedeuten?

Anton und ich haben damit die Fährte gelegt, die zu den wahren Tätern führt.

Und auf die Berichterstattung folgten dann die Proteste. Auf einer Massendemo in Berlin trugen die Menschen Transparente: *Gegen die Raushasser!*

Evas Mann bekocht uns Abend für Abend. Meine Zeit verbringe ich meistens im Wohnzimmer zwischen vollen Bücherregalen. Mir kann nicht langweilig werden.

Doch das Allerbeste bei Eva zu Hause ist etwas ganz anderes: Ich habe ein eigenes Zimmer. Mit richtig viel Platz und einem bequemen Bett. Und am liebsten würde ich einfach nur schlafen. Doch mein Schlaf ist unruhig, ich träume immer wieder von der Explosion. Ich bin total erschöpft.

Und nicht nur meine Nächte sind unruhig, auch wenn Eva mir die Fernsehteams und Fotografen vom Leib hält. Wenn jemand Offizielles mit mir sprechen will, fragt sie akribisch nach Genehmigungen und allen möglichen Papieren. Denn dass ich bei Eva lebe, hat sich schnell herumgesprochen. Kaum war ich bei ihr eingezogen, brachte der Postbote auch schon den ersten Drohbrief.

Eva rief daraufhin einen Radiosender an und erzählte davon. Fünf Stunden später parkte ein Polizeiwagen vor der Tür. Zum ersten Mal seit meiner Einreise war ich froh, Polizisten zu sehen.

Die Hetze in den Briefen ist allerdings harmlos im Vergleich dazu, was in den sozialen Medien gepostet wird. Sachen wie: *Ich schenke dir ein zerlöchertes Schlauchboot für die Rückreise!*

Bei einem Abendessen erzählte ich Eva davon. Wir saßen gemeinsam in der Küche, aßen Lasagne, ich probierte vom französischen Rotwein.

»Ja, immer mehr Menschen fragen sich seit dem Vorfall, ob die Nationale Alternative wirklich eine gute Alternative ist. Und das beunruhigt eben die Rechten«, sagte Eva.

Ich nippte am Glas. »Aber die Partei wurde doch mehrheitlich gewählt.«

Eva füllte meinen Teller mit einer zweiten Portion dampfender Lasagne auf. »Viele Deutsche wollten bei den letzten Wahlen zwar Grenzen und Soldaten, also den starken Staat. Und sie wollten so wenige Flüchtlinge wie möglich aufnehmen … Doch sie wollen nicht zu Mördern werden. Und sie wollen niemanden auf diese Art raushassen.«

Ich zog den Teller auf die Seite, die einzige Chance, damit Eva aufhörte, ihn vollzuschaufeln.

»Licht- und Tonprobe in drei Minuten«, ruft jemand durch die Tür.

Gleich bin ich auf Sendung. Und Eva wird mich im Fernsehen sehen.

»Wollen Sie ein Glas Wasser?«

Ich schüttle den Kopf.

Ein Mann kommt herein und verkabelt mich mit einem Mikrofon. Er macht es an meiner Bluse fest. Eine schwarze Bluse mit kurzen Ärmeln, dazu eine schwarze Jeans. Eva hat alles für mich ausgesucht.

Eine Frau, vermutlich Mitte dreißig, stellt sich neben den Schminkspiegel. »Ich bin die Redakteurin der Sendung.«

Wieso lächeln mich hier alle permanent an?

»Wir haben telefoniert. Schön, dass Sie gekommen sind. Hatten Sie eine gute Fahrt nach Berlin? Wir freuen uns sehr auf die Sendung mit Ihnen.«

Ich überlege noch, was ich antworten soll, da eilt sie schon weiter. Wahrscheinlich sagt sie diese Sätze zu allen Gästen. Bestimmt auch zu den Typen von der Nationalen Alternative, die gleich neben mir im Studio sitzen werden.

Das Studio kenne ich aus dem Fernsehen. Ich habe die Talkshow schon ein paarmal in Addis Abeba gesehen, in einem der Cafés, wenn das Internet mal ausnahmsweise schnell genug war. Den Tipp hatte mir der Berliner gegeben.

Wir saßen im Genève, jeder mit einem Knopf im Ohr. Nach den TV-Debatten über die Gehälter von Managern, den Ölpreis oder was auch immer diskutierten wir beide weiter.

Ich mag die Moderatorin. Sie ist in ihren Sendungen so mutig, sie lässt sich nicht unterkriegen.

»Hallo!«

Ich erkenne die Stimme, drehe mich um, und da steht sie vor mir.

Zwei Männer treten zu uns. Anzugträger. Helle Hemden, dunkle Jacketts. Ein staatstragendes Grinsen. Die Nationale Alternative.

Wir reichen uns die Hand. Ein fester Griff. Die von der Alternative lächeln wie alle hier. Aber vielleicht ist das vor jeder Talkshow so. Und wenn die Kamera läuft, spielt jeder wieder seine Rolle.

Als der Einspieler läuft, sitzen wir aufrecht im Halbkreis. Dann wummern die Bässe, und die dramatische Melodie der Talkshow erklingt – Schlachtgesänge. Das Studio ist die Arena, und Millionen Deutsche sehen uns gleich schwitzen und streiten.

Die Kameras filmen uns in Nahaufnahmen. Die Moderatorin stellt uns vor. Die Politiker haben Vor- und Nachnamen und eine wichtige Funktion in der Regierung. Ich bin nur »Fana, ein Flüchtling aus Eritrea«. Das hatten wir vorab so besprochen. Ich brauche nicht noch mehr Drohbriefe.

Eine Großaufnahme im Studio zeigt das Bild von mir, das um die Welt ging. Ich habe es in den letzten Tagen tausendmal gesehen und immer wieder etwas Neues entdeckt. So vergrößert, hier im Studio, da meine ich, Ali zu erkennen, ganz schwach, seine Umrisse hinter Rauchschwaden. Sekunden bevor ihn die Decke unter sich begräbt. Oder ist es nur sein Schatten? Oder jemand, den ich gar nicht kenne?

Für Ali kam jede Hilfe zu spät. Obwohl die Feuerwehrleute ihn schnell aus den Trümmern befreiten. Seine Überreste sollen nach Syrien überführt werden. Das hat Eva zumindest gesagt.

Ali kommt im Sarg nach Hause – was für ein Schock muss das für seine Familie sein. Die haben sicher alle ihre Ersparnisse für seine Flucht nach Deutschland ausgegeben. Und zurück kommt die Rechnung eines international tätigen Bestatters.

»Fana.« Die Moderatorin schaut mich an.

Hat sie mich etwas gefragt?

»Sie haben den Wachmann und mehrere Flüchtlinge gerettet. Für viele sind Sie eine Heldin. Wie gehen Sie damit um?«

Die Herren von der Nationalen Alternative rutschen auf ihren Stühlen hin und her. Sie hören nicht gern zu. Sie wollen reden, etwas loswerden. Doch jetzt bin ich dran. Aber auf die Frage antworten werde ich nicht. Es ist Zeit für Evas Idee.

»Ich muss zuerst etwas anderes sagen. Das ist mir wirklich wichtig.«

Die Moderatorin legt die Hand unters Kinn, nickt mir zu. Ich scheine sie mit meiner Ankündigung überhaupt nicht aus dem Konzept zu bringen.

»Ich habe gelogen bei der Einreise.«

Die von der Alternative starren mich an.

»Ich bin keine Eritreerin. Ich komme aus Äthiopien. Ich habe dort in einem Krankenhaus gearbeitet. Ich habe miterlebt, wie die nächste Hungersnot das Land heimsucht. Wenn Sie so wollen, bin ich vor der Armut geflüchtet. Ich wurde nicht politisch verfolgt, und Eritrea –«

»Also ein Wirtschaftsflüchtling!«, ruft mir einer von der Alternative entgegen. Ein glatt rasiertes Babyface.

»Einen Moment«, sagt die Moderatorin. »Können wir heute bitte jeden ausreden lassen?« Sie nickt mir zu.

»Ich will einfach nur Ärztin werden. Ich will meinen Eltern helfen. Überleben, darum geht es. Und auch darum, menschenwürdig zu überleben. Deswegen bin ich hierhergekommen.«

Menschenwürdig. Das Wort kam von Eva. Und es passt. Wieso soll ich in einer Hütte mit Wellblechdach leben, mit Stromausfällen, ohne Dusche? Wieso soll ich die Nächste sein, die verhungert? Nur weil ich in Äthiopien auf die Welt gekommen bin?

Die Moderatorin wendet sich einem von der Alternative zu. »Fana hat also bei der Einreise falsche Angaben gemacht.«

So kann man es natürlich auch zusammenfassen.

»Da fragen wir doch den Sprecher der Nationalen Alternative. Ist Fana für Sie nun keine Heldin mehr? Werden Sie Fana abschieben?«

Der Pressesprecher lächelt die Moderatorin an und dann mich. Er breitet beide Hände aus, die Handflächen nach oben gewandt. Er überlegt noch, blickt kurz zu dem anderen von der Alternative. Er lächelt noch etwas breiter.

Der schindet Zeit. Hat er aber nicht. Er muss jetzt improvisieren.

»Die Parteispitze hat sich heute früh bereits über diese Invasorin beraten. Der Innenminister wird unserem Entschluss folgen. Selbstverständlich werden wir diese absolute Ausnahme-Invasorin –«

»Diese Frau«, unterbricht ihn die Moderatorin, »sagen Sie doch einfach: diese Frau.«

»Ich dachte, heute darf jeder ausreden?«

Sein Kollege lacht.

»Diese absolute Ausnahme-Invasorin spricht fließend Deutsch. Sie ist eine gute Christin. Daher ist sie integrierbar. Sie wird eine Duldung erhalten.«

»Obwohl Fana falsche Angaben gemacht hat? Das konnten Sie ja heute früh noch nicht wissen.«

Die beiden von der Nationalen Alternative blicken sich nervös an. Immerhin habe ich Leben gerettet, deutsches Leben, und das zählt in ihrer Welt mehr als alles andere.

»Ja, ja. Sicher doch«, sagt der Pressesprecher. »Das wird kein Problem sein.«

Die Moderatorin lehnt sich zurück. »Und wie lange darf die Heldin des Rausgehasst-Anschlages in Deutschland leben?«

Zweifelsfrei will sie die Männer mit ihren Nachfragen quälen.

»Für … für … also …« Der Pressesprecher blickt wieder zu seinem Parteikollegen. »Also bis sie das Medizinstudium abgeschlossen hat. Dann müssen wir weitersehen.«

Medizinstudium? Die nächsten fünf Minuten schwirren an mir vorbei. Ich kann es nicht glauben: Evas Plan ist aufgegangen! Sie hatte von einer Freundin aus der Ausländerbehörde gehört, dass es Zweifel an meiner Herkunft gibt.

Viele Eritreer in Deutschland kommen in Wirklichkeit aus Äthiopien. Also lag es nahe, dass die Alternative das auch bei mir vermutete. Vielleicht haben sie Nachforschungen angestellt und wollten an diesem Abend die Katze aus dem Sack lassen. Vor laufender Kamera die Heldin zur Lügnerin degradieren.

Doch ich war schneller.

Im Studio geht es inzwischen längst nicht mehr um mich. Ich bin momentan nur Statistin.

Die Moderatorin zeigt auf ein Foto. Es zeigt die brennende Flüchtlingsunterkunft. Ich bin darauf nicht zu sehen. Gut so. Ich will nicht mehr im Mittelpunkt stehen.

Moment, das ist ja gar nicht unser Lager auf dem Foto!

Dieses Gebäude hat mehrere Etagen, davor stehen drei Feuerwehrwagen mit Drehleiter. Auf dem nächsten Foto sind eingeschlagene Fensterscheiben zu sehen. Ein Hakenkreuz an der Wand.

Die Moderatorin wendet sich dem Sprecher der Alternative zu. »Kann es nicht sein, dass Ihre Politik der nationalen Abschottung auch rechte Gewalttäter antreibt?«

Der Pressesprecher reißt entsetzt die Augen auf. Er ist ein grandioser Schauspieler. »Das ist eine unhaltbare Behauptung. Die Nationale Alternative distanziert sich von jeglicher Form der Gewalt.« Er lehnt sich zurück, ein Zeigefinger ist gestreckt, und er gestikuliert mit der Hand, als wäre sie sein Taktstock. »Es gibt keinerlei Hinweise, dass auch nur einer der Anschläge mit Wissen oder Billigung der Nationalen Alternative verübt worden ist. Im Gegenteil, das, was uns leitet, ist die Kultur des christlichen Abendlandes.«

Babyface nickt eifrig. »Wie so oft sind wir Opfer einer Medienkampagne geworden. Diese Journalisten sind für mich Feinde des deutschen Volkes!«

»Aber manche sagen, hinter dem Rausgehasst-Anschlag würde eine radikale Splittergruppe stecken, die sich selbst die Neue Nationale Alternative nennt.«

Der Pressesprecher schüttelt empört den Kopf.

Die Moderation macht weiter. »Eine Abspaltung offenbar, davon haben Sie in der Geschichte Ihrer Partei ja schon so einige gehabt …«

»Aber, aber …« Nun meldet sich wieder der andere der beiden Männer zu Wort.

Er spricht bedächtig. »Das ist bei jungen Parteien häufiger so. Das war auch bei anderen so. Es ist schwierig. Viele von uns haben nie in der Politik gearbeitet, sind nie in der Politik tätig gewesen und tun sich schwer, Kompromisse und Wege zu finden.«

Was für ein Labersack.

Die Moderatorin will etwas nachfragen, da tritt Babyface schon wieder in Aktion. Er holt ein handbreites Stück Stoff aus seinem Jackett. Und als er es auf seine Armlehne legt, da erkenne ich, was es ist: die Europaflagge.

»Lassen Sie mich die Gelegenheit nutzen und ein kleines Bekenntnis ablegen.« Er holt ein Feuerzeug heraus und zündet die Flagge an. »Ich bin aus einer tiefen Liebe zu meinem Land in die Politik gegangen. Und aus einer großen Sorge um die Zukunft dieses Landes. Deswegen haben wir diesen Europa-Wahnsinn beendet. Wir lassen uns nicht bevormunden!« Er macht eine Pause. »Die Nationale Alternative ist die Stimme des Volkes. Wir verüben keine Anschläge, wir lieben unser Land. Wir sind das Volk! Ich liebe mein Vaterland!« Er lässt die kleine Flagge auf den Boden fallen und tritt die Flamme aus. Stolz wie ein siegreicher Gladiator blickt er zu uns und wartet auf den Applaus. Doch im Studio sitzen keine Zuschauer. Nur die Moderatorin, ich, sein Kollege und die Studiotechniker.

Die Moderatorin interessiert sich nicht für die geschändete Flagge, sie blättert ihre Karteikarten durch, drückt zwei Finger ans Ohr. Offenbar meldet sich die Regie bei ihr. Sie beugt sich vor. »Lassen Sie uns doch mal über unser Land im Konkreten sprechen. Also Ihre Politik, zum Beispiel die Familienpolitik. Manche gehen da gerade mit allerschlechtestem Beispiel voran.«

Babyface schaut auf die Flaggenreste auf dem Boden.

Der Pressesprecher meldet sich zu Wort. »Also, das Privatleben unserer Politiker sollte doch wirklich, so wie das Privatleben aller Deutschen, rein private Sache sein.«

»Ist das so?«, fragt die Moderatorin. »Das Privatleben ist in Ihrem Parteiprogramm also eine rein private Sache?«

»Worauf wollen Sie hinaus, wenn ich fragen darf?«

»Sie vermitteln den Menschen doch, dass sie unbedingt Kinder haben sollen. Und wen man heiraten soll und wen besser nicht.«

»Wie bitte?«

»Zum Beispiel gleichgeschlechtliche Paare.« Die Moderatorin schaut zu Babyface. »Sie selbst sprechen da auch von kranken Ideen, wenn es bei der Partnerauswahl nicht so läuft, wie es die Partei sich vorstellt.«

Der Mann von der Alternative knetet die Hände. »Das war vielleicht auf einer Wahlkampfveranstaltung, da sind die Reden entsprechend angepfeffert.«

»Angepfeffert? Wahlkampf also. Da kann einem ja schon mal was rausrutschen … Online wird soeben berichtet, der Parteichef wolle sich von seiner Frau trennen. Drei kleine Kinder haben sie gemeinsam. Dem Parteichef wird eine Beziehung mit einer Politikerin nachgesagt. Entspricht das Ihrer Familienpolitik?«

Ein Studiomitarbeiter fegt die Reste der Asche weg. Babyface bemerkt es nicht. Und er antwortet auch nicht. Zumindest nicht in einem zusammenhängenden Satz. Die Show ist vorbei.

Nachdem die Lichter im Studio ausgegangen sind, sitze ich wieder bei der netten Frau im Schminkraum.

»Heute war sie besonders kritisch, oder?«

Sie nickt nachdenklich. »Die Redaktion der Sendung traut sich wieder mehr.« Sie wischt mir mit einem feuchten Tuch die Schminke aus dem Gesicht und cremt mich ein. »Wegen Ihnen!«

Ich schlage die Augen auf und schaue ihr Spiegelbild an.

»Die Stimmung im Land kippt, meine Liebe.«

»Aber doch nicht meinetwegen!«

»Manchmal braucht es nur eine Schneeflocke, damit der Schneeball ins Rollen kommt, der schließlich die Lawine auslöst.«

Ich stehe auf. Sie küsst mich zum Abschied auf die Wange.

Ich will in Deutschland eine gute Ärztin werden, keine Anführerin einer Revolution.

Ein Fahrer des Senders bringt mich zum Hotel. Ich hole das Foto meiner Eltern hervor. Alles Mögliche habe ich auf der Flucht verloren. Aber dieses Foto nicht. Was an ein Wunder grenzt.

Ich falte das Foto auf, streiche es glatt. Darauf lächle ich mir als kleines Mädchen entgegen. Mein Vater trägt mich, meine Mutter umarmt meinen Vater.

Ich greife nach meinem Handy, besser gesagt Evas Handy, und schreibe Samira. *Bitte sprich jetzt mit ihnen.*

Jetzt, nachdem die Talkshow vorbei ist, nachdem ich offengelegt habe, woher ich komme, sollen meine Eltern endlich alles erfahren. Aber nicht von irgendjemandem.

Sicher werden jetzt bald auch äthiopische Journalisten über mich berichten. Bisher spielte der Anschlag dort keine große Rolle. Mein Foto habe ich zwar online bei CNN entdeckt, aber nicht in den äthiopischen Medien. Bisher war ich ja auch Eritreerin. Und die beiden Länder mögen sich nicht besonders. Da berichtet man nicht über die Nachbarn. Das ist jetzt anders, jetzt bin ich eine Äthiopierin.

Kaum habe ich den Satz an Samira abgeschickt, lese ich die neuen Nachrichten und Posts auf Evas Handy. 146 allein während der Talkshow.

Die wüsten Drohungen überlese ich. Evas Nummer ist längst kein Geheimnis mehr. Obwohl es mindestens schon die dritte ist seit meinem Einzug bei ihr.

Aber da ist noch eine Nachricht. Ohne Schimpfwörter und Beleidigungen. *Ich stehe hinter dir. Bitte folge diesem Link.* Als ich den Namen lese, bin ich wieder so aufgeregt wie vor der Sendung: Noah.

Wenn sich Antons Freund bei mir meldet, weiß er Bescheid. Aber woher? Hat Anton Kontakt zu ihm aufgenommen?

Ich öffne den Link und lande auf einer Videochat-Seite. Zum ersten Mal sehe ich Antons Freund. Und was er mir jetzt anvertraut, bringt mich ins Schwitzen.

18

ANTON

Meine Jeans klebt an den Beinen fest, mein T-Shirt ist durchgeschwitzt. Ich wische mir den Schweiß aus dem Gesicht. Ich muss unbedingt etwas trinken. Doch in diesem Kaff hat nichts mehr auf. Zwei Straßenlaternen werfen ein graues Licht auf die Hauptstraße.

Der Supermarkt steht leer. Im Schaufenster hängt ein Schild. Ich verstehe kein Polnisch. Selbst die Tankstelle in der Ortsmitte hat geschlossen. Ein Bus parkt quer in der Einfahrt.

An einem Eckhaus blinkt ein rotes Schild. Zwei Plastikstühle stehen auf dem Bürgersteig, ein voller Aschenbecher auf einem Tisch. Im Fenster ein Bild von einer Tüte Pommes mit Ketchup und einem Döner. Drinnen brennt noch Licht. Der Verkäufer sieht mich, winkt mich rein. Ein Syrer, ein Türke, keine Ahnung. Wie ist der denn in diesem polnischen Dorf gestrandet?

Er schabt mit einem langen Messer Fleisch vom Spieß. Ich bin um diese Uhrzeit sein einziger Kunde. Die schwarzen Haare hat er zu einem Zopf gebunden. Auf der blauen Kochschürze steht: *Orient Grill Hamburg.*

»Dschin Dobreee!«, ruft er mir entgegen.

»Dschin Do… Dobreee.« So weit reicht mein Polnisch noch. Wenn man direkt an der Grenze Wache schiebt, sollte man zumindest guten Tag sagen können. Das kann ich. Mehr aber auch nicht.

Der Verkäufer lacht und spricht auf Deutsch weiter. »Dein Polnisch klingt ja noch schlimmer als meins.«

Ich hole mir aus dem Kühlschrank zwei Wasser und zwei Ayran. Ich lege ihm einen Schein auf den Tisch. Mark wird der bestimmt nehmen, ist ja nicht weit bis zur Grenze. »Und einen Dönerteller mit allem.«

Er füllt Pommes in die Fritteuse. »Kommst du aus der Sauna, oder regnet es draußen?«

Was für ein Scherzkeks!

Am Anfang hatte ich von der Explosion tierische Ohrenschmerzen. Nach was weiß ich wie vielen Kilometern haben mir vor allem die Füße wehgetan. Ich hab Essensreste aus Mülleimern gefischt. Irgendwann stand ich endlich vor der Mauer. Wie man die überwindet, hab ich oft genug mitbekommen. In Polen hab ich nach einem Taxi gesucht, einem Bus, irgendwas. Doch da fuhr nichts mehr. Es war ja auch mitten in der Nacht. Also bin ich losgelaufen bis zu diesem Dorf.

Der Dönerverkäufer holt Fladenbrot aus der Mikrowelle und schneidet es in Scheiben.

Ich trinke die erste Wasserflasche, ohne abzusetzen, leer und öffne die zweite. Noch mehr Schweiß läuft mir über die Stirn.

»Brauchst du trockene Kleider?«

Ich schüttle den Kopf.

»Solange du in den Sachen rumläufst, weiß jeder sofort, was du bist.«

»Und was bin ich?«

»Ein Flüchtling.«

Scheiße. Für den Dönermann bin ich ein Flüchtling. Na klasse. Aber es stimmt ja, ich bin auf der Flucht. In Deutschland bin ich nicht mehr sicher. Nicht, solange die Neue Nationale Alternative hinter mir her ist. Für die bin ich einer, der viel zu viel weiß. Und der ihnen genau deswegen gefährlich werden kann.

Der Dönerverkäufer tippt etwas in sein Handy, hält sich den Hörer ans Ohr.

Ob der die Polizei ruft?

Ich springe auf, mein Stuhl kippt um, ich reiße die Tür auf, und das Schild mit den Öffnungszeiten knallt auf den Boden.

In dem Moment höre ich, wie er Arabisch spricht oder Türkisch.

Ich drehe mich um. Der Dönertyp hat das Handy weggelegt und schaut mich irritiert an. »Das war nur meine Frau.«

Als ich den Stuhl aufhebe, hält ein Lastwagen vor dem Imbiss. Vier Arbeiter in blauen Overalls steigen aus.

Der Dönerverkäufer holt acht Bierflaschen aus dem Kühlschrank und stellt sie auf einen Tisch. Stammkunden. Dann schiebt er mir den Teller mit Fleisch, Pommes, Krautsalat, Tomaten- und Gurkenscheiben über den Tresen. Mein Geldschein liegt noch immer dort. Will er den nicht oder was?

»Wir müssen warten«, sagt er.

»Auf was?«

»Bis wir wieder allein sind.«

Keine Ahnung, was der von mir will.

Während ich esse, leeren die Arbeiter ihre Flaschen. Der Imbissbesitzer schrubbt die Theke. Fegt den Boden. Er füllt die Salate in Plastikschalen um, schabt mindestens ein Kilo Fleisch mit dem langen Messer vom Spieß. Dann schneidet er noch mehr Fladenbrot und packt es in Tüten. Wahrscheinlich für seine Familie. Ein spätes Abendessen.

Die Arbeiter trinken schnell. Sie wollen nach Hause. Kaum sind sie fort, schließt der Dönerverkäufer die Tür von innen ab. Dreht das Schild an der Türklinke um und macht das Licht aus.

»Und was ist mit mir?«

Er antwortet nicht, sondern drückt mir die Salatschalen in die Hand und klemmt mir die Brottüten unter die Arme.

Für mich? Sehe ich so ausgehungert aus?

»Jetzt komm mal mit.«

Ich folge ihm in den Flur, von dort ins Treppenhaus. Er schließt eine Tür auf, die in den Keller führt.

Mir schießt die Sache mit dem Wachmann durch den Kopf. Der

Keller im Flüchtlingslager. Aber mal ehrlich, der Dönermann sieht nicht gefährlich aus. Den könnte ich locker in den Schwitzkasten nehmen. Ich bleibe einfach nah an ihm dran.

Er geht vor mir die Treppe hinunter. Das ist gut. So hab ich ihn im Blick.

Unten lagern Tomaten und Gurken in Kisten. Die Regale sind mit Bierflaschen und Coladosen, Soßen und Gewürzen gefüllt.

Mitten im Raum bleibt der Dönermann stehen. Er stampft dreimal auf die Dielen.

Der Boden, auf dem ich stehe, bewegt sich, und ich springe zur Seite. Die Klappe habe ich in dem schummrigen Licht gar nicht gesehen. Eine Leiter führt in einen beleuchteten Raum. Ich höre Stimmen.

»Was machen die da unten?«

»Frag sie doch einfach selbst!«

Aus der Öffnung klettert ein Mann, ihm folgen eine Frau, zwei Mädchen und ein Junge.

»Ich bin Oliver«, sagt der Mann. »Und das ist meine Frau Melanie.«

»Im Alter sind die kleinsten Hügel Berge«, ruft von unten eine männliche Stimme.

Mir stockt der Atem.

Oliver lehnt sich über das Loch. »Kommen Sie doch rauf. Hier ist ein Neuer.«

Der Mann unten reagiert gar nicht, er quasselt munter weiter. »Aber alte Besen wissen, wo der meiste Dreck liegt!«

Schließlich kommt er doch nach oben.

Wir stehen uns gegenüber. Keiner sagt ein Wort. Wir sind beide total überrascht.

»Der Grünzeughändler!«

»Hallo, Herr Blomenkamp.«

»Sie kennen sich?«, fragt Oliver.

»Lange Geschichte«, antworte ich.

Blomenkamp lässt das gelten und schweigt.

Oliver kapiert, dass wir darüber nicht reden wollen. Zumindest nicht jetzt.

Der Imbissbesitzer breitet zwei große Decken aus. Dann geht er zu dem riesigen Kühlschrank in der Ecke. Er kommt mit einem Karton Ayran zurück und lässt die Schachtel herumgehen.

»Wieso bist du aus Deutschland geflohen?«, fragt Oliver.

»Das ist ebenfalls eine lange Geschichte.«

Er nickt. »Also wir sind seit einer Woche hier.«

»Wir wollen weiter«, erklärt seine Frau. »Wir warten auf unseren Schleuser.«

»Und wohin wollt ihr?«

»Nach Südamerika.«

Blomenkamp nickt mir zu. »Ich auch.«

Ich muss lachen und entschuldige mich. Aber das klingt schon etwas merkwürdig. Wie wollen die von diesem polnischen Keller aus über den Atlantik nach Südamerika kommen?

»Und Sie?«, fragt eines der Mädchen. »Wohin wollen Sie?«

Ich sage es, und als die Erwachsenen lachen, wird mir klar, dass es genauso abwegig klingt wie Südamerika.

»Wo habt ihr in Deutschland gelebt?«

»In Hamburg. Von dort kennen wir auch Mahmoud.« Melanie zeigt auf den Imbissbesitzer.

»Bei mir gab es den besten Döner in ganz Hamburg. Alles selbst gemacht. Teig, Soßen und so. Weltklasse.«

Die drei Kinder sind bald satt. Sie schlafen sofort ein.

Blomenkamp sitzt schweigend da. So kenne ich ihn gar nicht. Er schaut mich einfach nur an. Denkt er vielleicht, ich bin ein Spitzel? Oder ist er einfach nur fertig mit der Welt?

»In Hamburg konnte ich nicht bleiben. Die Nationale Alternative hetzt die Leute auf«, sagt Mahmoud. »Man soll deutsch essen gehen, bei Deutschen einkaufen.«

Ja, das kommt mir bekannt vor. Bei mir zu Hause hingen an der Bushaltestelle auch irgendwann mal Plakate mit solchen Sprüchen. Ich fand das, ehrlich gesagt, in Ordnung. Essen ist Teil unserer Kultur, und die muss vor Fremden beschützt werden.

Aber damals kannte ich auch noch keine Fana aus Äthiopien, keinen Ali aus Syrien, keine Aischa aus Mali. Ich hatte mit Ausländern nichts zu tun. Es gab ja kaum welche bei uns.

Bei unserem kleinen Dönerladen im Dorf haben daraufhin ein paar Jungs die Fensterscheiben eingeschlagen. »Dummerjungenstreich«, sagte der Bürgermeister. Da hatte die Alternative noch nicht einmal die Wahl gewonnen.

»In Hamburg hab ich mich nicht mehr sicher gefühlt«, erklärt Mahmoud. »Also hab ich mir hier vor zwei Jahren was Neues aufgebaut.«

»Aber wieso musstet ihr denn gehen?«, frage ich Melanie.

»Für uns ist es auch zu gefährlich geworden.«

»Ihr seid doch echte Deutsche!«

»Du doch auch.«

Sie küsst ihre Kinder auf die Stirn.

Bevor ich etwas sagen kann, meldet sich Mahmoud wieder zu Wort. »Bin ich das für dich nicht?«

»Und ich, bin ich nur ein alter Besen für dich?«, schließt sich Blomenkamp an.

Ich antworte nicht.

Oliver trinkt seinen Ayran aus und wirft den Becher in die große Schachtel. »Ich bin Journalist, hab viel über die Nationale Alternative geschrieben. Zu viel vermutlich.«

»Aber deswegen gleich nach Südamerika?«, frage ich.

»Ich habe anonyme Briefe erhalten, nicht ins Büro, sondern nach Hause! Da standen Sachen wie: *Dem Ketzer das Handwerk legen.*«

Seine Frau hält seine Hand fest. »Eines Morgens waren die Autoreifen aufgeschlitzt.«

Oliver steht auf und läuft auf und ab. »Es tut sich gerade etwas in

Deutschland. Die Regierung wird kippen. Ganz sicher. Aber die Typen werden Neuwahlen nicht akzeptieren. Niemals! Das wird eine Schlammschlacht und vielleicht sogar eine richtige.«

»Bürgerkrieg«, sagt Blomenkamp. »So wie letztes Jahr in den USA.«

Oliver nickt. »Ohne die Armee wäre der Präsident dort nicht mehr im Amt. So weit kann es auch in Deutschland kommen.«

Seine Frau lehnt sich vor. »Die Nationale Alternative hat doch einen Graben gezogen quer durch die Gesellschaft. Es brodelt jetzt überall. Die Reichen bekommen Steuererleichterungen. Bei den Armen wird gekürzt.«

»Und dann die Sache mit den Schulen«, wirft Oliver ein. »Ich habe für einen Artikel über hundert Schulen besucht. Das Ergebnis: Die meisten Kinder der Besserverdienenden kommen gar nicht mehr zum Unterricht. Und die engagierten Lehrer gehen gleich mit. Die geben für das fünffache Gehalt lieber Privatunterricht.«

»Und was kann die Alternative dafür?«, will ich wissen.

»Die haben doch die Schulpflicht aufgehoben. Nun klafft die Gesellschaft immer weiter auseinander. Chancengleichheit gibt es nicht mehr.«

Der könnte sich glatt mit Noah zusammentun. Der ist auch gegen alles. Mein Noah. Bloß nicht an ihn denken jetzt.

Die Diskussion hat Oliver auch müde gemacht. Er gähnt. Blomenkamp ist schon eingenickt.

Eine Frage geht mir noch durch den Kopf. »Wohin will euch der Schleuser bringen?«

»Zur ungarischen Grenze, von dort weiter zur nächsten Grenze. Bis wir einen sicheren internationalen Flughafen finden.«

»Wieso nicht die Flughäfen in Warschau oder Budapest?«

»Zu riskant, die polnischen, ungarischen und deutschen Behörden arbeiten sehr eng zusammen.«

»Und die Bürgerwehr!«, sagt Blomenkamp. Der ist wieder von den Toten erwacht.

Die polnische Bürgerwehr, natürlich. Von denen ist mir bisher zum Glück keiner über den Weg gelaufen.

»Wenn du wie ein Flüchtling aussiehst, bist du Freiwild«, ergänzt Blomenkamp.

»Die machen hier Jagd auf Deutsche?«

»Auf alle, die sich in Deutschland irgendwie auffällig verhalten haben.«

Ich klettere die Leiter runter. Geschlafen wird im Versteck. Unten angekommen, nehme ich die Kinder entgegen. Sie wachen nicht auf, schlafen in meinen Armen weiter. Ich lege sie auf die Matratzen in der Ecke. Eine Lüftung rattert, im Fernsehen laufen Nachrichten. Tonlos. An der Wand hängen Bilder, von den Kindern gemalt.

Mahmoud wünscht uns eine gute Nacht und geht.

Oliver bereitet mit einem Wasserkocher Tee zu. »Mit oder ohne Zucker?«

»Egal.«

Die Kinderbilder sind vor allem gelb und rot. Auf einem ist eine schwarze Frau zu sehen.

Oliver drückt mir eine Teetasse in die Hand. »Das haben sie im Fernsehen gesehen, auf allen Kanälen. Es geht ihnen nicht mehr aus dem Kopf.«

»Auf allen Kanälen …«, wiederhole ich langsam.

Gelb und rot, das sieht aus wie Flammen. Es *sind* Flammen. Neben der schwarzen Frau steht ein weißer Mann. Das kaputte Betondach ist auf dem gemalten Bild ein dicker grauer Strich, gezackt. Kurz vor dem Einsturz.

Davor Fana und der Wachmann.

Das Flüchtlingslager. Mein Foto.

Die Kinder haben das Foto abgemalt, das ich mit dem Handy geschossen habe.

»Alles okay?«, fragt der Vater.

Ich räuspere mich. »Und das wurde im Fernsehen gezeigt?«

Oliver hält mir noch immer die Teetasse entgegen. »Wo warst du denn die letzten Tage? Auf dem Mond?«

Ich nehme die Tasse.

Oliver deckt seine Kinder zu. Wir sitzen zusammen. Er, seine Frau, ich. Blomenkamp hat sich hingelegt.

Hier unten ist es enger als oben bei den Regalen und dem Kühlschrank. Bleib ganz ruhig, sage ich mir. Die Leute sind alle voll in Ordnung. Ich hab hier nichts zu befürchten. Und ich kann jederzeit die Leiter und die Treppen wieder hoch. Hoffe ich.

Melanie erzählt von dem Anschlag auf das Flüchtlingsheim. Oliver ergänzt immer wieder etwas.

»Was ist aus der Frau geworden?«, frage ich.

Melanie nippt am Tee. »Fana? Die ist jetzt in aller Munde und eine Heldin.«

»Eine Heldin«, wiederhole ich.

Oliver reicht mir eine Zeitung.

Da ist mein Foto von Fana. Es handelt sich um einen Artikel über eine Talkshow mit ihr. Dann fällt mein Blick auf die Überschrift eines anderen Artikels. *Endland-Leaks – Deutsche Regierungskritiker veröffentlichen Geheimmaterial.*

»Das kam alles nach der Talkshow raus«, erklärt Oliver.

Über den Anschlag wusste ich ja Bescheid. Aber von dem Hackerangriff hatte ich nicht den blassesten Schimmer. Es fühlt sich so an, als wären in den letzten Tagen Außerirdische gelandet. Alle wissen vom Erstkontakt, nur ich hab's verpennt.

Oliver sucht einen Beitrag heraus. Er tippt mit dem Finger drauf. *Die Ereignisse im Überblick.*

Von einer unbekannten Hacker-Gruppe ist da zu lesen, die Filmmaterial veröffentlicht hat. Heimliche Aufnahmen von Schüssen an der Mauer. Ein Bild zeigt Soldaten, wie sie grinsend neben gefesselten Flüchtlingen posieren. Die Stiefel auf die gekrümmten Schultern gestemmt.

Die Hacker haben auch Geheimdokumente öffentlich gemacht. *Illegale Millionenspenden aus Russland*, lese ich.

Und dann gibt es da noch ein Dokument aus dem Wirtschaftsministerium – intern, streng vertraulich. Überall rote Zahlen. In allen Ressorts!

In dem Bericht steht, dass immer mehr Investoren aus dem Ausland ihr Geld aus Deutschland abziehen. Fabriken sind kurz davor, dichtzumachen. Dutzende Länder wollen keine deutschen Güter mehr importieren.

Was war da los in den letzten Jahren? Also hinter den Kulissen. Geht es so schnell, ein Land herunterzuwirtschaften? Haben die Leute von der Nationalen Alternative das alles einfach unter den Teppich gekehrt? Und ich habe auf diesem Teppich mit draufgestanden.

Oliver reicht mir einen weiteren Artikel. Darüber eine Schwarz-Weiß-Aufnahme. »War heute in der Zeitung. Das ist ein echter Held, für mich zumindest. So wie Fana!«

Die Schlagzeile heißt schlicht: *Staatsfeind gesucht.* Zu sehen ist das Foto eines jungen Mannes in Uniform. Unter dem Foto steht: *Führendes Mitglied der Hacker-Gruppe auf der Flucht.*

Mir fehlen die Worte. Ich hab mit allem gerechnet, aber nicht damit.

Am frühen Morgen liege ich noch immer schlaflos auf dem Boden. Die Zeitungsmeldung geht mir nicht aus dem Kopf. Ich sehe permanent das Bild von Noah vor mir.

Alle anderen schlafen noch. Durch den Lüftungsschacht höre ich Sirenen. Ich schüttle Oliver wach.

Er schreckt hoch.

»Sirenen«, sage ich panisch.

Er winkt ab und lässt sich wieder in die Decken fallen. »Das ist nur die Bürgerwehr. Die Sirenen heulen fast jede Nacht. Die Kinder haben sich schnell daran gewöhnt.«

»Wer löst den Alarm aus?«

»Die Polen hier an der Grenze bekommen Meldung von den Deutschen, also von unseren Soldaten.«

Ich schaue auf den Boden.

»Nie davon gehört?«

»Doch ...«, sage ich.

»Menschenjäger sind das«, sagt Oliver und macht eine lange Pause. »Ein weiterer Grund, wieso wir wegwollen. Die Kinder sollten so etwas nicht miterleben müssen.«

»Kann ich verstehen«, sage ich.

»Wie alt bist du? Achtzehn? Das ist noch verdammt jung.«

»Jung schon«, sage ich, »aber alt genug, um ...«

»Um was?«

»Um ein Menschenjäger zu sein.«

Oliver wirft seine Decke zur Seite und steht auf.

Wenn er mich jetzt packen will, werde ich mich einfach losreißen und abhauen. Ich weiche zurück, bis mein Rücken gegen die Wand drückt. Das war's. Jetzt holt er Mahmoud, und sie werfen mich raus.

Doch er denkt gar nicht daran.

Er umarmt mich.

Und ich lasse mich umarmen. Drücke meinen Kopf an seine Schulter.

Die Sirenen heulen immer noch.

Und dann lasse ich endlich alles raus. Ich weine. Hemmungslos.

19
FANA

Polizeisirenen heulen. Mannschaftswagen fahren auf und ab. Beamte durchsuchen schon seit Tagen Häuser. Ich sitze auf dem Sofa bei Eva und ihrem Mann. Wir schauen Nachrichten.

Die Fernsehbilder wiederholen sich. Immer wieder Uniformierte, Waffen, Deutsche in Handschellen.

Deutsche! Keine Flüchtlinge.

Da draußen fahnden sie jetzt nicht mehr nach illegalen Flüchtlingen. Die Regierung will herausfinden, wer hinter den Enthüllungen von Endland-Leaks steckt.

Gerade ist ein Soldat zu sehen, bestimmt zehn Jahre älter als Anton. Polizisten führen ihn ab, schieben ihn in einen Hubschrauber.

Die Nachrichtensprecherin schaut ernst in die Kamera. »Der heute verhaftete Offizier veröffentlichte brisantes Filmmaterial. Es zeigt die Hinrichtung von Flüchtlingen. Er behauptet, es handle sich um eine Gruppe in seiner Einheit. Die Soldaten beriefen sich auf ihren Schießbefehl, der jedoch nur für den Notfall gilt. Es soll eine Art Wettbewerb unter den Soldaten gewesen sein, mit Trefferquoten.« Die Nachrichtensprecherin dreht sich zu einer anderen Kamera im Studio. »Wir schalten nun live zur Pressekonferenz der Nationalen Alternative in die Hauptstadt.«

Jetzt sieht man den Sprecher der Nationalen Alternative in Nahaufnahme. Mit ihm habe ich vor Kurzem noch im Studio zusammengesessen. Das ist gefühlt Jahre her.

Er hält sich mit beiden Händen am Pult fest, vor ihm sind zwanzig bunte Mikrofone aufgebaut.

Der Mann von der Alternative streckt beide Hände offen zur Kamera – er hat nichts zu verbergen, will er uns sagen. Er ist die Alternative, und nur sie spricht die Wahrheit.

Seine Rede dauert fünf Minuten. Der wichtigste Satz kommt am Ende. »Die in den letzten Tagen illegal veröffentlichten Filme und Dokumente zeichnen ein falsches Bild. Wir werden die Dinge rasch aufklären und alternative Fakten präsentieren.«

Ein Reporter meldet sich zu Wort.

Der Pressesprecher winkt ab. »Keine Fragen. Heute bitte keine Fragen.«

Dem Reporter ist das egal. »Wie erklären Sie dann, dass –«, ruft er in den Raum.

Der Pressesprecher lächelt, schüttelt den Kopf. »Später, lieber Kollege! Fragen Sie bitte später. Es handelt sich schließlich um ein laufendes Verfahren.« Er verbeugt sich kurz vor den Journalisten. Die Pressekonferenz hat mehr Fragen aufgeworfen als beantwortet.

Der Mann von der Alternative faltet seinen Zettel und steckt ihn in sein blaues Jackett. Er geht Richtung Tür. Ein breitschultriger Typ mit Knopf im Ohr hält sie ihm auf.

Der Reporter, der seine Frage nicht stellen durfte, springt auf. Er läuft zum Rednerpult. Als der Pressesprecher die Tür erreicht, spricht der Reporter seine Frage in zwanzig Mikrofone: »Wie erklären Sie den neu aufgetauchten Film mit dem jungen deutschen Soldaten im Munitionsbunker einer Kaserne?«

Der Pressesprecher bleibt im Türrahmen stehen.

Das Bild wird schwarz.

Kurz darauf ist die Nachrichtensprecherin wieder zu sehen. Sie räuspert sich. »Wir erhalten nun keine Bilder mehr von der Pressekonferenz. Doch soeben hat uns über eine unbekannte Quelle folgender Film erreicht.«

Wir sprechen kein Wort im Wohnzimmer. Gerade wird in Deutschland Geschichte geschrieben. So fühlt es sich in diesem Moment für mich zumindest an.

Alles ist live. Millionen schauen zu.

Ich sehe den Anfang und weiß: Dieser Film wird alles ändern. Endgültig. Da bin ich mir sicher.

Eva haut mit der flachen Hand auf den Wohnzimmertisch.

Ich zucke zusammen.

Noahs Film aus dem Munitionsbunker ist zu Ende. Anton war nicht zu erkennen. Noah hat sein Gesicht verpixelt.

»Neuwahlen! Das bedeutet doch Neuwahlen!«, ruft Eva.

»Erst der Volksentscheid«, gibt ihr Mann zu bedenken.

Ich kann ihnen nicht folgen. »Was für ein Volksentscheid?«

»Hat die Alternative selbst eingeführt. Das Volk darf vermehrt mitreden. Jetzt ist es so weit!«

Mir wird das alles zu viel. Und mich beschäftigt auch seit Wochen noch etwas ganz anderes. Jetzt ist der richtige Zeitpunkt gekommen.

»Ich muss mal raus.«

»Gehst du endlich zum Buchladen?«

Ich nicke Eva zu.

»Was denn für ein Buchladen?«, fragt ihr Mann.

»Das ist unser Geheimnis«, sagt Eva und grinst mich an.

»Etwas, das ich lange vor mir hergeschoben habe«, sage ich. Auch wenn ich ihm damit nur noch mehr Rätsel aufgebe.

Auf der Straße starrt mich keiner mehr an, seit unserer Ausstrahlung gab es zu viele neue Talkshows zu weiteren Themen und zu viele andere Gesichter auf den ersten Seiten der Zeitungen. Ich bin keine Heldin mehr, kein Star, war nicht einmal ein Sternchen, eher eine Sternschnuppe.

Einmal habe ich sogar bis nach Äthiopien geleuchtet. Es gab einen kurzen Bericht über mich im Fernsehen. Der lief kurz nach der Talkshow, nachdem ich offiziell eine Äthiopierin war. Samira hat mir den Link geschickt.

Gut, dass sie meine Eltern gleich nach der Sendung informiert hat. Na ja, sie hat es zumindest meiner Mutter erzählt. Die daraufhin Tränen vergossen hat. Ob nun aus Freude oder Sorge, wusste Samira nicht.

Mein erstes Telefonat mit meiner Mutter nach meiner Flucht dauerte nur ein paar Minuten. Sie weinte, und ich wusste nicht, was ich sagen sollte. Ich konnte ihr unmöglich all das, was ich erlebt hatte, erzählen. Später, bei einem Wiedersehen, aber jetzt noch nicht und nicht am Telefon.

Von Evas Haus erreiche ich schnell die U-Bahn. Auf den Monitoren läuft in einer Endlosschleife Werbung für ein neues Deo. Vor einer Woche liefen hier noch die Nachrichten. Die Enthüllungen über die Alternative. Die Skandale. Nun werden keine Nachrichten mehr gezeigt.

Der große Fernbahnhof ist eine halbe Stunde entfernt. Ich bin ziemlich nervös.

Gut, dass ich das heute hinter mich bringe. Endlich.

Der Zug fährt pünktlich ab. Ich sitze am Fenster. Die Landschaft rast dreieinhalb Stunden lang an mir vorbei. Bäume, Flüsse, Wiesen, Felder und Seen.

Deutschland ist so wunderschön grün. Und so leer.

Ich weiß gar nicht, wieso die hier so ein Theater machen. Von wegen Überfremdung und so. Da ist doch reichlich Platz für mehr Menschen. Die würden nicht mal groß auffallen. Und wenn die Alternative sich wirtschaftlich nicht so abschotten würde, gäbe es auch für alle genug Arbeit.

Als der Zug in der Hauptstadt hält, spüre ich meinen Herzschlag bis zum Hals. Ich lasse mir von Evas Handy den Weg zum Buchladen erklären.

Ich habe mir die ganze Zeit eingeredet, dass es vermutlich sinnlos ist. Und einfach nur peinlich. Aber es hat nichts genutzt. Ich muss das jetzt klären. Ich muss in den Buchladen. Dann sehe ich ja, ob ich viel zu naiv an die Sache herangegangen bin.

Die Fußgängerzone ist voll. Feierabend. Alle kaufen ein. An einem Stand scheint es etwas umsonst zu geben. Zumindest stehen dort die Leute Schlange. Manche drängeln.

Ein Passant schreit ihnen »Volksverräter!« zu. Andere stimmen ein, und plötzlich stehen da ein Dutzend Leute den wartenden Menschen gegenüber. »Volksverräter! Volksverräter! Volks–«

Ein Polizeiwagen fährt vor. Na, wenn das jetzt keinen Ärger gibt.

Ich trete näher und entdecke das Plakat, das quer über den Stand gespannt ist. *Neuwahlen sofort!*

Die Menschen, die dort anstehen, wollen alle unterschreiben. Wie viele Unterschriften wohl nötig sind? Hunderttausend? Eine Million? Zehn Millionen?

Zwei Polizisten steigen aus dem Wagen.

Ich denke an meine Heimat. Vor den Polizisten in Äthiopien habe ich Angst. Sie knüppeln Proteste nieder. In Deutschland ist das doch anders, oder?

Die Menschen am Stand reagieren augenblicklich auf die Polizeipräsenz. Keiner drängelt mehr. Auch die Schreihälse sind verstummt. Ein älteres Paar tritt sogar aus der Reihe und geht eilig davon.

Einer der Polizisten fragt so laut, dass es wirklich jeder hören muss: »Wo kann ich hier gegen die Nationale Alternative unterschreiben?«

Die Leute in der Schlange klatschen erleichtert. Ich atme auf. Die Polizisten werden sogar vorgelassen.

Weitere Passanten bleiben stehen. Mindestens fünf halten ihre Handys hoch und filmen die Szene. Gleich wissen davon ein paar Tausend.

Einer der Gaffer trägt eine Papiertüte in der Hand. Ein Buchladen macht darauf Werbung.

Der Buchladen! Keine zwei Minuten später bin ich dort.

In der zweiten Etage sind die Reisebücher.

Ich stelle mich vor das Afrika-Regal. Drei Bücher stehen dort zu meinem Heimatland. Ich überfliege die Seiten. Sehe eine halb nackte Frau vom Volk der Karo. Sie trägt Federn auf dem Kopf. Ein anderes Bild zeigt zwei Mursi-Frauen, sie haben kleine Teller in ihre Unterlippe gepresst. Ich sehe Krokodile, Paviane und Gazellen, einen glühenden Vulkan, riesige Seen, hohe Berge, märchenhafte Wälder und Wasserfälle.

Es ist ein komisches Gefühl. Alle Touristen sehen während ihrer zweiwöchigen Reisen mehr von meinem Land als ich in meinem ganzen Leben. Ich kenne nur die überfüllte Hauptstadt, das karge Gelände rund um Karlas Krankenhaus in Afar und die endlosen Straßen, die dorthin führen.

Die Reiseliteratur zeigt die Sonnenseiten meiner Heimat. Klar. Sonst würde ja auch keiner dorthin wollen. Aber es ist eben nur das, was alle in Afrika sehen wollen. Das wilde Afrika, die endlose Savanne und die exotischen Speisen. Obwohl viele bei mir zu Hause hungern und sich so gutes Essen gar nicht leisten können.

»Brauchen Sie Hilfe?«, fragt eine Stimme hinter mir.

Ich drehe mich um und schaue in die Augen von Jonas.

20
NOAH

Ich traue meinen Augen nicht. *Ich soll was, bitte?*, hacke ich in den Rechner. *Ist das dein Ernst?*

Was Iwan mir da vorschlägt, das ist doch ein schlechter Witz.

Flughäfen sind für dich zu gefährlich, schreibt er als Antwort. *Ihr seid mit euren Enthüllungen sehr weit gegangen. Du bist nicht nur in Deutschland ein Staatsfeind.* Er sendet ein Foto zu seinem Text.

Ich sehe ein Bild von mir, darunter steht etwas in kyrillischer Schrift. Also bin ich in Iwans Heimat auch schon eine Berühmtheit. Zumindest bei russischen Polizeibehörden und in der Hacker-Szene. Na denn, herzlichen Glückwunsch.

Auf einem weiteren Bild entdecke ich Finn und Sophie. Den anderen von uns sind sie bisher offenbar nicht auf die Schliche gekommen. Immerhin das ist eine gute Nachricht.

Mit diesen Bildern hat mich Iwan überzeugt. *Also gut. Ich nehme die von dir vorgeschlagene Route.*

So machen es alle, schreibt Iwan. Was für ein Klugscheißer. *Und es funktioniert …*, fügt er hinzu.

Dreißig Sekunden vergehen, bis auf die drei Punkte am Ende des Satzes noch mehr folgt. *… meistens zumindest.* Das ist also der russische Humor.

Iwan schickt mir ein verschlüsseltes Datenpaket. *Da findest du alle*

Kontakte, die du brauchst. Und richte bitte immer liebe Grüße von mir aus.

Kennen die deinen Realnamen?

Den kennst nicht einmal du.

Das kleine Segelboot schaukelt auf und ab. Obwohl es noch an einem dicken Stahlrohr in dem kleinen Hafen festgemacht ist. Bei dem Gedanken, wie es wohl weit draußen erst wackeln wird, auf offener See, wird mir jetzt schon schlecht.

Esmeralda heißt das Boot, genau so, wie es in Iwans Informationen stand. Ich brauche mir also keine Hoffnung auf etwas Schnelleres, Größeres oder zumindest Moderneres zu machen. Das ist mein Schiff, es ankert nur eine *Esmeralda* hier. Und mit ihr geht es gleich raus in die Nacht.

Ich stelle mich hinter den Angler, der auf einem Hocker neben dem Segelboot sitzt, und schaue in den Wassereimer neben ihm. »Hat schon ein Haifisch angebissen?«

Das ist eine saublöde Frage, aber es ist nun mal der Code, den ich erhalten habe.

»Ein Weißer sogar.« Der Mann holt die Leine ein und baut sich vor mir auf. Er ist mindestens zwei Meter groß. »Hallo! Schon mal auf so einem Boot gewesen?«

»Im Computerspiel.«

»Das hier ist ja fast dasselbe.«

Wir steigen in den Kahn und tuckern mit dem kleinen Motor raus auf die wilde Ostsee. Die Wellen lassen den Bug immer wieder in die Höhe springen, um ihn kurz darauf wieder ins Wasser zu schleudern. Zwanzig Minuten geht das so. Dann werden die Wellen noch größer, manche schwappen ins Schiff, das Wasser verteilt sich auf dem Boden, und bald bin ich total durchnässt.

Der Wind bläst uns kräftig um die Ohren. Ich bin nicht nur nass, sondern inzwischen auch durchgefroren. Um uns herum totale Dunkelheit. Der Zweimetermann schaut auf einen kleinen Monitor, dann spricht er etwas ins Funkgerät, das ich bei dem Sturmgetöse überhaupt nicht verstehen kann.

»Ist was?«, rufe ich ihm zu.

Wie aus dem Nichts blendet uns mit einem Mal ein Scheinwerfer. Und was für einer! Ich muss die Augen abschirmen, so grell ist es.

Was ist jetzt los? Sind wir abgefangen worden? Wie kann das sein? Ein Schlag gegen meinen Kopf. Ich zucke zusammen.

Als ich aufschaue, liegt ein Seil vor mir. Ein faustdickes Seil.

»Mach es da fest!«, ruft mir der Riese zu und zeigt auf einen Metallring.

Das dicke Seil strafft sich, und wir werden durchs Wasser gezogen. Jetzt geht auch der Scheinwerfer endlich aus, und ich sehe das Schiff vor uns.

Aber es ist kein Polizeischiff, keine Küstenwache. Es ist ein alter Kahn, ein Fischerboot mit riesigen Netzen, Haken und Seilwinden und allem Drum und Dran. Was fängt man mit so einem Monster? Wale?

Verwirrt schaue ich zum Bootsführer der *Esmeralda*. »Was soll das? Wer ist das?«

»Los jetzt!«, ruft er mir zu.

Der Kahn ist nur noch ein paar Handbreit von uns weg. Eine Strickleiter baumelt im Wind. Was habe ich für eine Wahl?

Ich ziehe mich hoch, rutsche mit den nassen Schuhen ab, halte mich fest. Dann spüre ich, wie die Strickleiter eingeholt wird.

Kurz darauf kippe ich über die Reling und knalle wie ein gefangener Fisch auf die Dielen. Sofort packt mich ein halbes Dutzend Hände. Ich sehe nur die Umrisse der Gesichter: braun gebrannte, raue Typen. Sie helfen mir auf und führen mich unter Deck.

Einer der Männer wirft mir ein Handtuch zu. Auf einem Tisch liegen trockene Kleider.

Das Schiff schaukelt auch, doch es ist viel erträglicher als auf der *Esmeralda*. An den Wänden hängen Karten, und auf einem großen Plakat steht *GREENPEACE*.

Jemand knallt einen Becher Kaffee vor mir auf den Tisch, die schwarze Brühe schwappt über. Die Zuckerdose wird mitten in die kleine Kaffeepfütze gestellt.

Ein Mann, vielleicht so in seinen Vierzigern, betritt den Raum. Er trägt eine Brille mit dicken Gläsern und hat schwarze, lange Locken. Er reicht mir seine schwielige Hand. »Ich bin Carl. Liebe Grüße von Iwan.«

Dieser hatte mit seiner Geheimniskrämerei natürlich vollkommen recht. Iwan hat mir nur ein paar Puzzleteile zur Verfügung gestellt – aber wie das gesamte Bild aussieht, das wissen nur wenige. So ist es sicherer.

»Es hängen da so viele Organisationen mit drin«, erklärt mir Carl.

Ich trinke schon die dritte Tasse Kaffee, und das auch nur, weil die Brühe mich so schön aufwärmt.

Carl bindet seine Locken zu einem Zopf. Er hat etwas von einem Seeräuber. Nur die Brille passt nicht dazu. Als hätte er das gehört, nimmt er sie ab und wischt sie sich am Pullover sauber.

Als wir die schwedische Küste erreichen, bin ich trocken und friere auch nicht mehr. Sogar ein wenig schlafen konnte ich.

Die nächsten Tage verbringe ich bei Hackern in einem kleinen roten Holzhaus. Ich wundere mich, wie schnell die Internetverbindung mitten in den Wäldern ist.

Immer wieder denke ich an Anton. Wie es ihm geht, was er jetzt wohl macht. Und ich bin so froh, dass er diesen Wahnsinn überlebt hat! So richtig Gewissheit hatte ich erst nach dem Chat mit Fana. Ich war total beeindruckt von ihrem Fernsehauftritt und hatte sie daraufhin kontaktiert. Ob sie bereit war, sich mit mir zu unterhalten, das war eine andere Frage. Aber sie hat tatsächlich meinen Link geöffnet, der sie zu einer gesicherten Seite führte.

»Kennst du Anton?«, war meine erste Frage. Und da waren noch viel mehr.

Nachdem Fana mir alles erzählt hatte, wusste ich, dass Anton noch lebt, dass er nicht für die Bombe verantwortlich ist, sondern mit Fana unzählige Menschenleben gerettet hat. Und ich wusste, dass er auf der Flucht ist. Und wohin.

Dann war ich dran mit Berichten. Außerdem habe ich Fana auch das Dokument gezeigt, das Finn auf den Rechnern der Neuen Nationalen Alternative aufgespürt hat. Eine vorgefertigte Presseerklärung.

Der Anschlag zeigt auf erschreckende Weise, wie gefährlich der Zustrom der Invasoren in unser Vaterland ist. Sie bringen Gewalt und Terror selbst dorthin, wo sie beschützt werden: in ein deutsches Flüchtlingslager. Die Invasoren sind unberechenbar. Sie ermorden sich gegenseitig. Solche Flüchtlinge sind für unser deutsches Volk unzumutbar. Außerdem können wir natürlich auch nicht ausschließen, dass weitaus Schlimmeres geplant war, etwa ein Anschlag auf eine deutsche Einrichtung. Dann wären auch deutsche Männer, Frauen und Kinder unter den Opfern gewesen. Wir müssen die Wahrheit akzeptieren: Deutschland muss von diesen Invasoren endgültig und für immer befreit werden.

Als Fana zu Ende gelesen hatte, meinte sie: »Und das konnten sie nicht veröffentlichen, weil Anton *Wir hassen euch raus* an die Wand gesprüht hat.«

»Ihr beide habt denen einen Strich durch die Rechnung gemacht. Und was für einen.«

In unserer Waldhütte gehen langsam die Vorräte aus. Ich wohne hier ja nicht mit Jägern, sondern mit schwedischen Hackern zusammen.

Eines Morgens höre ich draußen einen Dieselmotor brummen. Eine Frau klopft an die Tür, sie hat kurze graue Haare. Sie bringt Tüten mit Lebensmitteln und wird überschwänglich von allen begrüßt.

Als sie mich entdeckt, nickt sie mir zu und sagt: »Es kann losgehen!« Sie greift in ihren Mantel und hält mir einen Umschlag entgegen. Flugtickets. »Auf in den Himmel mit dir.«

21
ANTON

»Where the hell do you want to go?« Der Schleuser verdreht die Augen.

Was lustig aussieht. Aber zum Lachen ist mir nicht zumute.

Wir sitzen im Keller, also die Familie, Blomenkamp, ich und unser Retter Mahmoud.

Die Flugtickets für die Familie und Blomenkamp hat der Schleuser dabei. Sein Lieferwagen steht angeblich vor der Tür. Es kann losgehen. Nur mit mir und meinem Wunsch hat er nicht gerechnet.

Neben mir steht der Koffer, den mir Mahmoud geschenkt hat. Er ist vollgepackt mit Kleidern, die er angeblich sowieso nicht mehr braucht.

Der Schleuser verdreht schon wieder die Augen. »It's impossible!«

Die anderen schweigen.

Ich hole den Umschlag mit dem Geld von Stahlke raus und drücke dem Schleuser ein Bündel Scheine in die Hand.

Er lässt sie sich durch die Finger wandern.

»Impossible?«, frage ich.

Er grinst. »Nothing is impossible.«

Die Fahrt im Lieferwagen dauert den ganzen Tag. Wir sitzen zwischen Werkzeugkisten, doch jeder hat genug Platz. Über uns baumelt eine Lampe. Die Kinder sortieren Schrauben und Nägel nach Größen. Blomenkamp sitzt zwischen ihnen und leitet sie an.

Wir essen kaltes Dönerfleisch, Tomatensalat, Fladenbrot mit Ziegenkäse gefüllt. Wir trinken Ayran und Cola.

Als der Wagen abrupt bremst, rollen mindestens hundert der Schrauben auf den Boden.

Jemand reißt die Tür auf.

Ich muss mir die Hände vors Gesicht halten, so hell ist es draußen. Die Kinder fangen an zu weinen.

Drei Typen stehen vor uns.

Als sich meine Augen an die Helligkeit gewöhnt haben, sehe ich, dass zwei von ihnen eine Uniform tragen.

Unser Fahrer redet wild gestikulierend auf sie ein. Als einer der zwei Polizisten zum Funkgerät greift, zieht der Schleuser einen Stapel Papiere hervor.

Ich schaue an den Männern vorbei. Da vorne ist ein Wald, keine zwanzig Meter entfernt. Ob ich das schaffen könnte?

Einer der Polizisten lacht auf und fischt Geldscheine zwischen den Unterlagen hervor. Er lässt die Scheine in seiner Jackentasche verschwinden, nickt und knallt die Tür vor unserer Nase zu. Zehn Sekunden später fahren wir weiter.

Als wir das nächste Mal halten, ist es Nacht. Wir parken auf einem Autobahn-Rastplatz. Ich versuche, Nummernschilder zu erkennen, doch die Autos rasen an uns vorbei. In welchem Land sind wir?

Ich sauge die frische Luft ein. Erst mal die Arme und Beine strecken.

Der Fahrer leert den Eimer, der in den letzten Stunden unsere Toilette war.

Ein Auto parkt nicht weit von uns. Die Scheinwerfer gehen an und wieder aus. Dreimal.

Unser Schleuser winkt uns hinter sich her. Auf dem Dach des Autos ist ein Schild. Wir fahren mit dem Taxi weiter. Zu sechst quetschen wir uns auf die Rückbank. Blomenkamp lassen wir vorne sitzen.

Auf der Autobahn reicht der Fahrer einen Umschlag nach hinten. Da steht mein Name drauf.

Ich reiße ihn auf. Darin ist mein Flugticket, ausgestellt auf den gefälschten Pass.

Den Flughafen erreichen wir am frühen Morgen. Die Sonne färbt die Wälder neben der Autobahn orange. Über uns funkeln Flugzeuge, die ihre Warteschleife drehen.

Erst gehen wir zu dem Schalter für den Flug der Familie und von Blomenkamp. Der salutiert vor mir und lacht so laut, dass sich Leute zu uns umdrehen.

Nachdem wir uns verabschiedet haben, begleitet mich der Fahrer zu meinem Schalter. Der Mitarbeiter der Airline liest meinen Ausweis ein und druckt die Bordkarte aus. Geschafft.

Ich drücke dem Taxifahrer den Umschlag mit der zweiten und letzten Rate in die Hand. Nun bin ich wieder auf mich allein gestellt.

Als das Flugzeug aufsetzt, wache ich auf. Das Visum erhalte ich am Schalter direkt im Flughafen, Geld kann ich hier auch wechseln. Viel habe ich sowieso nicht mehr.

Jetzt brauche ich dringend ein Telefon. Sonst bin ich vollkommen aufgeschmissen. Einen Laden, der so etwas verkauft, finde ich auf Anhieb nicht.

In der Ankunftshalle stehen Dutzende Männer und Frauen mit Zetteln in der Hand. *Hilton-Hotel, Sheraton …*

Eine Frau kommt auf mich zu. »From France? Mr Pascal?«

»No. I'm not from France. I just need a phone!«

Sie lächelt und drückt mir ihr Handy in die Hand.

Ich zeige ihr die Nummer. Nur damit sie weiß, es ist ein Inlandsgespräch. Nichts Teures.

Sie schaut den Zettel aber gar nicht an, sondern lässt mich mit ihrem Handy allein und läuft auf einen anderen Mann zu. »Mr Pascal?«

Ich wähle die Nummer. Es klingelt. Endlos lange.

Endlich nimmt jemand ab. Eine weibliche Stimme meldet sich mit dem Vornamen. Kein Nachname, kein Doktortitel.

»Hallo. Hier ist Anton. Ich bin gelandet.«

»Anton! Du hast es geschafft!«

Ich atme aus. Also hat Fana ihren Job erledigt.

Karla buchstabiert mir eine Adresse, und zwar so, wie ich sie aussprechen muss. Äthiopische Schriftzeichen kann ich natürlich nicht. Bis zur Landung in Addis Abeba wusste ich gar nicht, wie die genau aussehen.

Der Taxifahrer lacht, als ich ihm kurz darauf mühsam den Zettel vorlese.

Ich gebe ihm den Wisch.

Er zeigt auf Karlas Nummer. »You have a phone?«

Ich schüttle den Kopf.

Er fährt trotzdem los.

Ich hoffe, er ahnt zumindest in etwa, wohin wir müssen. Sein blaues Taxi ist steinalt. Bei meinem Fenster fehlt die Kurbel. Er überreicht mir eine Zange, und ich drehe es nach unten.

Er lacht immer noch. Wiederholt ständig, was ich zu ihm gesagt habe. Ich schätze mal, es war totaler Quatsch.

Dann zeigt er auf einen Stapel Bücher in der Ablage über meinen Beinen. Wörterbücher und Lehrbücher auf Englisch. »From Europe? You?«, fragt er.

»Yes.«

Über Jahre dachte ich, Deutschland wäre das wichtigste Land der Welt. Und der Taxifahrer packt mein Land gleich in einen ganzen Kontinent.

Er zeigt auf die Englischbücher. »Office. Office work better!«

Sein Englisch ist noch nicht so toll, doch ich kapiere es: Er lernt die Sprache, um irgendwann nicht mehr Taxi fahren zu müssen.

»More money?«, frage ich.

Er nickt und klopft auf das Lenkrad. »150 Birr every day.«

Klingt viel. Bis er es mir in Euro umrechnet. Er weiß offenbar nicht, dass fast alle Länder diese Währung abgeschafft haben.

Wir rutschen mit den platten Reifen in die Kurve. Er geht nicht vom Gas, und wir schlittern auf die andere Straßenseite. Neben uns ist eine Baustelle. Das Gerüst besteht aus dünnen Holzstangen, die mit Seilen aneinander befestigt sind. Verhüllte Frauen in Sandalen schleppen Bauschutt auf einem Brett.

»This work«, sagt er und zeigt auf die Frauen. »One hundred Birr. Ten hours.«

»And in the office?«

Er schüttelt den Kopf. »I don't know.«

Kurz darauf halten wir vor einem kleinen Laden, drinnen läuft Fußball. Manchester, irgendein Freundschaftsspiel. Ich sehe nur ein Stückchen vom Großbild.

»Come!«, sagt der Fahrer.

Ich steige aus.

Er schließt das Auto ab und geht.

»That's it? Are we there?«

Er lacht schon wieder.

Ich will mein Gepäck aus dem Kofferraum holen, doch der ist abgeschlossen. Und der Fahrer ist schon hinter dem Laden verschwunden.

Ich habe alles überstanden, den Kühllaster, die Bombe im Lager, die Flucht nach Polen, die Polizeikontrolle, und nun lasse ich mich am helllichten Tag in Addis Abeba ausrauben.

Hinter dem Laden liegt eine enge Gasse. Kinder spielen dort, sie sehen mich und winken mir zu. Ich winke zurück.

»Ferendschi!«, ruft ein Mädchen mit zwei Zöpfen.

»Ferendschi?«, wiederhole ich. Es klingt irgendwie lustig.

Der Taxifahrer steht an einer Ecke und winkt mir zu. »Everyone not from here is Ferendschi.«

Ich folge ihm und bleibe vor einer offenen Tür stehen.

Das Mädchen mit den Zöpfen kommt auf mich zugelaufen. Sie berührt meine Hand und grinst. Weiße Haut. Vielleicht deswegen. Seitdem ich am Flughafen ins Taxi gestiegen bin, habe ich keinen Weißen mehr gesehen.

Das Mädchen hüpft und zieht mich durch den Eingang, durch den auch mein Fahrer geschlüpft ist.

Was wollen die von mir? Ich will auf jeden Fall mein Gepäck aus dem Kofferraum!

Der Raum ist spärlich möbliert mit einem kleinen Tisch und zwei sich gegenüberstehenden Sofas. Dahinter ein Vorhang. Ich muss an Fanas Zuhause denken – ob es bei ihr wohl auch so aussieht? Fährt ihr Vater vielleicht auch Taxi?

Im Fernseher läuft ein Musiksender. Das Mädchen springt auf das Sofa und tanzt.

Ich stehe auf und zeige zur Tür. »I really have to go.«

Der Fahrer lacht. Ohne ihn finde ich nie aus diesem Viertel. Und zu meinem Gepäck!

»Please. I want to go.«

Er will mich nicht verstehen und beginnt, zur Musik zu klatschen. Das Mädchen schaut mich erwartungsvoll an. Ich gebe es auf und klatsche auch. Dann will das Mädchen, dass ich so richtig mitmache, was mir total peinlich ist.

Langsam bewege ich die Schultern vor und zurück, wie die Sänger im Fernsehen. Die tun es allerdings viel schneller. Das Mädchen zeigt mir die Bewegungen in Zeitlupe. Ich kann es trotzdem nicht. Oh Mann, was treibe ich hier eigentlich?

Der Fahrer stellt eine Schale mit Weißbrot vor mir auf den Tisch. Ich gebe es auf und lasse mich aufs Sofa fallen.

Drei Kinder stürmen herein. Einer der Jungen setzt sich neben mich. »What is your name?«

»Anton«, antworte ich.

»My name is Nebiyou!«

Die anderen Kinder trauen sich jetzt auch. Sie rufen mir ihre Vornamen zu.

»My phone!«, ruft der Fahrer und wedelt mit seinem Handy, das er von irgendwo hergezaubert hat.

Deswegen sind wir also hier. Er hat einfach nur sein Telefon zu Hause vergessen.

Er holt meinen Zettel hervor und wählt Karlas Nummer.

Im Taxi summt der Fahrer die Melodie vom Musikclip.

Ich denke an die Kinder, wie sie mich angelacht, mich angefasst haben und sich mit mir unterhalten wollten. Wie eine solche Situation andersherum wohl in Deutschland aussähe?

Ich muss an Noah denken, an unsere ewigen Diskussionen zum Thema. »Warum denken wir Deutschen immer, alle wollen uns was wegnehmen? Müssten nicht die, die nichts haben, viel mehr Angst haben?«

Mein Fahrer klopft mir auf die Schultern. »It's okay!«, sagt er. Es klingt, als wollte er mich trösten, als könne er Gedanken lesen.

Ein paar Querstraßen später hält der Wagen. Der Fahrer zeigt auf einen Häuserblock. Davor steht eine ältere Frau. Sie ist weiß gekleidet.

»It's okay?«, sagt er noch einmal, diesmal etwas lauter, und da fällt mir erst auf, dass es diesmal eine Frage ist.

Ich drücke ihm ein paar Scheine in die Hand. »Thanks!«

»Ameseginalow.«

»What?«, frage ich nach.

»Thank you, in my country you say: Ameseginalow!«

»Amsagel…« Ich gebe auf, und der Fahrer lacht ein letztes Mal zum Abschied.

Ich steige aus, hole mein Gepäck aus dem Kofferram und gehe auf Karla zu. Als ich ihr die Hand geben will, ignoriert sie die und umarmt mich stattdessen kurz und kräftig.

Sie führt mich ins Haus, vier Etagen die Treppe hoch, in eine Küche. »Du hast riesiges Glück!«

Auf einem Tisch stapeln sich Bücher. Sie schiebt ein paar zur Seite. Ein dicker Wälzer fällt auf der anderen Seite zu Boden. Karla scheint das gar nicht zu merken. Ich hebe das Buch auf.

»Ich muss zu einer Tagung, deswegen bin ich in Addis. Sonst hättest du in einem der Hotels warten müssen.« Sie streckt mir zwei Packungen entgegen. »Kaffee oder Tee?«

»Sehr gern Kaff–«

Ihr Handy klingelt.

»Sorry.«

Ich winke ab. Ist doch kein Problem.

Sie sucht es.

Ich zeige auf ihre weiße Weste. Es blinkt durch eine der zweihundert Taschen dort.

Sie setzt ihre Brille auf, schaut auf das Display. »Did you get the blood?« Sie schüttet eine Trinkflasche in den Wasserkocher, reißt eine Packung auf. »Pfefferminz ist in Ordnung?«

Eigentlich wollte ich Kaffee. »Egal!«

»You have to ask the Red Cross again!« Sie geht zum Kühlschrank, holt eine Fanta raus und stellt sie mir auf den Tisch.

»Okay, okay …«, ruft sie ins Handy und wirft es zur Teepackung. »Fana und du … was ihr beide erlebt habt … Also das ist wirklich –«

Das Handy klingelt wieder, diesmal sucht Karla es in ihrer Weste.

Ich zeige auf die Teepackung.

»What kind of diabetes?« Sie holt einen Zettel raus. »Listen, no problem, my plane is leaving in an hour …« Karla verschwindet in einem Zimmer und kommt kurz darauf mit einem Rollkoffer wieder. Aus dem Kühlschrank holt sie graue Beutel, Salben, Tablettenschachteln und irgendetwas Glibbriges in einer Tüte. Sie stopft alles in den Koffer.

Ich betrachte meine Fantaflasche. Sie kommt immerhin aus demselben Kühlschrank.

Karla setzt sich zu mir.

»Wieso eigentlich Äthiopien?«

War klar, dass sie das fragen würde.

»Die Neue Alternative und wer weiß, wer noch – die werden überall nach mir suchen.«

»Überall, aber nicht am Horn von Afrika«, ergänzt sie und klingt nicht restlos überzeugt. »Und wieso nicht Indien oder Kanada oder wo auch immer?«

»Ganz einfach, außerhalb von Deutschland kenne ich keinen.«

Karla sieht mich an, als wäre ich der Märchenonkel.

Ihr Handy klingelt.

»Mein Taxi!«, sagt sie, ohne auf das Display zu schauen. »Schön, dass du es geschafft hast!«

Die Tür knallt zu, und ich bin allein.

Völlig planlos sitze ich auf meinem Stuhl. Dann stehe ich auf und werfe einen Blick in den Kühlschrank. Er ist leer bis auf eine Bierflasche. Ein Ritter mit Lanze und ein Drache sind darauf zu sehen. Äthiopisches Bier. Hebe ich mir auf, bis ich was gegessen habe. Also raus und irgendeinen Imbiss oder so finden. Aber erst noch ins Internet.

Karlas Laptop ist unter fünf Büchern auf dem Küchentisch begraben. Ich lege mir einen neuen Mailaccount an, dann schreibe ich an Samira: *Today, 2 pm, your tree – a friend of Fana.*

Die Stadt ist ein einziges Labyrinth. Mit Fanas Wegbeschreibung in der Hand versuche ich mein Bestes.

Zwei Stunden später sitze ich wirklich unter dem Eukalyptusbaum. Hoffe ich zumindest. Die sehen alle gleich aus in dem Park.

Überhaupt war es gar nicht so einfach, diesen Ort zu finden. Ein paar Schuljungs hatten Mitleid mit mir und haben mich durch die Stadt gelotst.

Nun bin ich hier, aber keine Samira weit und breit.

Fana hatte mir das schon prophezeit. Samira kann nicht so einfach aus dem Haus. Schon gar nicht, um Fremde zu treffen. Und dann auch noch einen Mann … Nahezu unmöglich.

Ich spaziere durch den Park, den Baum dabei immer im Blick. Da tut sich nichts. Ein junges Pärchen kommt mir entgegen – Samira mit Ehemann? Ich werde langsamer, lächle sie an. Die beiden laufen an mir vorbei. Die sehen mich gar nicht.

Ich will es für heute gut sein lassen, zurückfahren zur Wohnung. Ich kann es ja morgen noch mal probieren.

»Are you a friend of Fana?«

Ich drehe mich um.

Eine junge Frau steht vor mir und lächelt. Wir setzen uns unter den Baum. Und ich erzähle alles.

Nachdem Samira gegangen ist, bleibe ich noch etwas sitzen. Wir haben uns auf Anhieb vertraut. Dass wir beide Fana kennen, war genug.

»Look!«, sagte sie irgendwann zu mir und zeigte ihre Hände.

Ich stand auf dem Schlauch. »What?«

»Nothing!«

Ich schaute wie ein Auto. »Nothing?«

»Yes! Wonderful. Isn't it?«

Schließlich habe ich es dann kapiert: Sie trug keinen Ehering mehr.

Als ich auch aufbrechen will, höre ich ein leises Surren. Ich schaue mich um. Irgendwie kommt mir das Geräusch bekannt vor.

Das Surren kommt näher.

Ich springe auf und will mich verstecken.

Ein Reflex. Obwohl mich hier keiner sucht. Oder doch? Haben die mich gefunden?

Erst als ich das kleine Plastikding sehe, beruhige ich mich langsam. Das ist eher etwas aus der Spielwarenabteilung. Keine echte Drohne, nichts Militärisches.

Ich sehe mich um, suche die Person, die das Gerät steuert. Doch da ist keiner.

Die kleine Drohne schwebt weiter zu mir runter. Auf Augenhöhe endet der Sinkflug.

Unter der Kamera ist ein Zettel festgeklebt. *Farsi Hotel. Bis gleich!*

Ich erkenne die Handschrift und renne los.

Fünfzehn Minuten später stehe ich atemlos vor der Rezeption. »Do you have a guest from Germany?«

Die Rezeptionistin lächelt mich an. »Are you Anton?«

»Yes!«

Sie sieht, wie ich schwitze, wie nervös ich bin. Sie holt eine Wasserflasche, füllt ein Glas.

»Please. The room number!«, bitte ich.

Sie schiebt das Glas zu mir.

Ich trinke es in einem Zug aus und renne die Treppe hoch. Folge den Schildern.

Zimmer 35.

Die Tür steht offen. Das Fenster auch. Die Drohne parkt auf dem Bett. Mindestens drei Laptops und vier Kilo Kabel liegen auf dem Schreibtisch.

Dieser verrückte Weltverbesserer. Natürlich ist er nicht nur meinetwegen hier.

NACHBEMERKUNGEN DES AUTORS

Zwischen der ersten Veröffentlichung des Romans und dem Druck der vorliegenden Ausgabe ist viel mit *Endland* passiert. Zum Beispiel ist ein Hörbuch (Oetinger audio) entstanden und Theaterstücke wurden inszeniert. Das Buch wird in Schulen gelesen und kostenloses Unterrichtsmaterial gibt es für Lehrerinnen und Lehrer (www.dtv.de). Mehr dazu auch auf meiner Seite www.martin-schaeuble.net.

Wie sich die Politik in Deutschland verändert – ob aus meiner Dystopie einmal Realität wird –, bleibt abzuwarten. In Fanas Welt sah es endlich nach Frieden zwischen Äthiopien und Eritrea aus, doch Kriege und Aufstände folgten. Äthiopien besteht aus 80 Volksgruppen, und Ungerechtigkeiten und Konflikte sorgen alltäglich für Aufsehen. Darüber hätte ich in meinem Buch sicher mehr schreiben sollen.

DANKSAGUNG

Um in die Lebenswelten von Fana und Anton einzutauchen, hatte ich ein ganzes U-Boot voll mit Unterstützern:

Nebiyou begleitete mich in Addis Abeba. Yirgalem hörte sich dort aufmerksam meine Geschichte an. Mehrere Mitarbeiter der Krankenhäuser in Addis sprachen mit mir. Sie zeigten mir, was ich für dieses Buch sehen musste. Jerusalem Abebe begleitete mich zu der Familie eines Jungen, der es geschafft hat, der Armut zu entkommen. Wase Gubena beschäftigt sich schon lange mit der Afar-Region. Er weiß aus nächster Nähe, wie der Klimawandel die Menschen dort bedroht. Jerusalem und Wase arbeiten für die Welthungerhilfe, auch die deutschen Mitarbeiter waren mir eine große Hilfe.

Die deutsche Schule in diesem Roman gibt es so nicht in der Realität. Jedoch gibt es eine deutsche Botschaftsschule in Addis Abeba und eine deutsche Armenschule, bei der Schulkinder auch immer wieder Paten suchen. So traf ich auf die hilfsbereite Pfarrerin Anja Jacobi.

In Deutschland unterstützte mich der in Äthiopien geborene Abdulwahab Ahmed Sirur bei der Vorrecherche. Rahwa Gebrekiros las die Geschichte von Anton und Fana und erinnerte sich für mich an ihre eigenen Erfahrungen in Äthiopien. Dr. Holger Weihe, der in Äthiopien für *Ärzte ohne Grenzen* arbeitete, nahm das Manuskript aus medizinischer Sicht unter die Lupe. Der Menschenrechtsaktivist Frank Wieber engagiert sich für Farmarbeiter in Südafrika. Sein Einfühlungsvermögen auch für meine Romanregion bedeuten mir viel. Für die Gespräche zwischen Moskau und Sibirien danke ich Iwan, der die ersten Gedanken zu diesem Buch miterlebte.

Für Antons Welt fand ich in Deutschland reichlich Recherchematerial. Die AfD-Wahlkämpfe habe ich aus nächster Nähe beobachtet, ebenso das Verhalten der Partei im Landtag. So ergaben sich Gespräche mit Mitgliedern und Sympathisanten.

Damit ich Noahs Hacker-Welt beschreiben kann, stand mir Stefan vom *Chaos Computer Club* Stuttgart zur Seite.

Die Begegnungen mit Flüchtlingen waren eine echte Bereicherung für mich. Da ihre Zukunft ungewiss ist, verzichte ich auch hier auf die Nennung von Nachnamen: Elena, Artjom, Anton und Wladimir aus der Ukraine, Liljana, Paparim und Elmedina aus Albanien, Salamatu aus Ghana, Amna und Youssef aus Syrien.

Ein Dank auch an Helona-Stella und ihre deutsch-äthiopische Familie, meine Agentin Aenne Glienke, Alexandra Rak, die mir bei der Buchentstehung geholfen hat, die Juristin Susanna Dahs, meinen Kollegen Martin A. Obrecht und, wie immer, Matthias Simnacher. Im Carl Hanser Verlag setzten sich zahlreiche Kolleginnen und Kollegen für dieses Buch ein, allen voran Katja Desaga und Saskia Heintz, Ruth Nikolay und Stephan Seitz. Bei dtv machten Gabriele Leja und Julia Malik diese überarbeitete Ausgabe möglich.

Belinda gehört zu den Lesern der ersten Fassung. Käthe und Rudi danke ich für das sowohl anregende wie oft idyllische Schreibexil. Meine Frau unterstützte mich durch Mitlesen und Mitdenken in den turbulenten Recherche- und Schreibmonaten.

In diesem Buch wird die Flucht von 71 Flüchtlingen in einem Kühllaster beschrieben. Sie überleben diese Flucht nach Deutschland – in meinem Roman. In Wahrheit taten sie es nicht. Ihnen ist *Endland* gewidmet.